W0022820

BASTEI
LÜBBE
TASCHENBUCH

Weitere Titel der Autorin:

Daringham Hall – Die Entscheidung
Daringham Hall – Das Erbe

Colours of Love – Entfesselt
Colours of Love – Entblößt
Colours of Love – Verloren
Colours of Love – Verführt

Titel in der Regel auch als Hörbuch und E-Book erhältlich

Über die Autorin:

Kathryn Taylor begann schon als Kind zu schreiben – ihre erste Geschichte veröffentlichte sie bereits mit elf. Von da an wusste sie, dass sie irgendwann als Schriftstellerin ihr Geld verdienen wollte. Nach einigen beruflichen Umwegen und einem privaten Happy End erfüllte sich ihr Traum mit der äußerst erfolgreichen Reihe Colours of Love. Sie eroberte damit die Spiegel-Bestsellerliste und begeisterte auch zahlreiche Leser im Ausland.

KATHRYN TAYLOR

DIE
RÜCKKEHR

ROMAN

BASTEI LÜBBE TASCHENBUCH
Band 17 228

Dieser Titel ist auch als Hörbuch und E-Book erschienen

Originalausgabe

Titelillustration: Sandra Taufer, München, unter Verwendung von Bildern von © SalomeNJ/shutterstock; Gyvafoto/shutterstock; Sari ONeal/shutterstock; LanKS/shutterstock; Alex Sun/shutterstock
Umschlaggestaltung: Sandra Taufer, München
Satz: Urban SatzKonzept, Düsseldorf
Gesetzt aus der Garamond
Druck und Verarbeitung: GGP Media GmbH, Pößneck
Printed in Germany
ISBN 978-3-404-17228-3

5 4 3 2 1

Für Erik.
Ohne deine Hilfe wäre mein Traum vielleicht
nie wahr geworden.

Prolog

New York

Als sich die Fahrstuhltüren öffneten und Ben aus der Kabine in den breiten Etagenflur trat, überkam ihn ein überwältigendes Gefühl der Vertrautheit. Er hatte keine Ahnung, wie oft er schon über den edel glänzenden dunklen Marmorfußboden auf den Empfangsdesk am Ende des Flurs zugegangen war – oft genug jedenfalls, um gar nicht mehr auf das indirekt beleuchtete Firmenlogo von *Sterling & Adams Networks* zu achten, das hinter dem Empfang an der Wand prangte. Jetzt jedoch sah er es, er starrte es sogar regelrecht an wie etwas, das er zwar wiedererkannte, aber mit einem neuen inneren Abstand betrachtete.

Natürlich war es immer noch seine Firma, und Ben war stolz darauf, dass Peter und er es so weit damit gebracht hatten, dass sie sich jetzt Angestellte und einen Sitz im zehnten Stock eines schicken Büroturms in Downtown Manhattan leisten konnten. Doch nach dieser langen Zeit wieder hier zu sein fühlte sich anders an, als er erwartet hatte. Oder vielleicht war er auch nur anders …

»Mr Sterling!« Die junge Asiatin am Empfang sprang überrascht auf, als sie Ben erkannte. Offenbar hatte Peter seine Ankunft nicht angekündigt.

»Hallo, Chen Lu«, begrüßte Ben sie, während er an ihr vorbeiging, und sein Nicken riss sie aus ihrer Erstarrung.

»Willkommen zurück!«, rief sie ihm mit einem strahlenden Lächeln nach, während er weiter durch die Glastür ging, die zu den Büros der Geschäftsleitung führte.

Alles war noch genau wie früher, die Fotos von ihm und Peter bei der Entgegennahme von Auszeichnungen, das modern eingerichtete Vorzimmer vor ihren Büros. Und doch fühlte es sich für Ben plötzlich seltsam fremd an.

»Ben!« Sienna Walker saß an ihrem Schreibtisch im Vorzimmer und hatte im Gegensatz zu Chen Lu offenbar mit seinem Kommen gerechnet, denn sie wirkte überhaupt nicht überrascht. Ihr Lächeln fiel allerdings verhalten aus, was vermutlich bedeutete, dass Peter sie bereits darüber informiert hatte, weshalb er hier war.

Sienna setzte an, etwas zu sagen, aber Ben wollte erst das Gespräch mit seinem Kompagnon hinter sich bringen und deutete auf Peters Büro.

»Ist er da?«, fragte er knapp.

Sienna nickte, und er klopfte kurz an die Tür, bevor er den Raum betrat.

Peter saß hinter seinem breiten Schreibtisch, fast verdeckt von seinen beiden Computerbildschirmen und Stapeln von Papieren und Mappen, die er um sich verteilt hatte. Ebenfalls ein vertrauter Anblick, nur dass auf Peters Gesicht kein Lächeln lag und er auch keine Anstalten machte aufzustehen. Außerdem war das Chaos bei Weitem nicht so groß, wie Ben es sonst von Peters Schreibtisch gewohnt war.

»Du hast aufgeräumt«, stellte er erstaunt fest.

»Und du hast offenbar den Verstand verloren«, erwiderte Peter grimmig und stemmte sich jetzt doch aus seinem Stuhl hoch. Mit wütend funkelnden Augen beugte er sich über den

Schreibtisch. »Nur damit das von vornherein klar ist: Die Antwort lautet immer noch Nein!«

Ben atmete tief durch. Er hatte gewusst, dass Peter sich querstellen würde, und er verstand das sogar. Es änderte jedoch nichts daran, dass sein Freund sich mit seiner Entscheidung würde abfinden müssen.

»Ich bitte dich nicht um Erlaubnis, Peter«, erinnerte er ihn. »Mein Entschluss steht fest.«

Für einen langen Moment schwieg Peter, dann schüttelte er den Kopf. »Sie ist daran schuld, oder? Diese Tierärztin! Sie hat dir den Kopf verdreht, und jetzt kannst du nicht mehr klar denken!«

Ben dachte an Kate, die in seinem Apartment auf ihn wartete, und seufzte unwillkürlich. »Ich kann sehr klar denken, Peter, glaub mir. Und ich weiß auch, dass es etwas plötzlich kommt. Trotzdem bin ich …«

»Etwas plötzlich?«, unterbrach Peter ihn aufgebracht und ließ sich wieder auf seinen Schreibtischstuhl sinken, als würden die Beine unter ihm nachgeben. »Etwas plötzlich? Ist das dein Ernst? Herrgott, Ben, am Sonntag hast du mir noch versichert, dass du gar nicht schnell genug wegkommen kannst von Daringham Hall und den Camdens. Du wolltest nichts mehr zu tun haben mit deiner feinen englischen Familie und hast schon fast im Flieger zurück nach New York gesessen. Und ein paar Stunden später teilst du mir mit, dass du es dir anders überlegt hast und alles aufgeben willst, was wir beide uns über die Jahre aufgebaut haben, um dein gesamtes Vermögen in einen alten Kasten zu stecken, der kurz vor dem Bankrott steht! Sorry, Partner, aber das kommt nicht nur etwas plötzlich, es lässt mich auch sehr an deiner geistigen Gesundheit zweifeln.«

Vorwurfsvoll betrachtete er Ben, der seinem Blick äußerlich unbewegt standhielt.

Wenn Peter es so ausdrückte, dann klang es wirklich verrückt. Und völlig unvernünftig. Es gab keinen Grund, es zu tun, aber viele, es zu lassen, das war Ben klar. Denn auch wenn die Camdens seine Familie waren, hatte seine Großmutter dafür gesorgt, dass er bis jetzt kein Teil davon hatte sein dürfen. Darüber war er immer noch wütend, und jetzt hätte sich ihm eigentlich die perfekte Gelegenheit zur Rache geboten, weil die Familie vor dem finanziellen Ruin stand. Ben hätte in aller Ruhe zusehen können, wie Daringham Hall pleiteging. Doch er hatte sich – gegen jedes bessere Wissen – entschlossen, den Camdens zu helfen.

»Du kannst mich nicht aufhalten, Peter, egal, was du sagst«, antwortete er und hielt dem vorwurfsvollen Blick seines Freundes stand. »Ich werde es tun.«

»Aber du kannst mich doch nicht allein lassen«, protestierte Peter, und Ben hörte die Panik in seiner Stimme. »Ich kann das hier nicht ohne dich.«

Dieses Argument ließ Ben nicht gelten. »Das ist nicht wahr. Du hast mit dem Stanford-Abschluss gerade erst bewiesen, wie gut du das hinkriegst. Und wenn du lieber wieder einen Partner willst, dann hol dir eben jemand anderen mit ins Boot. Du bist nicht auf mich angewiesen.«

Ben war bewusst, wie hart es war, Peter derart vor vollendete Tatsachen zu stellen. Aber er war nicht der Typ, der um den heißen Brei herumredete. Und in diesem Fall ging nur ganz oder gar nicht.

»Ich habe es geahnt.« Peter stieß die Luft aus, und es klang wie ein Stöhnen. Ein resigniertes Stöhnen, denn er kannte Ben so gut wie kaum jemand sonst und wusste genau, wann er etwas ernst meinte. »Warum?«, fragte er und schüttelte den Kopf. »Erklär es mir, Ben. Wieso gehst du für diese Engländer so ein Risiko ein?«

Ben zuckte mit den Schultern, weil er nicht sicher war, ob sein Freund seine Beweggründe verstehen würde. Dabei waren sie eigentlich ganz simpel.

»Weil ich wissen will, ob ich es schaffen kann.«

Er dachte zurück an den Nachmittag vor zwei Tagen, als er vom Flughafen wieder nach Daringham Hall gefahren war – zurück zu Kate, die er doch nicht aufgeben konnte. Er hatte keine Ahnung, wieso bei ihr alles anders war als bei den anderen Frauen in seinem Leben, aber die Vorstellung, sie nicht mehr zu sehen, hatte er einfach nicht ausgehalten. Er wollte mit ihr zusammen sein, und in seinem Kopf hatte es dafür zunächst nur einen Ort gegeben: New York.

Doch als er in der goldenen Nachmittagssonne vor dem Stallgebäude von Daringham Hall gestanden hatte, mit Kate im Arm, war ihm klar geworden, dass sie ihr Leben in England nicht einfach hinter sich lassen konnte. Und er hatte plötzlich gemerkt, dass es ihm ähnlich ging. Deshalb hatte er sich seine Frage, ob er wirklich seinen gesamten Besitz für den Erhalt des Herrenhauses einsetzen sollte, selbst beantworten können. Er wollte gar nicht gehen, so wie er es die ganze Zeit vehement behauptet hatte, sondern bleiben und die Herausforderung annehmen, die so unmöglich erschien.

Vielleicht würde es ihm nicht gelingen, Daringham Hall zu retten, aber einen Versuch war es wert. Sicher, er riskierte sein Vermögen dabei, aber Geld war ihm noch nie besonders wichtig gewesen. Er wollte es einfach noch einmal wissen, er wollte wieder dieses Kribbeln spüren, so wie damals, als er zusammen mit Peter ohne jedes Startkapital und nur mit einer Idee und viel Elan aus dem Nichts die Firma gegründet hatte. Er wollte herausfinden, ob er noch einmal zu einer solchen Leistung in der Lage war. Und irgendwie wollte er auch sich selbst und den Camdens etwas beweisen. Dass er nämlich sehr wohl zu ihnen gehörte und es wert war, den Titel zu tragen, der ihm nach dem Tod seines Großvaters zustand. Dass er ein würdiger Baronet von Daringham Hall sein würde.

Er dachte an den verzweifelten Ausdruck auf Ralph Camdens Gesicht bei ihrer letzten Begegnung. *Kümmere dich darum, Ben. Bitte.* Es war ein Auftrag gewesen, und auch wenn Ben es lange nicht hatte wahrhaben wollen, konnte er über den letzten Wunsch seines Vaters nicht einfach so hinweggehen.

»Außerdem habe ich es Ralph versprochen.« Er zuckte mit den Schultern. »Ich will es probieren mit dieser Familiensache.«

Es fiel ihm nicht leicht, das einzugestehen, und eigentlich rechnete er damit, dass Peter, der selbst mit Familie nicht viel am Hut hatte, verächtlich schnauben würde. Peter musterte ihn aber nur, und für den Bruchteil einer Sekunde sah Ben Verständnis in den Augen seines Freundes aufblitzen. Es wurde jedoch fast sofort wieder von Skepsis verdrängt.

»Und wie stellst du dir das alles vor? Wie soll das laufen?«

Ben stieß die Luft aus. »Das habe ich dir doch schon erklärt: Ich werde dir meinen Anteil an der Firma verkaufen – zu einem fairen Preis, versteht sich. Außerdem stoße ich die Wohnung ab, darum soll sich ein Makler so schnell wie möglich kümmern. Mit dem Geld zahle ich den Kredit ab, den die Bank von den Camdens zurückfordert, und dafür überschreiben die Camdens mir im Gegenzug das Gut.«

»Und was willst du damit?«, fragte Peter wütend. »Herrgott, Ben, der Laden ist fast pleite!«

»Genau. Aber ich habe vor, ihn zu sanieren – und ich weiß auch schon wie.« Der Plan dazu war in ihm gereift, seit er wusste, wie schlimm es um die Finanzen des Gutes stand. Er hatte jedoch etwas länger gebraucht, um sich einzugestehen, dass er selbst ihn umsetzen wollte. »Es sind einige Umstrukturierungen nötig, aber dann sehe ich da durchaus Potenzial.«

Peter hob die Augenbrauen. »Und damit sind die Camdens einverstanden?«

»Sie haben keine Wahl. Wenn ich Daringham Hall nicht übernehme, wird es zwangsversteigert.« Ben zuckte mit den Schultern. »Ich schätze, bevor sie es irgendeinem Fremden überlassen, bin ich für sie die bessere Alternative.«

»Das ist keine Alternative, Ben, das ist Wahnsinn«, protestierte Peter. »Du willst diese marode Hütte sanieren? Wie denn? Dieses denkmalgeschützte Ding ist doch ein verdammtes Fass ohne Boden.« Er stieß einen verächtlichen Laut aus. »Herrgott, Ben, wach auf! Du bist kein Gutsherr, du bist Unternehmer, und das Letzte, was du gebrauchen kannst, ist so ein Klotz am Bein. Das geht schief, und dann stehst du am Ende mit leeren Händen da.«

Ben zögerte einen Moment und fragte sich nicht zum ersten Mal, ob er das Risiko vielleicht unterschätzte. Es war ein Wagnis, das war ihm bewusst, und es würde schwerwiegende Konsequenzen haben, nicht nur für ihn, sondern auch für die Camdens, wenn er es nicht schaffte. Aber er schaffte eigentlich alles, was er sich vornahm. Warum sollte er ausgerechnet diesmal versagen?

»Zahl mich einfach aus, dann werden wir ja sehen«, sagte er grimmig.

Peter schwieg lange, und Ben sah, wie er mit sich kämpfte. Doch schließlich nickte er.

»Okay, du sturer Bastard«, knurrte er. »Ich mach's. Aber nur unter einer Bedingung.«

Ben, der gerade erleichtert lächeln wollte, wurde wieder ernst und hörte sich den überraschenden Vorschlag seines Freundes an.

* * *

Kate stand vor der großen Fensterfront im Wohnzimmer und sah hinaus auf den Central Park. Bens Apartment lag in der zehnten Etage, und unter anderen Umständen hätte sie den schönen Blick genossen, den man von hier auf die bereits herbstlich verfärbten Baumkronen hatte, die in der Nachmittagssonne in Gelb und Orange erstrahlten. Dazu war sie im Moment jedoch viel zu nervös, deshalb wandte sie sich wieder ab und kehrte zu der breiten, überraschend bequemen Ledercouch zurück, die das Herzstück des Wohnzimmers bildete. Es war sehr modern eingerichtet, genau wie der Rest des Apartments – alles edel und gleichzeitig komfortabel, mit schlichten Designermöbeln und wenigen ausgewählten Accessoires. Ben hatte erzählt, dass er dafür eine Innenarchitektin engagiert hatte, und das Ergebnis gefiel Kate. Wirklich. Aber trotzdem ...

Sie konnte nicht richtig in Worte fassen, was sie eigentlich störte. Es war nicht das Apartment an sich, sondern eher die Tatsache, wie krass es sich von ihrem eigenen kleinen Cottage in Salter's End unterschied. Oder von Daringham Hall mit seinen vielen Antiquitäten und Traditionen, in das Ben mit ihr ziehen wollte, sobald sie wieder nach East Anglia zurückgekehrt waren. Würde er sich dort wirklich wohlfühlen, wenn er eine Umgebung wie diese hier gewohnt war?

Sie durfte darüber nicht zu viel nachdenken, sonst kehrte die Angst zurück, die sie immer wieder quälte, seit Ben vor über zwei Stunden zu seinem Gesprächstermin mit Peter aufgebrochen war.

Seufzend erhob Kate sich wieder und trat zurück ans Fenster. Wo blieb er denn nur so lange? War es ein gutes Zeichen, dass sein Gespräch mit Peter so ewig dauerte, oder bedeutete es, dass es Ärger gab?

Natürlich wird es den geben, dachte sie. Peter hatte auf Bens Entschluss, in East Anglia zu bleiben und Daringham Hall zu übernehmen, sehr wütend reagiert. Sicher würde er auch im persönlichen Gespräch mit Ben keinen Hehl aus seiner Meinung machen. Peter wollte unbedingt vermeiden, dass Ben die Firma verließ, und er würde ganz bestimmt alles tun, um ihn zu halten.

Kate legte die Hände auf ihre Oberarme und rieb sie, weil ihr plötzlich kalt war.

Und wenn Ben es sich doch noch anders überlegte?

Dann konnte sie nur mit ihm zusammen sein, wenn sie nach New York zog. Dazu war sie zwar bereit, wenn es nötig sein sollte – Tierärzte wurden schließlich auch hier gebraucht, und sie würde sicher einen neuen Job finden. Aber während sie auf die riesige Stadt mit ihren zig Millionen Einwohnern hinunterstarrte, gestand sie sich ein, wie schwer ihr die Umstellung fallen würde. Und Ben musste es umgekehrt genauso gehen. Es gab einfach keinen gemeinsamen Nenner in ihrer beider Leben. Einer von ihnen würde alles aufgeben müssen, was er kannte und liebte – ohne Garantie, dass es am Ende funktionierte …

Ein Geräusch an der Wohnungstür ließ sie herumfahren. Sofort lief sie in den Flur und sah, dass Ben gerade hereinkam.

»Und? Was hat Peter gesagt?«

Ben warf den Wohnungsschlüssel in eine kleine Schale auf dem Sideboard neben der Tür. Dann nahm er Kate in die Arme und zog sie an sich.

»Er kauft mir meinen Anteil ab«, erwiderte er, doch er lächelte nicht so strahlend, wie sie es erwartet hatte.

»Einfach so?«, hakte sie nach. »Wie ich Peter kenne, hat er dir bestimmt ordentlich die Hölle heiß gemacht, oder?«

Ben seufzte. »Oh, das hat er, glaub mir.«

»Aber am Ende hat er es geschluckt und war einverstanden?« Kate beobachtete angespannt sein Gesicht, und für einen Moment hatte sie das Gefühl, dass er ihrem Blick auswich. Dann lächelte er jedoch wieder, diesmal amüsiert.

»Hast du daran etwa gezweifelt?«

»Nein.« Kate schlang die Arme um seinen Hals und betrachtete ihn: seine dunkelblonden Haare, seine markanten, schon so vertrauten Züge und seine sturmgrauen Augen, in denen sie sich von Anfang an verloren hatte. Sie war unendlich verliebt in ihn und wollte sich so gern freuen, dass ihrer gemeinsamen Zukunft jetzt nichts mehr im Weg stand. Trotzdem konnte sie die Angst, dass er zu viel riskierte, einfach nicht abschütteln.

»Und du willst es wirklich tun?« Sie musste ihn einfach noch mal fragen, weil es so ein gewaltiger Schritt war. »Bist du dir da ganz sicher?«

In Bens Blick flackerte etwas auf, ein Schatten, der seine Miene für einen Moment verdüsterte. Als sie sich gerade fragte, was das zu bedeuten hatte, lächelte er wieder und nahm sie in die Arme.

»Bist du dir denn sicher, dass du es mit mir versuchen willst?«, fragte er zurück, und während sie das glücklich bejahte, schoss ihr kurz durch den Kopf, dass er ihr die Antwort schuldig geblieben war.

Aber dann beugte er sich vor, und als ihre Lippen sich trafen, vergaß sie den leisen Zweifel, der sie beschlichen hatte. Mit einem tiefen Seufzer schmiegte sie sich an ihn und beschloss, nicht immer jedes Wort von ihm auf die Goldwaage zu legen.

Wir müssen nur zusammenhalten, dachte sie und erwiderte seinen Kuss leidenschaftlich. Dann konnte doch gar nichts schiefgehen.

1

East Anglia, sechs Monate später

»Nicht schon wieder!« Bens Stimme klang so grimmig, dass der Butler Kirkby in der Bewegung innehielt. Auch Kate, die gerade das Arbeitszimmer betreten hatte, blieb überrascht stehen.

»Möchten Sie keinen Tee?«, erkundigte sich Kirkby höflich, aber irritiert und schien nicht sicher, ob er die gefüllte Tasse auf dem Schreibtisch abstellen sollte, wie er es vorgehabt hatte.

»Was?« Mit abwesendem Gesichtsausdruck legte Ben das Handy beiseite und schien erst jetzt seine Besucher wirklich wahrzunehmen. »Nein. Doch. Natürlich. Entschuldigen Sie, Kirkby. Ich meinte nicht Sie.«

Der bullige Butler nickte und servierte den Tee. Dann wandte er sich an Kate. »Soll ich noch eine Tasse bringen?«

»Nein, danke«, lehnte Kate lächelnd ab und trat zu Ben an den Schreibtisch, während Kirkby das Zimmer wieder verließ und die Tür hinter sich schloss.

»Ich dachte, du wärst noch in der Praxis.« Mit einem Stirnrunzeln blickte Ben zu der Uhr auf dem Kaminsims. »Es ist doch erst vier. Hast du früher Schluss gemacht?«

Kate nickte. »Es war nicht mehr viel los, und ich muss gleich ohnehin noch mal nach Devil sehen.«

Bei der Erwähnung des Namens verdrehte Ben die Augen.

»Kate, diesen wilden Gaul kriegst selbst du nicht mehr hin. Das ist reine Zeitverschwendung – und gefährlich obendrein.« Er seufzte. »Ich wünschte wirklich, du hättest ihn da gelassen, wo er war.«

»Das konnte ich nicht«, widersprach Kate ihm sofort.

Sie brachte es nie übers Herz, Streuner abzuweisen, mit denen die Leute zu ihr kamen. Normalerweise waren es Hunde oder Katzen, die für eine Weile bei ihr leben durften, bis sich – vielleicht – ein neues Zuhause für sie fand. Aber weil Kate jetzt, wo sie auf Daringham Hall wohnte, auch den Stall zur Verfügung hatte, war vor kurzem auch noch ein schwarzer Vollblüter zu ihren Pflegefällen dazugekommen. Kate hatte ihn aus schlechter Haltung übernommen und arbeitete jetzt geduldig mit ihm, weil er völlig verwildert war und aggressiv reagieren konnte, wenn er sich in die Enge gedrängt fühlte. Sie war aber sicher, dass aus ihm mit viel Training wieder ein gutes Reitpferd werden würde, und man sah schon erste kleine Erfolge.

»Er fasst auch langsam wieder Vertrauen«, meinte sie ein bisschen stolz. »Bei mir war er beim letzten Mal schon richtig ruhig und hat sich sogar kurz streicheln lassen.«

Ben schnaubte halb frustriert, halb amüsiert. »Ich würde mich auch von dir streicheln lassen. Wenn es danach geht, könntest du deine Zeit also lieber mit mir verbringen.«

Der Einwand war berechtigt, denn das mit der Zeit war tatsächlich ein Problem. Im Moment sahen sie sich während des Tages nämlich meistens nur kurz zwischen Tür und Angel. Kate musste in die Praxis und Hausbesuche machen, und Ben hatte so viel zu tun mit der Leitung des Gutes, dass ihnen oft nur das gemeinsame Frühstück und die Abendstunden blieben, um zusammen zu sein. Und manchmal sogar nicht mal die, denn die Renovierungsarbeiten rund um Daringham Hall und die Planungen für die Umstrukturierung hielten Ben derart in Atem, dass er oft bis weit in den Abend hinein noch arbeiten musste.

Auch jetzt war er schon wieder mit einem Schreiben beschäftigt, das ihn zu beunruhigen schien, denn er betrachtete es stirnrunzelnd. Kate warf einen Blick über seine Schulter, als sie zu ihm hinter den Schreibtisch trat, und erkannte, dass es sich um eine Handwerkerrechnung über einen erschreckend hohen Betrag handelte.

»So viel musstest du für die Umbauarbeiten im ersten Stock bezahlen?«, fragte sie erschrocken.

Er nickte. »Das muss man offenbar anlegen, wenn man in einem denkmalgeschützten Haus Zimmer renoviert. Und das ist nicht mal das Schlimmste.« Seufzend legte er das Blatt in eines der Ablagefächer, und Kate spürte, wie sich ihr Magen zusammenzog.

»Ist etwas passiert?«

Ben lehnte sich auf seinem Stuhl zurück. »Nein, im Gegenteil. Leider passiert gar nichts«, meinte er frustriert. »Die Lieferung Dachschindeln, auf die wir schon so lange warten, verzögert sich um weitere zwei Tage. Und der Elektriker, der heute kommen wollte, hat mir gerade eine SMS geschrieben und mich auf Anfang nächster Woche vertröstet. Das ist das zweite Mal, dass er den Termin verschiebt. Wenn das so weitergeht, werden wir die Einweihung unseres Cafés wohl unter freiem Himmel bei Kerzenschein feiern müssen.«

»Oh nein!« Kate legte die Hände auf Bens Schultern und massierte ihn sanft, strich die Anspannung aus seinen Muskeln. Die Nachrichten waren aber auch wirklich alles andere als gut.

Das »Café«, wie Ben es nannte, entstand gerade neben den Stallungen in einer Scheune, die dafür aufwendig umgebaut und erweitert wurde. Ab Anfang Mai, also in gut vierzehn Tagen, sollten dort die Besucher des Herrenhauses einkehren und einkaufen können. Die Vorbereitungen liefen auf Hochtouren, und diese Verzögerung war mehr als ärgerlich. »Kannst du denn kein anderes Unternehmen beauftragen?«

»Nichts lieber als das«, erwiderte Ben. »Aber die Dachschindeln sind längst bezahlt, und bis ich alles rückgängig gemacht hätte, wäre es für die Eröffnung viel zu spät. Und *Aldrich & Sons* den Auftrag für die Elektroarbeiten zu entziehen wäre laut Rupert ein Politikum. Er sagt, dass die Firma schon in der dritten Generation in Salter's End ansässig ist.«

Kate konnte die Aussage des alten Baronets nur bestätigen. »Das stimmt. Außerdem engagiert sich Sam Aldrich intensiv in der Kirchengemeinde. Er ist ein enger Freund von Father Morton.«

Ben seufzte. »Aus genau diesem Grund hält Rupert es für unklug, ihn zu brüskieren. Er glaubt, es könnte die Leute gegen mich aufbringen, und da wir für das Café viel Personal brauchen, wäre das wohl kein kluger Schachzug.« Er zuckte mit den Schultern. »Wenn ich es recht bedenke, könnte ich diesen unzuverlässigen Kerl trotzdem ruhig feuern. Viel schlechter kann mein Ruf im Dorf ohnehin nicht mehr werden.«

Er sagte es leichthin, doch Kate wusste, dass er das nicht so locker nahm, wie es klang. Sein schwerer Stand als neuer Gutsherr auf Daringham Hall machte ihm zu schaffen. Viele Leute trauten »dem Amerikaner« nicht und beobachteten alles, was er tat, mit großer Skepsis. Immer wieder traf er auf Widerstände, und Kate spürte, dass ihn dieser Zustand zunehmend zermürbte.

Dabei hatte Ben schon unglaublich viel erreicht. Seit er die Leitung übernommen hatte, war Daringham Hall wie aus einem Dornröschenschlaf erwacht. Früher hatte die Familie das Haus nur während des Sommers jeden zweiten Donnerstag im Monat für Besucher geöffnet, inzwischen kamen fast täglich Busse mit Touristen, die sich den zur Besichtigung freigegebenen Teil des Hauses ansahen. Und es sollten noch mehr werden. Ben hatte vor, das Herrenhaus zu einer Attraktion zu machen, die den Besuchern mehr bot als alte Möbel und schöne Bilder. Er war dabei, die Landwirtschaft des Gutes auf Bioprodukte umzustellen. Diese sollten nicht nur die Grundlage für die Mahlzeiten im Café bilden, sondern später auch im angeschlossenen Hofladen an die Besucher verkauft werden. Der Hofladen entstand ebenfalls in der Scheune und würde außer Lebensmitteln auch kunsthandwerkliche Arbeiten sowie den auf Daringham Hall produzierten Wein führen. Bereits jetzt fand der Verkauf in einem umfunktionierten Bereich im Erdgeschoss und bei gutem Wetter draußen in einem Zelt statt. Aber noch war das alles viel zu improvisiert, und Ben fieberte der Fertigstellung des Cafés entgegen. Außerdem plante er langfristig die Aufnahme von Übernachtungsgästen und die Ausrichtung von Hochzeiten oder anderen Events, um das Haus effektiver auszulasten. Kate war sicher, dass Bens Ideen Daringham Hall nutzten, aber sie brachten natürlich auch Veränderungen mit sich, die nicht bei allen Zustimmung fanden.

»Du musst den Leuten einfach ein bisschen Zeit lassen, sich an die neue Situation zu gewöhnen«, meinte sie. »Am

Ende werden sie alle froh über das sein, was du hier schaffst.«

Ben brummte etwas Unverständliches, das nicht so klang, als würde er daran glauben. Er griff nach Kate und zog sie auf seinen Schoß, was sie sich mit einem glücklichen Seufzen gefallen ließ.

»Falls Sie gekommen sind, um mich aufzumuntern, Miss Huckley, gäbe es da eine andere, sehr effektive Methode, wie Sie das bewerkstelligen könnten«, dozierte er grinsend, und Kate spürte, wie ihr Herz schneller schlug.

»Ach ja?« Strahlend schlang sie die Arme um seinen Hals. »Und welche wäre das, Mr Sterling?«

Als Antwort zog Ben sie noch ein bisschen enger an sich, schob eine Hand unter ihr Haar und strich mit den Fingerspitzen über die empfindliche Haut in ihrem Nacken. Es war nur eine ganz sanfte Berührung, aber sie sandte einen prickelnden Schauer über Kates Rücken.

»Du weißt schon«, neckte er sie, und als ihre Lippen sich fanden, ließ Kate sich nur zu gern in ihren Kuss fallen und vergaß für einen Moment, wo sie war. Das Klingeln des Telefons erinnerte sie jedoch einen Augenblick später unsanft daran.

Mit einem unterdrückten Fluch löste Ben sich von Kate und griff nach dem Hörer.

»Hallo?«, knurrte er so unwillig, dass Kate sich nicht gewundert hätte, wenn der Anrufer am anderen Ende der Leitung sofort wieder aufgelegt hätte. Sie wollte aufstehen, um Ben beim Telefonieren allein zu lassen, doch er hielt sie auf seinem Schoß fest. Also blieb sie sitzen und sah sich in dem Raum um, der zuvor Bens Vater Ralph als Arbeitszimmer gedient hatte.

Die Möbel waren noch dieselben wie früher, und es hatte sich auch sonst kaum etwas verändert. Ben hatte im Grunde nur das elektronische Equipment ausgetauscht. Statt des schon recht betagten Rechners, den Ralph benutzt hatte, stand jetzt ein moderner Desktop auf dem Schreibtisch, und auch die Telefonanlage war neu. Außerdem fehlten die gerahmten Bilder von David und Olivia, die früher Ralphs Schreibtisch geschmückt hatten. Ben hatte sie allerdings nicht durch andere Fotos ersetzt, und es fanden sich auch sonst nirgends Dinge, die ihm gehörten. Nur Papiere und Ordner lagen auf der Arbeitsfläche, und Kate fand das plötzlich schrecklich unpersönlich. Es wirkte fast so, als wollte Ben vermeiden, diesem Ort seinen eigenen Stempel aufzudrücken. Und mit ihren gemeinsamen Räumen im Haus verhielt es sich ähnlich. Sie selbst hatte bei ihrem Einzug Dinge aus ihrem Cottage mitgebracht – ein paar Möbelstücke, Andenken und Bilder, die ihr wichtig waren. Ben jedoch schien so etwas gar nicht zu besitzen ...

Er legte wieder auf, und Kate stellte fest, dass sie so in Gedanken gewesen war, dass sie den Grund für den Anruf überhaupt nicht mitbekommen hatte. Besorgt blickte sie ihn an.

»Noch mehr schlechte Neuigkeiten?«

Er lächelte schief. »Sehr schlechte sogar. Das war die Architektin. Auf der Baustelle gibt es ein Problem mit der geplanten Aufteilung. Ich soll rauskommen und mir das ansehen.«

»Okay«, seufzte Kate resigniert. »Dann verschieben wir das Aufmuntern eben auf später.«

Sie erhob sich, doch als sie beide wieder standen, zog Ben sie noch einmal an sich.

»Aber vergiss es nicht«, sagte er und küsste sie, bis ihre Knie ganz weich wurden. Dann ließ er sie mit einem bedauernden Ausdruck auf dem Gesicht los, suchte eilig einige Papiere zusammen und schob sie in eine Mappe.

»Ach ja, es gibt übrigens auch eine gute Nachricht«, meinte er, als sie schon an der Tür standen. »Die Frau von der Filmproduktion hat sich heute Morgen gemeldet. Sie schickt demnächst einen Scout vorbei, der sich alles noch einmal genauer ansieht.« Er grinste. »Wir sind also immer noch im Rennen.«

»Das ist ja großartig!«, rief Kate begeistert. Ben stand mit einem britischen Fernsehsender in Kontakt, der Daringham Hall als Kulisse für einen Fernsehfilm in Erwägung zog. Es waren zwar mehrere Herrenhäuser in der engeren Wahl, und die Entscheidung stand noch aus. Aber jetzt konnten sie zumindest weiter hoffen.

»Ja, ist es«, pflichtete Ben ihr bei. »Allerdings wird es Timothy und Olivia sicher nicht passen, wenn wir den Zuschlag bekommen. Nicht nur Touristen, sondern auch noch ein großes Filmteam, das im Haus ein und aus geht – da werde ich wieder sehr lange reden müssen, um ihnen begreiflich zu machen, dass Daringham Hall jede Art von Einnahmequelle dringend braucht. Die beiden scheinen nämlich immer noch zu glauben, dass es auch ohne irgendwelche Einschränkungen geht.«

Kate hätte ihm gerne widersprochen, nur leider hatte er vollkommen recht. Sein Onkel sträubte sich vehement gegen das geplante Besucherzentrum, weil er fürchtete, dass zu viele Touristen den Charme von Daringham Hall zerstören könnten, und würde ganz sicher nicht begeistert sein über ein Filmteam im Herrenhaus. Und auch Olivia stellte sich bei jeder sich bietenden Gelegenheit quer und hatte an allen Vorschlägen von Ben etwas auszusetzen. Manchmal fragte Kate sich wirklich, wie er es schaffte, immer die Geduld mit den beiden zu behalten.

Trotzdem wollte sie sich die Freude über die gute Nachricht nicht nehmen lassen und machte eine wegwerfende Handbewegung. »Ach was. Wenn sich hier erst mal die Fernsehstars für eine Weile die Klinke in die Hand geben, werden alle vor Aufregung ganz aus dem Häuschen sein – Olivia sogar ganz besonders. Dann werden sie dich lieben, du wirst sehen.«

Ben verzog den Mund zu etwas, das gerade noch als Lächeln durchging. »Mir würde es schon reichen, wenn sie mich einfach machen ließen. Lieben müssen sie mich nicht«, sagte er, und in seiner Stimme schwang so viel Abwehr mit, dass es Kate einen Stich versetzte.

Ben redete nicht gerne über seine Gefühle, das wusste sie inzwischen, und er machte grundsätzlich einen großen Bogen um das Thema Liebe. Auch bei ihr. Sicher, sie lebten zusammen, und eigentlich war auch alles gut zwischen ihnen. Aber er antwortete nie, wenn sie ihm sagte, dass sie ihn liebte, und er sprach auch nie über ihre gemeinsame Zukunft, nur über das Hier und Jetzt. Kate beunruhigte das manchmal, aber sie tröstete sich mit dem Gedanken, dass er vielleicht nur noch ein bisschen Zeit brauchte, um sich ihr ganz zu öffnen. Schließlich war es das Einzige, was einen Schatten auf ihr Glück warf, und irgendwann würde sich das bestimmt alles finden.

Sie begleitete Ben bis hinunter in die große Halle.

»Soll ich dich mit zum Stall nehmen?«, fragte er, aber Kate schüttelte den Kopf und deutete auf den Durchgang zur

Küche, aus der laute Stimmen zu hören waren. Wenn sie sich nicht täuschte, gehörten sie der Köchin Megan und Ralphs Witwe Olivia, die gerade heftig stritten.

»Danke, aber ich glaube, ich sehe lieber erst kurz nach, was da wieder los ist«, meinte sie und küsste Ben zum Abschied. Dann machte sie sich auf den Weg zur Küche, doch noch bevor sie die Tür erreichte, kam ihr eines der Hausmädchen weinend entgegen.

»Alice?« Kate hielt die junge Frau am Arm fest, bevor sie an ihr vorbeilaufen konnte. »Was ist denn los?«

»Mrs Camden hat uns …« Alice schluchzte heftig auf und musste noch einmal ansetzen, um ihren Satz zu beenden. »Sie hat uns gerade alle entlassen!«

2

»Sie hat *was?*« Fassungslos starrte Kate das Hausmädchen an. »Wie kommt sie denn dazu?«

Alice wischte sich mit der Hand über ihre tränennassen Wangen. »Sie sagt, ich hätte beim Putzen einen Spiegel in ihrem Zimmer kaputt gemacht. Den antiken, wissen Sie, der an der Wand neben der Tür hängt?«

Kate nickte. Sie kannte das Ungetüm, das eigentlich gar nicht in Olivias ansonsten sehr modern eingerichtetes Zimmer passte. »Und, hast du?«

»Nein.« Unglücklich schüttelte Alice den Kopf. »Ich würde es sagen, wenn es so wäre, Miss Huckley. Wirklich. Aber er hing noch an seinem Platz, als ich fertig war. Und Jemma kann das auch bezeugen, wir haben die Räume extra noch einmal kontrolliert und nachgesehen, ob alles in Ordnung ist. Das machen wir immer so.«

Jemma und Alice, beide noch keine zwanzig, waren für die Zimmer zuständig und halfen der Köchin Megan bei den Vorbereitungen der Mahlzeiten. Sie arbeiteten erst ein knappes Jahr auf Daringham Hall, aber Kate hatte sie immer als sehr zuverlässig erlebt und konnte sich nicht vorstellen, dass Alice log. Der flehende Blick der jungen Frau schien das zu bestätigen.

»Hast du Mrs Camden das gesagt?«, wollte Kate wissen.

Alice nickte. »Aber sie glaubt mir nicht. Als Jemma und Megan mich verteidigt haben, ist sie furchtbar wütend geworden und hat gesagt, dass wir alle morgen nicht mehr wiederkommen sollen, weil wir entlassen sind.« Hoffnungsvoll blickte sie Kate an. »Darf sie das überhaupt, Miss Huckley? Uns einfach kündigen?«

»Nein.« Kate spürte Wut in sich aufsteigen und griff nach Alice' Arm, zog sie zurück in die Küche.

Sofort liefen ihnen Kates Hunde schwanzwedelnd entgegen. Im Moment waren es drei: der halb blinde Collie Blackbeard und der dreibeinige Terrier Archie, für die Kate nie eine neue Familie hatte finden können und die deshalb für immer bei ihr bleiben durften, und der zottelige Mischling Digger, der für die inzwischen vermittelten Hündinnen Lossie und Ginny neu dazugekommen war. Alle drei sprangen ihr aufgeregt um die Füße, und Kate begrüßte sie kurz, wandte ihre Aufmerksamkeit dann aber Olivia und Megan zu, die immer noch lauthals stritten.

»Diese Impertinenz muss ich mir von einer Angestellten nicht gefallen lassen!«, schimpfte Olivia gerade. »Würde mein Mann noch leben, hätte er so etwas niemals zugelassen. Er hätte euch alle ...«

»Olivia?«, unterbrach Kate sie und stellte sich neben Megan. Alice flüchtete zu Jemma, die etwas abseits stand und ebenfalls ziemlich aufgelöst wirkte. Großartig, dachte Kate. Aufregung unter der Belegschaft war genau das, was sie im Moment nicht gebrauchen konnten. Sie musterte Olivia mit verhaltener Wut, bemühte sich aber, sachlich zu bleiben. »Ich habe gehört, in deinem Zimmer wurde etwas beschädigt?«

»Ja, allerdings!«, ereiferte sich Olivia und deutete auf Alice. »Und zwar von ihr! Sie hat den Spiegel zerschlagen, und jetzt will sie nicht dazu stehen!«

Alice öffnete den Mund, um zu protestieren, doch Kate brachte sie mit einer Handbewegung zum Schweigen.

»Und du bist ganz sicher, dass Alice schuld ist? Warst du dabei, als es passierte?«

»Nein, natürlich nicht. Ich schaue ihr schließlich nicht beim Putzen zu«, gab Olivia schnippisch zurück. »Aber sie muss es gewesen sein. Sie gibt es nur nicht zu.«

»Sie kann Alice doch nicht einfach beschuldigen«, mischte sich Megan ein. Ganz offensichtlich passte es der kleinen, aber sehr resoluten Köchin gar nicht, wie ihre Aushilfe von Olivia behandelt wurde. »Außerdem ist das kein Entlassungsgrund!«

»Aber die Tatsache, dass sie nicht mehr gut arbeitet, ist einer! Überhaupt arbeitet hier niemand mehr vernünftig, und zwar schon seit Monaten!«, erwiderte Olivia hitzig. »Das ist ja auch kein Wunder. Seit mein Mann nicht mehr da ist, geht es in diesem Haus nur noch drunter und drüber. Er hätte längst durchgegriffen und euch alle rausgeworfen!«

»Das hätte Mr Camden niemals getan!«, gab Megan wütend zurück. »Er hätte ...«

»Genug jetzt!«, rief Kate scharf und trat mit erhobener Hand zwischen die beiden Frauen. Sie kam sich vor wie eine Dompteurin im Zirkus, aber tatsächlich verstummten sowohl die Köchin als auch Olivia und wichen ein Stück zurück.

»Niemand wird hier entlassen!«, stellte Kate klar, ehe sie sich wieder an Olivia wandte. »Könnte ich dich bitte kurz unter vier Augen sprechen?«

Sie deutete zur Tür, weil sie nicht wollte, dass der Streit noch weiter eskalierte. Und das würde er, wenn Olivia hier in der Küche eine Bühne für ihren theatralischen Auftritt hatte.

Einen langen Moment zögerte Olivia, dann ging sie mit eisiger Miene nach draußen.

»Sie ist nicht mehr ganz dicht, seit Mr Camden nicht mehr da ist«, zischte Megan. »Das ist doch nicht normal, wie die sich hier aufführt!«

Kate erwiderte nichts darauf, auch wenn sie der Köchin im Stillen beipflichtete.

»Ich kläre das mit ihr«, sagte sie und bedeutete den Hunden, in der Küche zurückzubleiben. Im Hinausgehen nickte sie Alice und Jemma beruhigend zu, die immer noch ganz aufgelöst waren. Dann folgte sie Olivia in die große Halle.

»Wenn du glaubst, dass ich diesen Vorfall auf sich beruhen lasse, dann hast du dich getäuscht!«, fauchte Olivia, noch ehe Kate etwas sagen konnte, und verschränkte die Arme vor der Brust. »Dieses Mädchen hat mein Eigentum beschädigt, und das muss Konsequenzen haben.«

»Noch ist nicht erwiesen, dass es Alice war«, erwiderte Kate, so ruhig sie konnte. »Der Spiegel ist alt und schwer, es kann auch andere Gründe geben, warum er von der Wand gefallen ist. Vielleicht hat der Nagel sich gelöst. Oder du bist selbst dagegen gestoßen, ohne es zu bemerken, und …«

»Ich? Also bitte, das wüsste ich doch!«, entrüstete sich Olivia, etwas zu lautstark, wie Kate fand. Natürlich wollte sie ihr nichts unterstellen, aber die Möglichkeit, dass Ralphs Witwe es tatsächlich selbst gewesen war und jetzt einen anderen Schuldigen suchte, war leider durchaus gegeben. Seit sie mit ihrem unfreiwilligen Geständnis, dass Ralph nicht der Vater ihres Sohnes David war, für so viel Wirbel gesorgt hatte, gab Olivia nämlich keine Fehler mehr zu. Stattdessen suchte sie bei anderen danach, kritisierte alles und jeden, vielleicht weil sie so nicht darüber nachdenken musste, was in ihrem eigenen Leben falsch gelaufen war.

»Aber es war natürlich klar, dass du die Kleine verteidigst«, fügte sie hinzu und sah Kate feindselig an. »Du hast ja schon immer eher auf der Seite des Personals gestanden.«

Kate atmete tief durch und zwang sich, nicht auf diesen Seitenhieb zu reagieren. Trotzdem traf er sie schmerzhaft, denn er erinnerte sie daran, dass sich ihre Rolle auf Daringham Hall tatsächlich sehr verändert hatte, seit sie mit Ben zusammen war. Das verwirrte sie selbst oft, und sie war auch nach Monaten immer noch unsicher, wie sie sich in manchen Situationen verhalten sollte, ob nun gegenüber dem Personal oder gegenüber der Familie. Aber sie würde nicht zulassen, dass Olivia diese Tatsache gegen sie ausspielte.

»Ich denke nicht, dass es hier darum geht, auf welcher Seite ich stehe«, erklärte sie mit fester Stimme. »Ich möchte lediglich, dass du keine Anschuldigungen erhebst, für die du keine Beweise hast. Warum gehen wir nicht in dein Zimmer und sehen uns den Schaden an?«, schlug sie vor. »Vielleicht können wir dann feststellen, wie es passiert ist.«

Olivia schnaubte, und für einen Moment glaubte Kate, neben dem Zorn auch Unsicherheit in ihrem Blick zu erkennen.

»Damit du dann wieder behaupten kannst, diese Alice wäre es nicht gewesen?« Sie schüttelte den Kopf und verschränkte die Arme vor der Brust. »Ich weiß, dass sie es war, selbst wenn du mir nicht glaubst. Sie und diese Jemma. Und ich weiß auch, dass es nicht das erste Mal war, dass die beiden in meinem Zimmer absichtlich etwas beschädigt haben. Sie können mich nicht leiden, genau wie alle anderen.« Tränen traten plötzlich in ihre Augen. »Wenn Ralph noch da wäre, hätte er sie dafür zurechtgewiesen. Er hätte mir geglaubt und mich nicht so angesehen, als würde ich mir das alles nur einbilden.«

Kate seufzte innerlich und musterte Olivia, ihre schlanke Gestalt und die hübsch frisierten Haare. Ralphs Witwe war mit ihren siebenundvierzig Jahren immer noch eine ausgesprochen attraktive Frau, aber es ließ sich nicht leugnen, dass sie sich nach dem Schock über den Tod ihres Mannes sehr verändert hatte.

Allerdings nicht nur zum Negativen, denn sie hatte das Trinken aufgegeben, was vor allem ihren Sohn David sehr freute. Dafür fühlte sie sich jedoch plötzlich für Dinge zuständig, die sie vorher nie interessiert hatten. Die Haushaltsführung zum Beispiel hatte sie früher immer Ralphs Schwester Claire überlassen und war lieber zu Empfängen, Bällen und Teepartys gegangen. Das tat sie jetzt nicht mehr, vielleicht weil sie immer noch den Klatsch fürchtete. Stattdessen mischte sie sich ständig in alles ein und nervte damit nicht nur das Personal. Außerdem vermutete sie plötzlich überall Intrigen gegen sich und klammerte sich fast verzweifelt an die Vorstellung, alles sei besser gewesen, als Ralph noch lebte.

Kate war zwar keine Psychologin, vermutete jedoch, dass Olivia auf diese Art ihre Trauer verarbeitete. Was allerdings kein Freibrief dafür war, den Angestellten gegenüber derart ausfallend zu werden.

»Wir alle vermissen Ralph, Olivia«, begann Kate mit ruhiger Stimme. »Aber er hätte sicher nicht gewollt, dass hier so viel Unfrieden herrscht.«

»Der herrscht hier doch erst, seit Ben da ist!«, explodierte Olivia sofort wieder. »Wenn er nicht gekommen wäre, dann ...«

»Dann würde Daringham Hall jetzt irgendeinem fremden Investor gehören, und ihr würdet alle auf der Straße sitzen«, beendete Kate den Satz und gab sich keine Mühe mehr, ihre Wut zu verbergen. »Was passiert ist, ist passiert, Olivia. Es lässt sich nicht mehr ändern, und wir müssen alle lernen, damit zu leben!«

»Ich will aber nicht damit leben, dass dieser … dieser dahergelaufene Amerikaner alles zerstört, was Ralph aufgebaut hat«, widersprach Olivia. »Wenn Ben mit Daringham Hall fertig ist, wird es nicht mehr wiederzuerkennen sein. Das hätte Ralph niemals gewollt.«

»Er hätte aber auch nicht gewollt, dass du durch das Haus läufst und ohne Grund Personal entlässt«, sagte Kate. »Dein Verhalten ist völlig absurd, und das weißt du auch. Du darfst hier weiterhin wohnen, aber keine Personalentscheidungen mehr treffen, Olivia.«

»Du aber auch nicht!«, fauchte Olivia. »Du brauchst hier nicht die Gutsherrin zu spielen, Kate. Solange du nicht Bens Frau bist, hast du hier überhaupt nichts zu sagen. Du gehörst eigentlich nicht mal hierher, also spiel dich gefälligst nicht so auf.«

Abrupt drehte sie sich um und rauschte über die Treppe nach oben.

Noch völlig überrascht von der plötzlichen Hasstirade starrte Kate ihr nach und musste unwillkürlich an Lady Eliza denken und daran, wie ähnlich Olivia ihr geworden war. Die alte Dame litt zwar an Demenz und lebte inzwischen in einem Heim in Fakenham, aber als sie noch bei Verstand gewesen war, hatte sie Kate und vor allem Ben fast immer feindselig und herablassend behandelt. In dieser Hinsicht machte Olivia, die schon damals versucht hatte, ihrer Schwiegermutter nachzueifern, der alten Dame jetzt alle Ehre.

Das Problem war nur, dass Olivia auch ein bisschen recht

hatte. Denn Kates neuer Status auf Daringham Hall war tatsächlich noch nicht geklärt. Sie war Bens Freundin, und als solche erwartete gerade das Personal Entscheidungen von ihr, wandte sich ständig an sie, wenn es darum ging, welche Sachen für die Küche oder den Garten nachbestellt werden mussten. Und Kate übernahm auch Aufgaben und Verantwortung, so gut sie konnte. Aber da Ben sich bisher nicht dazu geäußert hatte, wie er sich ihre gemeinsame Zukunft vorstellte, hatte sie eigentlich keine Autorität. Sie saß immer noch zwischen allen Stühlen, und das war ein unangenehmes Gefühl, vor allem, wenn Olivia es ihr so unter die Nase rieb ...

»Na, wartest du schon auf mich?«

Kate fuhr herum und sah, dass Bens Tante Claire gerade die Halle betreten hatte und sie freundlich anlächelte. Sofort stieg in Kate ein Gefühl der Dankbarkeit auf. Egal wie schwierig es auf Daringham Hall auch war – Claire und ihr Mann James, aber auch Bens Großvater Sir Rupert gaben ihr nie das Gefühl, hier nicht willkommen zu sein.

»Nein, wieso?«, fragte sie.

Claire lächelte. »Hast du es vergessen, Kate? Wir wollten doch die Personalpläne durchgehen.«

»Oh. Richtig.« Erschrocken erinnerte sich Kate, dass sie Claire das schon vor zwei Tagen für heute Nachmittag zugesagt hatte – und traf eine Entscheidung. »Wir können das jetzt gleich machen, wenn du willst.«

»Sehr gut.« Claire zog ihr Smartphone aus der Tasche. »Ich will nur ganz schnell ...«

Sie tippte auf zwei Tasten und hielt sich das Handy ans Ohr, ließ es jedoch einen Augenblick später wieder sinken.

»Nur die Mailbox«, murmelte sie und wirkte bedrückt.

»Gibt es ein Problem?«, erkundigte sich Kate.

Claire zuckte mit den Schultern. »Es hat sich kurzfristig noch eine Gruppe aus Cambridge für eine Führung angemeldet. David wollte das übernehmen. Die Leute kommen gleich mit dem Bus an, aber ich kann ihn nicht erreichen. Ich hoffe, er vergisst es nicht.«

»Auf keinen Fall tut er das. Du kennst ihn doch – er liebt diese Führungen«, beruhigte Kate sie.

Claire blieb jedoch skeptisch. »Ich weiß, aber ich hatte heute Morgen ein Gespräch mit ihm, und danach war er so …« Sie zögerte, dann schüttelte sie den Kopf. »Ach, er wird schon dran denken«, meinte sie. »Sollen wir uns in die Küche setzen? Ich könnte jetzt wirklich einen Tee gebrauchen, was meinst du?«

Kate sah die Schatten unter ihren Augen und fragte sich, was sie wohl mit David besprochen hatte, das ihr solche Sorgen machte. Sie respektierte es jedoch, dass Claire nicht darüber reden wollte, und hakte sich bei ihr ein.

»Tee klingt gut«, sagte sie lächelnd.

3

Anna stand im Flur an einem der Fenster und starrte auf den Weg, der vom Hof hinaus in den Park führte. Doch von Davids Wagen war nichts zu sehen.

Wo konnte er nur sein? Und warum meldete er sich nicht? Er war schon seit Stunden weg und ging nicht an sein Handy, deshalb machte Anna sich allmählich wirklich Sorgen. Eigentlich musste er gleich zurückkommen, weil er schon wieder eine Führung übernommen hatte. Ben plante zwar, dafür jemanden fest einzustellen, aber noch gehörte es zu Kirkbys Aufgaben, Touristen das Haus zu zeigen. Theoretisch jedenfalls, denn David sprang immer wieder für ihn ein, bot sich bei jeder Gelegenheit an. Wenn das so weiterging, dann ...

Eine Bewegung am Ende des Parkweges riss Anna aus ihren Gedanken. Sie kniff die Augen zusammen und erkannte Davids dunkelblaues Sportcabrio, das sich schnell näherte. Erleichtert atmete sie auf und lief nach unten in den Hof, wo David den Wagen gerade abstellte.

Das Wetter war schon seit Tagen beständig schön, und die Sonne strahlte von einem wolkenlosen Himmel. David schien das jedoch gar nicht zu bemerken. Er hatte die Hände tief in den Taschen vergraben und lächelte nicht, als er Anna entgegenkam.

»Wo bist du gewesen?«, fragte sie und wartete darauf, dass er sie in die Arme nahm und küsste. Doch er blieb vor ihr stehen.

»Ich bin rumgefahren«, antwortete er und wich ihrem Blick aus. Überhaupt strahlten seine grünen Augen nicht so wie sonst, wenn er sie ansah. Stattdessen lag ein anderer Ausdruck darin, den Anna nicht deuten konnte. Ein ungutes Gefühl stieg in ihr auf.

»Was ist los?«, wollte sie wissen.

David antwortete nicht sofort, sondern stieß mit dem Fuß in den Kies, ließ kleine Steinchen auffliegen. Dann hob er den Kopf.

»Wann wolltest du es mir eigentlich sagen?«

Anna spürte, wie ihr Magen sich zusammenzog. Also hatte er davon erfahren. Verdammt.

»Wer hat es dir erzählt? Mummy?«

David nickte, und Anna stieß verzweifelt die Luft aus.

»Das sollte sie nicht. Ich hatte sie ausdrücklich gebeten, es dir ...« Sie stockte, und David hob eine Augenbraue.

»Es mir nicht zu sagen?«, beendete er ihren Satz, und jetzt erkannte Anna, was in seinem Blick lag: Enttäuschung. »Warum nicht? Seit wann darf ich es nicht mehr wissen, wenn in deinem Leben Entscheidungen anstehen?«

Anna zuckte mit den Schultern und fühlte sich plötzlich schlecht. Sie hätte es ihm nicht verschweigen dürfen, das wusste sie. Aber sie hatte Angst gehabt, und zwar vor genau dieser Situation.

»Natürlich darfst du es wissen. Aber es gibt gar nichts mehr zu diskutieren.« Sie verschränkte die Arme vor der Brust. »Ich werde nämlich nicht fahren.«

»Doch, das wirst du, Anna«, beharrte David. »Sechs Monate an einer exklusiven französischen Schule! Eine solche Gelegenheit kannst du unmöglich ausschlagen!«

Anna stöhnte innerlich, denn genau das hatten ihre Eltern

auch gesagt. Und im ersten Moment hatte der abenteuerlustige Teil von ihr, der gerne noch viel von der Welt sehen wollte, ihnen sogar zugestimmt. Es war etwas ganz Besonderes, diese Kooperation ihrer Schule mit einem Internat in der Nähe von Paris. Dabei durften fünfzehn Schüler ein halbes Jahr in Frankreich verbringen, und Anna war ausgewählt worden, was nicht nur eine große Ehre, sondern auch eine Chance war, die so sicher nicht wiederkam.

Es bedeutete aber auch, dass sie sechs lange Monate von David getrennt wäre, und der Gedanke, ihn so lange nicht zu sehen, tat ihr viel zu weh. Und selbst wenn sie es aushalten würde – ihr Gefühl sagte ihr, dass er sie im Moment brauchte. Ralphs Tod setzte David immer noch zu, genau wie die vielen Veränderungen auf Daringham Hall. Anna spürte das, auch wenn er sich bemühte, es nicht zu zeigen. Und deshalb konnte sie jetzt nicht wegfahren. Sie durfte ihn nicht alleinlassen, nicht ausgerechnet jetzt. Vielleicht auch nie, denn sie brauchte ihn auch. Nur wenn er bei ihr war, fühlte sie sich ganz, nur dann ging es ihr wirklich gut. Sie wusste nicht, ob es immer so war, wenn man sich verliebte. Mit gerade erst achtzehn Jahren hatte sie da noch wenig Erfahrung. Aber sie war einfach nicht glücklich ohne ihn – und eigentlich hatte sie gehofft, dass es ihm ebenso ging und er ihre Entscheidung verstand.

»Willst du mich so dringend loswerden?« Sie schlang die Arme um ihn und blickte lächelnd zu ihm auf.

Doch David blieb ernst. »Nein, das will ich nicht«, sagte er und strich über ihre langen rotblonden Haare. »Aber du solltest es trotzdem machen, Anna. Eine so wichtige Erfahrung darfst du dir nicht entgehen lassen.«

Anna löste sich von ihm. »Welche Erfahrung?«, fragte sie,

enttäuscht von seiner Reaktion. »Die, dass ich da sechs lange Monate rumsitzen und dich schrecklich vermissen werde? Darauf kann ich verzichten.«

»Ich kann dich doch besuchen kommen«, wandte er ein, doch Anna schnaubte nur.

»Ja, ein oder zwei Mal vielleicht für ein paar Tage. Und den Rest der Zeit sitze ich trotzdem rum und vermisse dich.« Sie wusste selbst, wie trotzig sie klang, und Davids Seufzen machte es nur schlimmer.

»Du wirst da nicht nur herumsitzen. Die Zeit vergeht sicher wie im Flug«, meinte er in diesem ekelhaft vernünftigen Tonfall, den sie noch von früher kannte. David war vier Jahre älter als sie, und manchmal – ganz selten – ließ er sie das spüren. Aber sie war kein kleines Mädchen mehr, das man zur Ordnung rufen musste.

»David, sieh mich an«, sagte sie und suchte in seinen Augen nach einem Hinweis darauf, dass ihre Befürchtungen stimmten. »Willst du wirklich, dass ich gehe? Oder sagst du das nur wegen meiner Eltern? Hast du immer noch Angst, dass sie gegen dich sind, und redest ihnen deshalb nach dem Mund?«

Er schüttelte den Kopf, aber sie hatte wieder das Gefühl, dass er ihrem Blick auswich.

»Das ist Unsinn, David. Sie haben sich längst daran gewöhnt, dass wir zusammen sind. Genau wie alle anderen. Niemand hat etwas dagegen.«

Das war nicht immer so gewesen. Vielen Leuten war das Umdenken anfangs schwergefallen, und vor allem Annas Eltern hatten sehr skeptisch reagiert, als ihnen klar geworden war, dass Anna und David mehr füreinander empfanden. Inzwischen akzeptierten sie ihre Beziehung jedoch und hatten sich nie wieder kritisch geäußert. Zumindest Anna gegenüber nicht.

Sie runzelte die Stirn. »Oder haben sie dir etwas anderes gesagt?«

»Nein«, antwortete David sofort, und wieder war Anna unsicher, ob er ihr die Wahrheit sagte. »Es geht mir auch nicht um Claire und James oder um die Leute im Dorf«, fuhr er kopfschüttelnd fort, »sondern um dich. Dieser Austausch ist eine einmalige Chance, Anna. Die darfst du nicht verstreichen lassen!«

Anna schnaubte. »Sagte der Mann, der gerade dabei ist, seine Chance auf eine gute Zwischenprüfung in den Wind zu schießen, indem er ständig Leute durch Daringham Hall führt«, erwiderte sie, und sein betroffener Gesichtsausdruck entging ihr nicht. Sie lag also richtig: Er vernachlässigte in letzter Zeit sein Studium zugunsten einer Arbeit, die er gar nicht machen musste. »Warum reißt du dich so darum, David? Wenn du nicht ständig bereit wärst, die Führungen zu übernehmen, hätte Ben längst jemanden dafür eingestellt. Spätestens im Sommer, wenn die Saison richtig anfängt, wird er das ohnehin tun müssen, dann schaffen du und Kirkby es gar nicht mehr allein.«

»Ich weiß. Aber ...« Unglücklich zuckte David mit den Schultern, dann hielt er inne, und sein Blick schweifte hinaus in den Park. Als Anna sich umwandte, sah sie, dass ein Reisebus über den Weg auf das Herrenhaus zufuhr.

»Aber?«, hakte sie nach, weil sie wollte, dass er seinen Satz beendete.

»Aber diese Führung werde ich wohl noch übernehmen müssen.« Er grinste schief und wirkte sichtlich erleichtert darüber, dank der Ankunft der Touristen nicht mehr antworten zu müssen. »Wir reden später, okay?«

Er küsste sie flüchtiger als sonst und ging dem Bus entgegen, der eben auf den Hof fuhr.

»Okay«, erwiderte Anna, obwohl er schon so weit weg war, dass er ihre Antwort nicht mehr hören konnte. Doch während sie ins Haus zurückkehrte, kämpfte sie gegen das nagende Gefühl an, dass im Moment eigentlich gar nichts mehr okay war.

* * *

David drehte sich ganz bewusst nicht mehr zu Anna um, sondern ging mit einem festgefrorenen Lächeln auf den Bus zu, aus dem bereits die ersten Besucher ausstiegen.

»Willkommen auf Daringham Hall!«, rief er und stellte sich so hin, dass er für alle gut zu sehen war und die Leute sich um ihn sammeln konnten.

Die Gruppe kam aus Cambridge und bestand vornehmlich aus Familien mit Kindern jeden Alters, was die Führung vermutlich recht anstrengend machen würde. Aber das war gut so. Genau das brauchte er jetzt, denn dann blieb ihm keine Zeit, sich mit Annas Vorwürfen auseinanderzusetzen.

Dabei stimmte, was sie gesagt hatte. Er führte im Moment tatsächlich lieber Touristen durch Daringham Hall, als für ein Studium zu lernen, das ihm plötzlich sinnlos vorkam. Wozu brauchte er jetzt schließlich noch Kenntnisse in Betriebswirtschaft? Als er sich vor zwei Jahren am King's College in Cambridge eingeschrieben hatte, war er noch davon ausgegangen, dass er eines Tages Daringham Hall würde leiten müssen. Das war jetzt jedoch Bens Aufgabe, und soweit David es beurteilen konnte, machte er seine Sache gut. Ben war ein erfahrener Geschäftsmann, der wusste, was er tat –

im Gegensatz zu David, der plötzlich gar nicht mehr sicher war, ob er wirklich ein guter Nachfolger für Ralph gewesen wäre. Er hätte wahrscheinlich ebenso viele Fehler gemacht wie sein Vater, der mit seiner Misswirtschaft für die prekäre finanzielle Lage gesorgt hatte. Wenn David sich aber nicht für das eignete, was er immer für seine Lebensaufgabe gehalten hatte – wozu taugte er dann?

Das war die Frage, die ihm in den letzten Wochen keine Ruhe ließ und auf die er keine Antwort fand. Sein altes Leben war viel einfacher gewesen, zumindest kam es ihm in der Rückschau so vor. Diese Klarheit vermisste er manchmal genauso schmerzlich wie Ralph, dessen Tod den Riss in Davids Leben endgültig zu einem klaffenden Graben geöffnet hatte. Obwohl er sich dagegen wehrte, driftete er immer weiter weg von Daringham Hall. Die Führungen halfen ein bisschen, denn wenn er Leuten das Haus zeigte, kehrte für eine Weile das vertraute Gefühl zurück, das ihn mit allem hier verband. Das gab ihm Halt, auch wenn das vermutlich albern war. Und Anna tat das auch. Aber gerade weil sie ihm so wichtig war, wollte er kein Klotz am Bein für sie sein. Er durfte sie nicht zurückhalten, nur weil er sich nicht vorstellen konnte, wie er es ohne sie aushalten sollte.

Steh ihr nicht im Weg, hatte Claire heute Morgen zu ihm gesagt, als sie ihm von dem Frankreich-Austausch erzählt hatte, und ihn mit eindringlichem Blick angesehen. *Du willst doch, dass sie glücklich ist, oder?*

Ja, das wollte er. Natürlich wollte er das. Aber konnte Anna es mit ihm überhaupt sein, wenn er nicht wusste, was er mit seinem Leben anfangen sollte?

»Entschuldigen Sie? Ich glaube, wir sind vollzählig«, sagte eine ältere Frau – offensichtlich die Leiterin der Reisegruppe – und schreckte David aus seinen Gedanken. Er hatte nicht bemerkt, dass die Leute inzwischen längst um ihn versammelt waren und darauf warteten, dass die Führung begann.

»Ja, natürlich.« Er lächelte und schaltete in den professionellen Modus. »Bitte, kommen Sie hier entlang!«

Er ging voran zur großen Eingangstür, die sich wie von Zauberhand von innen öffnete, weil Kirkby dahinter bereitstand. David nickte ihm zu und freute sich, als er die begeisterten Gesichter der Leute sah. Sie liebten es, in der ohnehin schon sehr beeindruckenden großen Halle auch noch stilecht von einem Butler in Uniform begrüßt zu werden.

Als alle in der Halle standen, stellte David sich auf die unterste Stufe der Treppe. Er war jetzt ganz bei der Sache und spürte das leise Kribbeln, das ihn immer kurz vor einer Führung erfasste. Auch wenn er kein echter Teil der Familie mehr war, liebte er es, über die baulichen Besonderheiten und die Geschichte von Daringham Hall zu sprechen, über die er so viel wusste. Schon als Kind hatte er sich für alles begeistert, was das Haus betraf, und er gab sein Wissen unglaublich gerne an andere weiter, freute sich über die interessierten Nachfragen der Besucher, die ihm zeigten, dass er sie mit seinen Ausführungen erreichte.

»Meine Damen und Herren«, begrüßte er die Gäste, die sich jetzt dicht um ihn scharten. »Was schätzen Sie, wie viele Stufen hat diese Treppe?«

So begann er immer, weil es ihm die Aufmerksamkeit der Leute sicherte, die natürlich sofort im Geiste die einzelnen Stufen zählten. Er würde sie raten lassen und dann aufklären, dass es fünfzig waren: zehn, die hinter ihm zum ersten Absatz führten, dann noch mal jeweils zwanzig, die in einem

Bogen zu beiden Seiten in den oberen Stock führten. Keine beeindruckende Zahl, aber David würde sie der Anzahl der Menschen gegenüberstellen, die im Lauf der Jahrhunderte die Treppe hinauf- und hinuntergestiegen waren. Es war der perfekte Einstieg, um über die Grundzüge der Entstehungsgeschichte des Hauses zu sprechen, ehe es dann weiter durch die einzelnen Räume ging.

»Und, was meinst du?«, fragte David einen Jungen, der vorne in der ersten Reihe neben seiner Mutter stand. Er schätzte den Kleinen auf sechs oder sieben, aber er konnte bestimmt schon gut zählen, denn seine Augen leuchteten. »Wie viele Stufen sind es?«

Der Junge öffnete den Mund, doch er sprach seine Antwort nicht aus. Etwas hinter David schien plötzlich seine Aufmerksamkeit zu fesseln.

»Mummy, da! Ein Gespenst!«, rief er aufgeregt und zeigte über Davids Schulter. Ein Raunen lief durch die Menge.

Erschrocken drehte David sich um und starrte wie alle anderen die Frau mit den langen, schlohweißen Haaren an, die nur mit einem Nachthemd bekleidet oben auf dem Treppenabsatz stand.

4

»Wer ist das?«, fragte eine Frau aus der Gruppe leise in die entstandene Stille, und David merkte, wie ihm heiß wurde. Er musste jetzt sehr schnell handeln.

»Entschuldigen Sie mich einen Moment«, sagte er äußerlich ruhig und lief die Treppe hinauf. Dabei machte er dem Butler ein Zeichen, der sich zum Glück noch in der Halle aufhielt. »Kirkby? Übernehmen Sie bitte?«

Die Worte schienen den Bann des atemlosen Schweigens zu brechen, der über der Menge lag. Plötzlich redeten alle durcheinander, und eines der Kinder, ein kleines Mädchen, klammerte sich schluchzend an seine Mutter.

»Mummy, ist das wirklich ein Geist?«, fragte es ängstlich.

Nein, dachte David unglücklich und war froh, als er Kirkbys sonore Stimme hinter sich hörte. Sicher würde der Butler die richtigen Worte finden, um den Besuchern zu erklären, was es mit der Dame im Nachthemd auf sich hatte, die immer noch bewegungslos oben auf dem Treppenabsatz stand.

Vorsichtig näherte David sich ihr, nicht sicher, ob sie ihn erkennen würde. Doch offenbar tat sie das, denn sie wich nicht vor ihm zurück und wehrte sich auch nicht, als er sie unterhakte.

»Komm, Grandma, wir gehen«, sagte er so ruhig wie möglich und führte sie vom Treppenabsatz in den Flur. Lady Eliza folgte ihm, aber nur ein paar Schritte. Dann blieb sie stehen und drehte sich um.

»Wer sind diese Leute, Rupert? Was machen sie hier?«, fragte sie, und in ihrer brüchigen Stimme lag noch etwas von ihrer alten Strenge.

»Es ist alles in Ordnung«, versicherte David ihr und ging nicht darauf ein, dass er nicht ihr Mann war. Er hatte gelernt, dass es am besten war, Lady Eliza weder anzulügen noch ihr zu widersprechen. Dann blieb sie am ehesten ruhig. Und solange sie ihn für Sir Rupert hielt, fühlte sie sich sicher und würde ihm folgen. Schlimmer war es, wenn sie einen nicht erkannte. In solchen Momenten reagierte sie oft panisch oder aggressiv, schimpfte und schlug im schlimmsten Fall sogar um sich, was für die Besucher sicher ein verstörender Anblick gewesen wäre. Aber es war auch so schon schlimm genug, dass die alte Dame im Nachthemd und ohne Aufsicht durchs Haus wanderte.

Was macht sie überhaupt hier, überlegte David. Eigentlich hätte sie in dem Heim für Demenzkranke in Fakenham sein müssen, wo sie schon seit einiger Zeit lebte – und das aus gutem Grund. Es kam in letzter Zeit immer häufiger vor, dass sie vollkommen die Orientierung verlor und ziellos herumirrte. Außerdem konnte sie die Konsequenzen ihrer Handlungen kaum einschätzen und brachte dadurch sich und andere in Gefahr. Einmal, als sie noch auf Daringham Hall gewohnt hatte, war sie aus heiterem Himmel auf die Idee gekommen, im Blauen Salon ein Feuer im Kamin anzuzünden – etwas, das sie gar nicht konnte, weil sie diese Aufgabe sonst immer dem Personal überlassen hatte. Es war pures Glück gewesen, dass Kirkby im rechten Moment ins Zimmer gekommen war und verhindert hatte, dass die Teppiche Feuer fingen. Nach diesem Vorfall hatte Sir Rupert endlich zugestimmt, seine Frau in einem Heim unterzubringen, wo sie besser betreut werden konnte. Er besuchte sie dort sehr regelmäßig und hatte David erzählt, dass sie immer wieder weinte und zurück nach Daringham Hall wollte. War sein Großvater vielleicht schwach geworden und hatte Lady Eliza hergebracht, obwohl er wusste, dass es eigentlich nicht gut für sie war?

»Wo sind wir?« Lady Eliza blieb plötzlich stehen und blickte sich um. Ihr Blick war jetzt leer, und als er an David hängenblieb, stand kein Erkennen mehr darin. Abrupt machte sie sich von ihm los und wich zurück. David stöhnte innerlich. Er wusste, dass es jetzt keinen Zweck mehr hatte, nach ihr zu greifen.

»Ich kenne Sie nicht«, sagte sie mit einem Anflug von Panik in der Stimme. Dann jedoch reckte sie das Kinn, und ihre Augen funkelten angriffslustig. »Bringen Sie mich sofort nach Hause!«, forderte sie in diesem Befehlston, an den David sich noch sehr gut erinnerte.

Er seufzte. »Grandma, du ...«

»Aber du bist doch zu Hause, Eliza«, sagte Sir Rupert, der plötzlich im Flur aufgetaucht war. Er ging auf seine Frau zu. »Du kennst doch hier alles. Die Vorhänge hier zum Beispiel, die hast du selbst ausgesucht, erinnerst du dich? Du hattest schon immer ein Händchen für diese Dinge.« Lächelnd deutete er auf den Vorhang aus schwerem roten Brokat an dem großen Fenster neben ihnen.

Lady Eliza streckte die Hand aus und berührte den Stoff, strich mit der Hand darüber. Dann blickte sie ihren Mann an. Ihr runzliges Gesicht hellte sich auf, und ihre Schultern entspannten sich wieder.

»Sollen wir jetzt in unserem Salon eine Tasse Tee trinken?«, fragte Sir Rupert sanft.

»Tee.« Bei diesem Wort leuchteten Lady Elizas Augen auf.

»Ja. Die Assam-Mischung, die du so gerne trinkst. Kirkby hat sie extra für dich aufgebrüht«, erwiderte Sir Rupert, und als er sie jetzt unterhakte, ließ Lady Eliza sich widerstandslos über den Flur führen. So vergesslich sie auch geworden war, dachte David, während er den beiden folgte – an ihr Lieblingsritual erinnerte seine Großmutter sich offenbar auch jetzt noch.

Sir Rupert brachte Lady Eliza in den kleinen Salon, der ihnen in den langen Jahren ihrer Ehe als gemeinsames Wohnzimmer gedient hatte. Schnell holte er ihren Morgenmantel aus dem Schlafzimmer, half ihr hinein und deutete auf das Sofa.

»Setz dich, Liebes«, forderte er sie auf und goss ihr, noch während sie Platz nahm, einen Tee aus der schon bereitstehenden Kanne ein.

Als Lady Eliza ihre Tasse in der Hand hielt und gedankenverloren daran nippte, nutzte David ihre friedliche Stimmung und zog Sir Rupert zurück in den Flur, um ungestört mit ihm zu reden. Sein Großvater kam ihm jedoch zuvor.

»Danke, dass du sie zurückgebracht hast«, sagte er. »Es ist doch nichts passiert, oder?«

»Doch, sie ist in eine Führung geplatzt«, informierte ihn David. Der alte Herr stöhnte auf.

»So, wie sie war?« Als David nickte, sanken seine Schultern nach vorn. »Es tut mir leid«, sagte er zerknirscht. »Sie wollte sich hinlegen, weil sie müde war, und hat noch geschlafen, als Kirkby den Tee serviert hat. Ich wollte sie nicht wecken, also habe ich mich alleine hingesetzt und darauf gewartet, dass sie aufwacht. Dabei muss ich selbst kurz eingenickt sein. Als ich wieder wach wurde, war sie nicht mehr im Schlafzimmer.«

Und genau da liegt das Problem, dachte David. Man durfte die alte Dame nicht aus den Augen lassen. Nicht einmal für einen Moment.

»Wie lange ist sie denn schon hier?«, wollte er wissen.

»Seit heute Morgen«, gestand Sir Rupert und hob die Arme in einer hilflosen Geste, als David die Stirn runzelte. »Ich weiß, ich sollte sie nicht herbringen. Aber sie spricht immer nur davon, dass sie wieder nach Daringham Hall will. Es bricht mir jedes Mal das Herz, sie im Heim zurückzulassen, und ich dachte, ein kurzer Besuch würde ihr Freude machen. Ich hätte niemals gedacht, dass sie mir so schnell entwischt.«

Davids Wut verflog, als er plötzlich begriff, wie schwer es Sir Rupert fiel, seine Frau nicht mehr bei sich zu haben. Er liebte sie noch immer, trotz ihrer Fehler und trotz ihrer Krankheit, und wollte nur ihr Bestes, selbst wenn er dabei in diesem Fall über das Ziel hinausgeschossen war. David wollte gerade mit ihm darüber sprechen, als Timothy plötzlich am Ende des Flurs auftauchte.

»Dad? Hast du einen Moment für mich?«

»Timothy!«, rief Sir Rupert, sichtlich erstaunt darüber, seinen Sohn zu sehen. »Ich wusste gar nicht, dass du schon da bist! Wolltest du nicht erst morgen kommen?«

Davon war David ebenfalls ausgegangen. Normalerweise reiste sein Onkel immer erst freitags an, weil er sich unter der Woche um seine gut laufende Anwaltskanzlei in London kümmern musste. Früher waren seine Besuche auf Daringham Hall seltener gewesen, aber seit Ralphs Tod kam er regelmäßiger – und seit Ben das Gut übernommen hatte sogar jedes Wochenende. David vermutete, dass es etwas damit zu tun hatte, dass sein Onkel Ben immer noch nicht so recht über den Weg traute. Timothy hatte zwar eingesehen, dass es keine andere Möglichkeit für sie gegeben hatte, als Ben Daringham Hall zu überschreiben und zu hoffen, dass es ihm gelang, den drohenden Bankrott abzuwenden. Aber er schien weiterhin damit zu rechnen, dass Ben seine Meinung ändern und dem Gut und der Familie bewusst schaden könnte. Deshalb hatten seine Besuche immer auch etwas von einem Kontrollgang, was Timothy aber vermutlich niemals zugegeben hätte – und was auch Ben geflissentlich zu ignorieren schien.

»Ich hatte einen Termin in Ely und bin gleich weitergefahren«, erklärte Timothy. Auf seinem Gesicht lag ein ernster Ausdruck. »Eines der Hausmädchen hat mir gesagt, dass Mummy hier ist und dass es einen Zwischenfall mit einer Touristengruppe gegeben hat. Stimmt das?«

Sir Rupert antwortete nicht, aber das musste er auch nicht, denn Timothy warf einen argwöhnischen Blick durch die Tür und entdeckte Lady Eliza. Auf seiner Stirn erschien eine Zornesfalte.

»Wieso hast du sie hergebracht?«, fuhr er seinen Vater an. »Ich dachte, wir hätten uns darauf geeinigt, dass sie in Halloway House optimal betreut wird.«

»Sie wollte so gerne noch mal zurück«, erwiderte Sir Rupert.

Timothy rollte mit den Augen. »Das kann schon sein, aber dieser Ortswechsel ist nicht gut für sie. Meine Güte, Dad, hast du Dr. Wolverton denn nicht zugehört? Sie ist krank, sie kann hier nicht leben.«

»Sie ist deine Mutter, Timothy«, erwiderte der alte Mann scharf. »Also sprich nicht über sie, als wenn sie dir lästig wäre.«

»Rupert?«, rief Eliza mit dünner Stimme aus dem Salon, und er reagierte sofort und kehrte zu ihr zurück. »Setz dich zu mir und leiste mir ein bisschen Gesellschaft, ja?«, bat sie. »Du weißt doch, wie ungern ich alleine Tee trinke.«

»Ja, das weiß ich«, erwiderte Sir Rupert, und während er zum Sofa ging, stellte David erschrocken fest, wie stark er in letzter Zeit gealtert war. Er hielt sich weniger aufrecht als früher, und als er sich hinsetzte, wirkte sein Blick müde.

»Dad? Wir müssen über diese Sache reden«, beharrte Timothy. »Du kannst nicht einfach ...«

»Ein anderes Mal, Timothy«, unterbrach Rupert ihn und legte den Arm um Eliza, die für den Moment sehr zufrieden wirkte. »Und jetzt entschuldigt uns bitte. Ich möchte mit meiner Frau Tee trinken.«

Timothy zögerte noch einen Moment, schloss dann allerdings die Tür.

»Dieser verdammte Sturkopf!«, murmelte er vor sich hin und wandte sich kopfschüttelnd an David. »Er darf sie nicht herbringen, sonst geschieht noch ein Unglück.« Er seufzte und hob die Hände. »Ich würde ja Ben bitten, auch noch mal mit Dad darüber zu sprechen, aber da mein lieber Neffe grundsätzlich nichts tut, was ich für sinnvoll halte, hätte das wohl keinen Zweck.« Seine Stimme klang sarkastisch, und das ärgerte David plötzlich.

»Du findest ja auch grundsätzlich nichts von dem sinnvoll, was er macht«, erwiderte er und hielt dem wütenden Blick seines Onkels stand, der mit Widerspruch offensichtlich nicht gerechnet hatte.

»Ausgerechnet du verteidigst ihn?«, fragte Timothy ungläubig. »Er hat dir alles weggenommen, David. Schon vergessen?«

Nein, dachte David. Vergessen hatte er nichts. Aber er kam auch nicht an der Tatsache vorbei, dass das, was er selbst lange geglaubt hatte, nicht stimmte.

»Daringham Hall hat mir nie gehört«, stellte er richtig und empfand zum ersten Mal eine gewisse Erleichterung bei dem Gedanken. Es war ein schweres Erbe, das Ben angetreten hatte, und manchmal fragte David sich, wieso er sich das überhaupt zumutete. Aber war das wirklich sein Problem?

»Entschuldige. Ich muss mich wieder um die Besuchergruppe kümmern«, sagte er und ließ seinen Onkel stehen.

Das war keine Ausrede gewesen, er hatte tatsächlich vorgehabt, nach der Gruppe zu suchen und die Führung wieder zu übernehmen. Doch als er die Treppe zur großen Halle erreichte, überlegte er es sich anders und ging stattdessen in sein Zimmer. Am Schreibtisch holte er sein Handy heraus und starrte auf das Display.

Er wusste selbst nicht, woher plötzlich der Wunsch kam, endlich den Anruf zu tätigen, den er schon seit vielen Wochen vor sich herschob. Lange hatte es sich falsch angefühlt, wie ein Verrat an Ralph. Aber es würde sich nichts ändern, das wusste er jetzt. Ralph blieb sein Vater, auch wenn er diesen Schritt ging.

Wie von selbst glitten Davids Finger über das Display und malten das Muster, das sein Smartphone entsperrte. Er tippte auf das Kontakte-Icon und gab die ersten Buchstaben des Eintrags ein, den er suchte. Er erschien sofort.

Drake Sullivan.

Der Name des Mannes, der ihn gezeugt hatte, klang für David immer noch fremd. Doch er löste nicht mehr diese Abwehr in ihm aus, die ihn anfangs mehrmals fast dazu gebracht hätte, die Nummer wieder aus dem Telefonspeicher zu löschen. Im Gegenteil. Jetzt verband er damit eine Möglichkeit, einen neuen Weg, der ihn vielleicht aus der Sackgasse führte, in der er gelandet war. Es gab noch so viel herauszufinden, und diesmal war David sicher, dass er auch die Chance dazu haben würde.

Melde dich, wenn du willst, hatte Sullivan gesagt, als er ihn angerufen hatte, damals, kurz nach ihrer ersten Begegnung. *Dann reden wir.*

David atmete tief durch. Und drückte auf das Feld für den Rufaufbau.

5

»Ein Gespenst? Am helllichten Tag?« Peter schüttelte amüsiert den Kopf. »Die Leute haben wohl zu viele Gruselfilme geguckt, wenn sie so leicht zu erschrecken sind.«

»Nur die Kinder haben vermutet, dass Lady Eliza ein Geist ist«, meinte Tilly. »Aber für die anderen war es wahrscheinlich auch ein ziemlich gruseliger Anblick, zumindest, wenn es stimmt, was man sich erzählt. Ich fand Lady Eliza immer ziemlich furchteinflößend, auch ohne wirres Haar und wehendes Nachthemd.«

Sie lehnte sich auf ihrem Stuhl zurück, ohne den Blick auch nur einen Moment von dem kleinen Bildschirm vor sich zu lösen.

»Obwohl – eigentlich tut mir die alte Dame im Moment nur noch leid. Sie weiß nicht mehr, was sie tut. Und den Camdens ist es sicher nicht recht, dass das ganze Dorf seit zwei Tagen über nichts anderes redet.« Sie zuckte mit den Schultern. »Vielleicht sollte man es trotzdem positiv sehen: Wenn sich herumspricht, dass es auf Daringham Hall spukt, lockt das bestimmt mehr Besucher an, und das wäre sicher in Bens Sinne.«

»Hm.« Peters Lächeln verschwand zum ersten Mal, seit sie vor einer Viertelstunde angefangen hatten zu skypen, und eigentlich rechnete Tilly damit, irgendeine abfällige Bemerkung über Bens Sanierungspläne zu hören. Trotz der langen Zeit war Peter nämlich immer noch ungehalten darüber, dass sein Freund Herrenhaus und Gut übernommen hatte, und normalerweise machte er auch keinen Hehl daraus. Heute verzichtete er jedoch auf die Diskussion, die sie in den letzten Monaten schon so oft geführt hatten. Er wirkte überhaupt überraschend gut gelaunt und entspannt.

»Wolltest du mir nicht was zeigen?«, erinnerte sie ihn.

Sie waren abgeschweift, weil Tilly ihm von dem Vorfall mit Lady Eliza berichtet hatte, aber das war der eigentliche Grund für Peters Anruf gewesen. Er hatte sie damit ziemlich überrascht, denn heute war erst Samstag. Normalerweise skypten sie sonntags um Punkt achtzehn Uhr englischer Zeit. Jeden Sonntag, seit Monaten schon. Dafür hatte Peter ihr kurz nach seiner Rückkehr nach New York sogar extra ein schickes Tablet geschickt, das in diesem Moment auf ihrem Küchentisch in der Klapphalterung stand.

»Ach ja, richtig.« Peter schlug sich mit der Hand gegen die Stirn und griff dann nach Tilly. Zumindest sah es für sie so aus. In Wirklichkeit nahm er jedoch die Webcam von seinem Computer und trug sie in die offene Küche seiner großen, aber wie üblich ziemlich unaufgeräumten Wohnung. Er positionierte die Kamera so auf einem Regalbrett, dass sowohl der Herd als auch er selbst gut zu sehen waren. Für Tilly war es ein vertrauter Anblick – machte er das bei ihren Sonntagstelefonaten nämlich auch immer. Etwas war jedoch anders als sonst, denn auf dem Herd stand bereits ein großer Kochtopf.

Mit einem stolzen »Tadaa!« hob Peter den Deckel an, und Tilly sah, dass der Topf randvoll war mit etwas, das aussah wie ... ein Fleischeintopf.

»Du hast Stew gekocht? Ganz allein?« Tilly konnte es nicht fassen.

Peter nickte strahlend. »Ich wollte dich überraschen. Du hättest nicht gedacht, dass ich das hinkriege, oder?«

Doch, dachte Tilly. Eigentlich wunderte sie sich eher darüber, dass er so lange gebraucht hatte, um es zu lernen – schließlich übte sie schon eine ganze Weile mit ihm. Aber wenn er es jetzt konnte …

»Hey, freust du dich gar nicht?«, wollte Peter wissen, der offenbar eine andere Reaktion von ihr erwartet hatte. Tilly zwang sich zu einem Lächeln.

»Schmeckt es denn auch? Oder sieht es nur gut aus?«

»Natürlich schmeckt es.« Entrüstet holte er einen Löffel aus der Besteckschublade und kostete sein Gericht. »Okay, es ist vielleicht nicht ganz so gut wie deins, aber auf jeden Fall essbar«, räumte er ein, und Tilly spürte, wie sich ihr Herz zusammenzog.

Sie hätte sehr gerne auch probiert. Aber leider befand sie sich auf der anderen Seite des Atlantiks, mehrere Tausend Kilometer von ihm entfernt. Bei ihm war jetzt erst Mittag, und die Sonne schien hell durch die Fenster herein, während es bei ihr schon langsam Abend wurde. Ihr Tag war beinahe vorbei, seiner begann gerade. Und auch, wenn sie miteinander sprachen und sich sogar dabei sahen, war er nicht bei ihr. Jedenfalls nicht so, wie sie es sich wünschte …

»Erde an Tilly! Hörst du mir überhaupt zu?«

»Was?« Erst jetzt fiel Tilly auf, dass Peter schon weitergeredet hatte. »Entschuldige.«

Er schüttelte den Kopf, doch sein Lächeln war immer noch sehr selbstzufrieden. »Da bringst du mir monatelang bei, wie man dieses Stew kocht, und dann, wenn es soweit ist und ich es endlich alleine kann, würdigst du es gar nicht richtig. Was habe ich denn jetzt schon wieder falsch gemacht?«

Tilly zuckte mit den Schultern. »Gar nichts. Ich freue mich doch. Es ist nur ...« Sie zögerte kurz. »Dann sind wir fertig. Oder nicht?«

Der Gedanke bestürzte sie mehr, als sie sich eingestehen wollte. Dabei war sie damals, als Peter ihr bei ihrem ersten Skype-Gespräch mitgeteilt hatte, dass er von ihr kochen lernen wollte, furchtbar enttäuscht gewesen. Sie wusste selbst nicht ganz genau, warum, denn eigentlich hätte ihr klar sein müssen, dass sein Geschenk keine Liebeserklärung war, sondern pragmatische Gründe hatte. Er brauchte die Video-Telefonie, damit Tilly seine Kochversuche sehen und ihn entsprechend anleiten konnte. Was sie auch getan hatte, denn zumindest blieben sie so regelmäßig in Kontakt, und das bedeutete ihr viel. Die Sonntagabende mit Peter waren der Höhepunkt ihrer Woche, und darauf zu verzichten würde ihr schwerfallen. Sehr schwer sogar ...

»Fertig?« Peter schüttelte den Kopf, als fände er diese Vorstellung absurd. »Wie meinst du das?«

Tilly zuckte mit den Schultern. »Na ja, das Stew hinzukriegen war doch dein Ziel, oder nicht?«

Und ein weit entferntes, denn Tilly hatte mit ihrem Unterricht bei Null anfangen müssen. Peters Wissen über das Kochen hatte sich auf Eier mit Speck beschränkt, und selbst die ließ er anbrennen, wenn man nicht aufpasste. Also hatte sie mit einfachen Dingen begonnen und ihm gezeigt, wie man Pfannkuchen machte. Und Pasta. Als er das beherrschte, hatten sie sich langsam vorgearbeitet und Steaks gebraten. Und sich dann schließlich an die etwas schwierigeren Gerichte gewagt. Obwohl Tilly ihr Stew nicht wirklich kompliziert fand. Es waren nur mehrere Schritte hintereinander nötig, die man in der richtigen Reihenfolge ausführen musste.

Aber genau das überforderte Peter leider oft. Oder es hatte ihn überfordert, denn jetzt beherrschte er es ja offenbar.

Die Freude über seinen Erfolg schien ihm jedoch vergangen zu sein, denn er starrte fast ein bisschen ratlos auf den Topf, ehe er sich wieder der Kamera zuwandte.

»Aber wir können doch nicht einfach aufhören«, sagte er, und in seinen Augen lag jetzt ein Ausdruck, der Tillys Herz schneller schlagen ließ.

»Nein? Warum nicht?« Angespannt hielt sie den Blick auf den Tablet-Bildschirm gerichtet, verfolgte jede Regung in seinem Gesicht.

»Na, weil ...« Er zögerte, schien nach den richtigen Worten zu suchen. »Weil ich unsere Kochstunden mag. Du kannst toll erklären, Tilly. Und es gibt doch sicher noch andere Dinge, die du mir zeigen kannst.«

Tilly stieß die Luft aus, die sie unwillkürlich angehalten hatte, und konnte das Gefühl der Enttäuschung nicht aufhalten, das sich beißend in ihr ausbreitete. Hätte er das nicht ein bisschen ... leidenschaftlicher ausdrücken können?

Sie betrachtete ihn und fragte sich plötzlich, ob in seinem Leben überhaupt Platz war für eine Frau. Peter Adams war kein Aufreißer, im Gegenteil. Er wirkte auf den ersten Blick eher schroff und unhöflich. Aber Tilly kannte ihn inzwischen gut genug um zu wissen, dass sich unter der rauen Schale ein liebenswerter Kern versteckte. Ein sehr liebenswerter sogar, zu dem sie gerne noch weiter vorgedrungen wäre. Doch auch wenn sie sich gut verstanden und während ihrer Telefonate häufig mehr redeten als kochten, kam nie mehr von Peter. Na gut, ein bisschen schon, in den letzten Wochen hatte er sie auch ein paar Mal unter der Woche auf dem Handy angerufen. Meist war es dabei um seine Firma gegangen oder um irgendein anderes Problem, bei dem sie ihn beraten sollte. Aber war das wirklich ein Zeichen dafür, dass er mehr Kontakt zu ihr suchte, so wie sie es gerne deutete? Oder nahm er sie als Frau gar nicht wahr und sah nur eine Art Kummerkasten in ihr? Immerhin war sie fünf Jahre älter als er und kam vielleicht für ihn als Partnerin gar nicht in Frage ...

»Tilly?«, fragte Peter, weil sie immer noch schwieg. »Das können wir doch, oder? Weitermachen?«

»Ja. Sicher«, erwiderte sie und war froh, dass das Telefon klingelte und ihr eine Gelegenheit gab, kurz aus dem Fokus der Tablet-Kamera zu verschwinden. »Ich bin gleich wieder da.«

Sie ließ das Tablet auf dem Küchentisch stehen und ging in das angrenzende Wohnzimmer hinüber, wo der Festnetzapparat auf einem kleinen Tischchen neben dem Sofa stand. Sonst ließ sie das Telefon eigentlich klingeln, wenn sie mit Peter sprach, und es war ihr auch jetzt nicht wichtig, wer da anrief. Sie wollte nur weg von Peter und der schmerzenden Erkenntnis, dass er sie lediglich »mochte«.

»Hallo?«, sagte sie wenig enthusiastisch.

»Tilly? Oh, Gott sei Dank, dass du da bist!« Es war Edgar Moore, und er klang so aufgeregt, dass sie die Stirn runzelte.

»Was ist denn passiert?«

Edgar stöhnte. »Es geht um Jazz. Heute Morgen hat die Polizei hier angerufen und mich gebeten, mit ihr auf die Wache nach King's Lynn zu kommen. Es ginge um eine Zeugenaussage zu einem Verkehrsunfall, hieß es. Als ich Jazz davon erzählt habe, ist sie völlig durchgedreht und hat sich in ihrem Zimmer eingeschlossen. Sie will nicht rauskommen, und als ich ihr gedroht habe, die Tür aufzubrechen, schrie sie, dass sie dann nie wieder ein Wort mit mir reden würde. So außer sich habe ich sie noch nie erlebt, Tilly. Was soll ich denn jetzt tun?«

Tilly seufzte innerlich. Es war nicht das erste Mal, dass ihr Chef sie um Hilfe bat, weil er mit seiner Tochter überfordert war. Aber seit er vor zwei Monaten in ein altes Bauernhaus ganz in der Nähe von Salter's End gezogen war, hatte die Häufigkeit seiner Anrufe dramatisch zugenommen. Er wurde einfach nicht mehr fertig mit der oft schwierigen Jazz, und Tilly brachte es nicht übers Herz, ihn im Stich zu lassen.

»Ich bin gleich da«, erklärte sie Edgar und hörte sein erleichtertes Aufatmen.

»Okay. Danke, Tilly. Ich wüsste nicht, was ich ohne dich tun sollte.«

»Schon gut.« Sie legte wieder auf und kehrte zögernd in die Küche zurück. Das Tablet stand so auf dem Küchentisch, dass Peter sie nicht sehen konnte, aber offenbar hörte er sie, denn er rief nach ihr.

»Tilly? Tilly, bist du noch da?«

»Ja.« Sie setzte sich wieder auf ihren Platz und betrachtete sein Bild auf dem Tablet. Er hatte seine Kamera zum Schreibtisch zurückgetragen und saß jetzt wieder vor seinem Computer.

»Was war denn los? Ist was passiert?«, fragte er, sichtlich besorgt.

Sie nickte. »Das war Edgar. Er hat Ärger mit Jazz und will, dass ich vorbeikomme.«

Peters Brauen schoben sich zusammen. »Jetzt?«

»Ja, jetzt«, gab sie heftiger zurück, als sie eigentlich wollte. »Es sei denn, es ist noch was?«

»Nein«, erwiderte Peter überrascht und auch ein bisschen ratlos, weil er anscheinend nicht verstand, warum sie plötzlich so kurz angebunden war. »Dann … sprechen wir uns morgen?«

Für einen langen Moment überlegte Tilly. »Ja, natürlich«, sagte sie schließlich und hörte selbst die Resignation, die in ihrer Stimme mitschwang. »Bis morgen.«

Sie lächelte noch einmal knapp, bevor sie die Verbindung unterbrach und das Tablet ausschaltete. Aber sie stand nicht gleich auf, sondern blieb noch einen Augenblick sitzen.

Plötzlich, wünschte sie sich, sie wäre nicht so verliebt in Peter. Dann hätte sie ihm sagen können, dass sie das alles nicht mehr wollte. Dass sie ihre Sonntage wieder für sich brauchte, damit sie nicht ständig darüber nachdenken musste, wie es wohl wäre, bei ihm in seiner Wohnung zu sein. Schon oft hatte sie sich ausgemalt, wie sie dort alles aufräumen und gemeinsam mit ihm in der Küche kochen würde. Oder wie sie zusammen die Stadt erkundeten, die ihr im Verhältnis zu Salter's End so unglaublich spannend vorkam. Sie hatte sich sogar heimlich einen Reiseführer gekauft und sich beim Lesen vorgestellt, wie Peter ihr die Sehenswürdigkeiten zeigte, die sie bis jetzt nur von Fotos kannte. Aber würde das je passieren?

Tilly dachte an die Torte mit der 50 aus Zuckerschrift, die Kate und die anderen ihr vor drei Monaten zu ihrem Geburtstag geschenkt hatten. Die Zahl war wie ein Weckruf gewesen. Die Zeit verging einfach viel zu schnell, und plötzlich war da ein Gefühl, das sie vorher nicht gekannt hatte – das Gefühl, etwas zu versäumen. Was hielt sie eigentlich noch in Salter's End? Ihre Eltern waren beide schon seit Jahren tot, und ihr Bruder, zu dem sie kein besonders enges Verhältnis hatte, lebte mit seiner Familie in Nottinghamshire. Sicher, sie hatte gute Freunde hier, an denen sie hing, und einen Job, den sie mochte. Ihr Leben war nicht sinnlos, aber es lief irgendwie an ihr vorbei: Die Jahre als Kindermädchen bei den Camdens und später als Wirtin im »Three Crowns« – das konnte doch nicht schon alles gewesen sein. Da musste noch etwas auf sie warten. Nein, dachte sie, nicht etwas, sondern jemand. Und wenn sie es sich hätte aussuchen dürfen, dann wäre es Peter gewesen.

Leider war ihm offenbar nicht bewusst, wie häufig sie an ihn dachte. Er schien von all dem nichts zu ahnen. Was aber nichts an ihren Gefühlen für ihn änderte. Und deshalb würde sie morgen Abend um Punkt sechs Uhr wieder in der Küche vor dem Tablet hocken und darauf warten, dass er sie anrief.

Mit einem tiefen Seufzer stand sie auf, ging in den Flur, um ihre Jacke zu holen, und machte sich auf den Weg zu Edgar.

* * *

Peter starrte auf das dunkle Skype-Fenster auf seinem Computerbildschirm und fragte sich, warum er sich plötzlich so schlecht fühlte. Das Gespräch war überhaupt nicht so gelaufen, wie er es sich vorgestellt hatte. Um Tilly zu beeindrucken, war er heute Morgen extra früh aufgestanden, hatte alle Zutaten für das Stew besorgt und es genau nach ihrem Rezept gekocht. Er hatte geglaubt, dass sie sich freuen würde, wenn er ihr bewies, wie viel er schon von ihr gelernt hatte. Denn bei ihren letzten Telefonaten hatte er manchmal den Eindruck gehabt, dass sie nicht ganz bei der Sache war. Sie wirkte überhaupt anders, strahlte nicht mehr so wie früher. Irgendetwas bedrückte sie anscheinend. Hatte das etwa mit diesem Edgar zu tun?

Peter runzelte die Stirn. Wieso war sie überhaupt ans Telefon gegangen? Das tat sie sonst nie während ihrer Gespräche. Und sie war auch sehr kurz angebunden gewesen, als sie aufgelegt hatten. Dabei hatte er ihr doch nur ein Kompliment gemacht. Und es stimmte auch, dass er ihren »Kochkurs« nicht beenden wollte. Auf gar keinen Fall.

Er war immer noch stolz auf seine brillante Idee, sie überhaupt darum zu bitten. Mit diesem Einfall hatte er zwei Fliegen mit einer Klappe geschlagen: Er lernte die Gerichte zu kochen, die er bei ihr in England so gerne gegessen hatte, und er konnte weiter mit ihr reden. Das hatte er nämlich sehr vermisst, als er wieder zurück in New York war, und er freute sich immer schon die ganze Woche auf ihre sonntäglichen Gespräche. In letzter Zeit reichte ihm das sogar nicht mal mehr, deshalb rief er sie manchmal auch unter der Woche an und holte sich bei ihr Rat. Tilly war ihm wichtig, und zwar nicht nur, weil sie ihm das Kochen beibrachte, sondern weil ...

Er hielt inne. Ja, warum, überlegte er und musste sich eingestehen, dass er das gar nicht genau sagen konnte. Sie war ihm einfach wichtig. Punkt. Er mochte ihre Stimme, vor allem, wenn sie ihm Mut zusprach. Denn das tat sie, wenn ihn wieder mal Zweifel überkamen, ob er die Führung der Firma auch ohne Ben schaffte. Er mochte ihr Lächeln, selbst wenn sie sich nur darüber amüsierte, wie dumm er sich in der Küche anstellte. Ja, er genoss es sogar, wenn sie mit ihm schimpfte und ihm seine übellaunigen Kommentare nicht durchgehen ließ. Dabei war er in letzter Zeit viel seltener übellaunig. Vor allem nicht, wenn er mit Tilly sprach. Im Gegenteil. Dann ging es ihm gut ...

Peter schüttelte den Kopf. Das hätte er ihr jedoch nicht sagen können, als sie ihn vorhin gefragt hatte, warum er ihre Kochstunden nicht aufgeben wollte. Es klang nämlich fast ein bisschen so, als wäre er in sie verliebt, und das hätte sie bestimmt lächerlich gefunden. Aber das, was er gesagt hatte, schien auch nicht das Richtige gewesen zu sein.

Versteh einer die Frauen, dachte Peter und überlegte, ob er in die Küche gehen und von dem Stew essen sollte. Ihm war bloß irgendwie der Appetit vergangen.

Zum Glück ist morgen Sonntag, dachte er, während er sich wieder an den Schreibtisch setzte. Dann würden Tilly und er nämlich wie immer skypen, und dann konnte er sie fragen, ob er etwas Falsches gesagt hatte. Und er würde sich erkundigen, was da eigentlich mit diesem Edgar Moore vor sich ging. Wenn ihn nicht alles täuschte, dann wollte der Kerl etwas von Tilly, das über ihr Angestellten-Chef-Verhältnis weit hinausging. Aber für Tilly war er nur ein Freund. Oder?

Grimmig wandte Peter sich wieder seinem Computer und den Berichten zu, die den Bildschirm füllten. Aber er war unruhig und ertappte sich bei dem Wunsch, dass dieses verdammte England nicht so weit weg wäre.

6

Schwungvoll bog Tilly mit ihrem beigefarbenen alten Kombi in die Einfahrt von Edgar Moores Haus. Es dämmerte bereits, und die Kegel der Scheinwerfer glitten über eine Steinfassade mit vielen Rosenspalieren. Es würde sehr schön aussehen, wenn die Rosen erst blühten, überlegte Tilly und war erneut begeistert von Edgars Renovierungsarbeiten.

Sie kannte das alte Bauernhaus, das ganz in der Nähe von Daringham Hall an einem Waldstück lag, noch von früher. Es war mehrere Jahre unbewohnt und in einem entsprechend desolaten Zustand gewesen – bis Edgar es von Grund auf renoviert und das verfallene Anwesen in ein echtes Schmuckstück verwandelt hatte. Neue Fenster und Türen und ein neu gedecktes Dach ließen das alte Haupthaus und die Nebengebäude in frischem Glanz erstrahlen. Auch den früher völlig verwilderten Garten hatte Edgar in perfekter Symmetrie neu anlegen lassen und so für einen bildhübschen, heimeligen Gesamteindruck gesorgt.

Lediglich die einsame Lage störte Tilly an dem Anwesen. Sie selbst lebte gern mitten im Dorf und konnte sich nicht vorstellen, so weit außerhalb zu wohnen. Aber vielleicht war es gerade das, was Edgar an dem alten Haus gereizt hatte: dass seine Tochter hier kaum Ablenkungsmöglichkeiten fand und er sie besser unter Kontrolle hatte. Die Taktik schien jedoch nicht aufzugehen, überlegte Tilly mit einem schiefen Lächeln, während sie ihr Auto neben Edgars Jaguar parkte und ausstieg.

Edgar stand bereits in der offenen Haustür und wartete auf sie. Er war achtundfünfzig, wirkte aber wegen seiner grauen Schläfen und der Halbglatze auf den ersten Blick älter. Erst vor kurzem hatte er Tilly anvertraut, dass ihn das störte. Seit einiger Zeit bekämpfte er deshalb zumindest seinen Bauchansatz, und das mit Erfolg, denn er war deutlich schlanker als noch vor einem halben Jahr.

»Tilly!« Wie jedes Mal lächelte er sie breit an und begrüßte sie mit einem Kuss auf die Wange. Die Sorge in seinem Blick war jedoch unverkennbar. »Vielen Dank, dass du so schnell gekommen bist! Ich weiß wirklich nicht mehr, was ich tun soll.«

»Ist Jazz noch in ihrem Zimmer?«, erkundigte sie sich, während sie sich von Edgar aus dem Mantel helfen ließ.

Er nickte. »Schon seit heute Mittag. Sie kann so verdammt stur sein. Aber vielleicht erreichst du ja etwas bei ihr.«

Seine Stimme klang hoffnungsvoll, obwohl Tilly insgeheim bezweifelte, dass sie wirklich etwas ausrichten konnte. Sie war zwar ausgebildete Erzieherin und hatte lange mit Kindern gearbeitet, doch an der siebzehnjährigen Jazz biss selbst sie sich die Zähne aus. Das Mädchen mit den lila Haaren hatte sich nach einer kurzen Phase der Besserung in den letzten Monaten wieder völlig in sich zurückgezogen und wirkte ständig bedrückt, wollte aber nicht sagen, was sie belastete. Eigentlich redete sie kaum noch, jedenfalls nicht mit Edgar – und auch nur sehr selten mit Tilly.

»Okay, versuchen wir es«, meinte Tilly und ging voran in den ersten Stock. Sie war schon mehrmals hier gewesen und kannte den Weg. Die weiß lackierte Tür war abgeschlossen. Vergeblich rüttelte Edgar am Türknauf.

»Jazz? Bitte mach auf, ja, Schatz? Tilly ist hier – sie will mit dir reden.«

Aus dem Zimmer kam keine Antwort, deshalb versuchte es auch Tilly noch einmal.

»Ich bin's, Liebling. Lässt du mich rein?«

Hinter der Tür blieb es weiter still, und so angestrengt Tilly auch lauschte, sie hörte nichts. Kein Rascheln, keine Schritte. Gar nichts. Stirnrunzelnd versuchte sie erneut, das Mädchen zu einer Reaktion zu bewegen – ohne Ergebnis.

»Bist du sicher, dass sie da drin ist?«

Edgar nickte. »Jedenfalls ist sie nicht rausgekommen. Und die Tür kann man nur von innen verriegeln.«

Tilly dachte nach. »Seit wann antwortet sie nicht mehr, sagst du?«

Edgar überlegte einen Moment. »Seit ich mit dir telefoniert habe. Danach hat sie nur noch geschwiegen.«

»Hm.« Tilly zückte ihr Handy und rief Jazz' Nummer an. Hinter der Tür war kein Klingeln zu hören. Bei einem Mädchen, das mit seinem Smartphone quasi verwachsen war, konnte das nur eins bedeuten. »Ich glaube, sie ist abgehauen.«

»Was?« Edgar war sichtlich verwirrt. »Aber wie soll sie denn rausgekommen sein? Ich war doch fast die ganze Zeit hier.«

»Über die Rosenspaliere vielleicht?«, mutmaßte Tilly und sah, wie Edgar blass wurde. Wieder griff er nach dem Türknauf und rüttelte heftig daran.

»Jazz? Jazz? Bist du da drin? Ich breche die Tür auf, wenn du nicht sofort antwortest!«

Sie lauschten beide. Als wieder keine Antwort kam, machte Edgar seine Drohung wahr und warf sich mit voller Wucht gegen das Türblatt. Er brauchte zwei Anläufe, aber schließlich splitterte Holz, das Schloss brach heraus, und er stolperte in Jazz' Zimmer. Wie Tilly befürchtet hatte, stand das Fenster weit offen, und von Jazz war nichts zu sehen.

Edgar ging zum Fenster und starrte nach unten. Tilly trat neben ihn und sah ihre Annahme bestätigt: Eines der Rosenspaliere reichte bis direkt unter das Fensterbrett. Die Rose, die daran emporrankte, war noch nicht besonders groß, deshalb hatte Jazz sich noch nicht einmal durch Dornen und Zweige kämpfen müssen, um sich am Gitter hinunterzuhangeln.

»Sie ist tatsächlich weg!« Edgar schien es kaum fassen zu können. »Ich muss die Polizei anrufen und sie suchen lassen«, fuhr er aufgeregt fort und holte sein Handy aus der Hemdtasche. Doch Tilly legte ihm die Hand auf den Arm.

»Edgar, nein. Jetzt beruhige dich erst mal«, sagte sie sanft. »Jazz ist sicher nur zu einer Freundin gegangen. Und wenn sie Panik vor dieser Vorladung bei der Polizei hat, ist es auch bestimmt nicht die beste Idee, ihr gleich eine ganze Hundertschaft Beamte auf den Hals zu hetzen. Warte lieber erst mal ab. Sicher taucht sie von selbst wieder auf.«

Edgar blickte sie skeptisch an. »Meinst du?«

Tilly nickte. »Sie kommt wieder, ganz sicher. Das hat sie doch bis jetzt immer getan.«

Edgar kämpfte trotzdem noch mit sich. »Aber was, wenn nicht?«

»Gib ihr eine Chance«, meinte Tilly. »Sie ist fast achtzehn. Mit einer solchen Aktion würdest du sie nur noch mehr gegen dich aufbringen. Vielleicht braucht sie einfach ein bisschen Zeit.«

Edgar seufzte tief und ließ die Schultern hängen. »Vielleicht hast du recht.«

»Nein«, widersprach Tilly mit einem Lächeln, »ich habe sogar ganz bestimmt recht.«

Er nickte niedergeschlagen und begleitete sie zurück ins Erdgeschoss.

»Möchtest du noch was trinken?«, erkundigte er sich, doch Tilly lehnte ab. Sie musste immer noch an ihr Gespräch mit Peter denken und wollte den Rest des Abends lieber allein sein.

»Du hast es hier wirklich schön«, lobte sie, wie bei fast jedem Besuch. Edgar hatte das Haus auch innen in ein Schmuckstück verwandelt: Die Räume wirkten hell und gemütlich, und die wunderschönen neuen Landhausmöbel hätte Tilly sich auch gut für ihr kleines Häuschen in Salter's End vorstellen können. Und es war immer aufgeräumt, im Gegensatz zu Peters Apartment. Aber Tilly gefiel es bei Peter trotzdem besser als hier ...

»Tilly, bevor du gehst, wollte ich dich noch was fragen«, riss Edgar sie aus ihren Gedanken. Er räusperte sich umständlich und schien nach den richtigen Worten zu suchen. »Es bedeutet mir sehr viel, dass du dir immer die Zeit nimmst, mir mit Jazz zu helfen. Dafür würde ich mich gerne revanchieren.«

»Das musst du nicht«, versicherte Tilly ihm lächelnd.

»Ich möchte aber«, beharrte er. »Ich habe in Cromer ein nettes Lokal entdeckt, in dem jeden Samstag ein Tanzabend stattfindet. Es gibt ein sehr gutes Büfett, und den ganzen Abend spielt eine Liveband. Ich dachte mir ...« Er griff nach ihrer Hand und holte tief Luft. »Ich dachte, wir könnten vielleicht mal zusammen hingehen.«

Tilly starrte ihn an. Tanzen, ja, das wollte sie sehr gerne. Davon träumte sie schon lange. Sie besaß sogar ein hübsches

Kleid, ein richtiges Ballkleid, das sie sich ursprünglich mal für den Sommerball auf Daringham Hall gekauft hatte. Aber sie war in den letzten Jahren gar nicht dort gewesen, weil sie arbeiten musste, und eine andere Gelegenheit, es zu tragen, hatte sich bisher nicht ergeben. Eines Tages würde es hoffentlich soweit sein, aber dann war Edgar nicht der Mann, in dessen Armen sie sich über die Tanzfläche schweben sah. Bis vor kurzem hatte ihr Traumprinz noch überhaupt kein Gesicht gehabt. Er war nichts als eine schöne Fantasie gewesen, in die sie sich flüchtete, wenn ihr der Alltag zu schwierig und zu einsam wurde. Jetzt aber wusste sie, wie er aussah. Er hatte braunes, immer ein bisschen zerzaustes Haar und trug lässige Klamotten. Und sein Lächeln, das er nur viel zu selten zeigte, musste man einfach mögen …

»Tilly?« Edgar wartete auf ihre Antwort. »Hättest du Lust?«

In seinen Augen lag ein hoffnungsvoller Ausdruck, und Tilly wurde klar, dass sie endgültig an dem Punkt angekommen waren, vor dem sie sich schon einige Zeit fürchtete. Der Punkt, an dem sie über Gefühle reden mussten, denn Edgar empfand eindeutig mehr für sie als umgekehrt.

»Edgar, ich …« Sie zuckte mit den Schultern und entzog ihm ihre Hand wieder. »Ich glaube, das wäre keine gute Idee.«

Sie sah, wie das Licht in seinen Augen erlosch und sein Blick sich verdüsterte. »Warum nicht?«

Tilly holte tief Luft. Es fiel ihr schwer, die Wahrheit auszusprechen, aber es musste sein.

»Du bist mir wichtig, Edgar, und als guten Freund schätze ich dich sehr. Mehr möchte ich daraus allerdings nicht werden lassen. Verstehst du?«

Eine unangenehme Stille entstand, während sich in Edgars Gesicht schnell wechselnde Gefühle spiegelten. Zunächst Enttäuschung. Dann Scham über ihre Ablehnung. Und am Ende Zorn. Seine Wangen färbten sich rot, und er schüttelte den Kopf.

»Es ist wegen diesem Amerikaner, stimmt's? Du bist in den Kerl verliebt!«

Tilly starrte ihn an, fühlte sich ertappt. Edgar wusste von ihren Telefonaten mit Peter. Sie hatte ihm einmal davon erzählt, weil er sie gebeten hatte, an einem Sonntagabend zu arbeiten, und sie ihm deswegen abgesagt hatte. Danach hatte er sich ein paar Mal erkundigt, ob sie immer noch mit Peter in Kontakt stand, und Tilly hatte es kurz bestätigt, mehr nicht. Sie hatte mit niemandem über ihre Gefühle für Peter gesprochen, und sie war auch sicher gewesen, dass keiner etwas vermutete. Aber vielleicht beobachtete Edgar sie genauer als die anderen. Oder er hatte einfach nur geraten, weil ihm ihre Verbindung zu Peter nicht passte. In jedem Fall aber war es Tilly sehr unangenehm.

»Ich glaube nicht, dass ich das mit dir diskutieren möchte«, erklärte sie ein bisschen steif und wandte sich zur Haustür um. Aber Edgar hielt sie zurück.

»Warum, Tilly? Was kann er dir schon bieten?« Die Worte brachen regelrecht aus ihm heraus. »Er ist weit weg in Amerika. Und er kommt ganz bestimmt nicht wieder. Vielleicht mal zu Besuch, aber das hätte doch keine Zukunft!«

Tilly löste sich von ihm und sah ihn mit einem kühlen Blick an, der verbergen sollte, wie sehr seine Worte sie aufwühlten.

»Wie gesagt, Edgar: Mein Verhältnis zu Peter geht dich nichts an.«

Energisch verließ sie das Haus. Edgar hielt sie nicht mehr auf, folgte ihr jedoch. Jetzt, wo er sich endlich durchgerungen hatte, zu seinen Gefühlen für sie zu stehen, schien er nicht bereit, das Thema wieder fallenzulassen.

»Er hat dich nicht verdient, Tilly!«, erklärte er hitzig. »Du bist eine tolle Frau und brauchst einen Mann, der das zu schätzen weiß. Jemanden, der für dich da ist. Jeden Tag. Jemanden, der hier ist.« Seine Wangen glühten, und er trat noch einen Schritt näher auf sie zu. »Ich mag dich, Tilly, und ich weiß, dass ich dich glücklich machen könnte. Du müsstest mir nur eine Chance geben, anstatt diesem Amerikaner nachzutrauern. Das bringt doch nichts. Warum siehst du das denn nicht?«

Er stand jetzt dicht vor ihr, so dicht, dass er sie hätte in die Arme schließen können, und für den Bruchteil einer Sekunde erkannte Tilly in seinen Augen, dass er wirklich versucht war, das auch zu tun. Dann aber sanken seine Schultern nach unten, und er trat zurück, offenbar selbst erschrocken über sein Verhalten.

»Es tut mir leid, ich wollte dich nicht bedrängen. Ich ...«

»Ich denke, ich gehe jetzt besser«, unterbrach Tilly ihn. Sie war so erschrocken über seinen Ausbruch, dass sie nicht einmal Wut empfand. Ohne ein weiteres Wort wandte sie sich ab und ging zu ihrem Wagen. Während sie wendete, sah sie aus den Augenwinkeln, dass Edgar immer noch vor der Haustür stand, aber sie blickte nicht mehr zurück, als sie vom Grundstück fuhr. Sie wusste natürlich, dass es falsch war, vor der Situation zu fliehen. Immerhin arbeitete sie für Edgar und konnte ihm nicht aus dem Weg gehen. Sie würde die Sache also auf jeden Fall mit ihm klären müssen. Aber im Moment fühlte sie sich dazu einfach nicht in der

Lage, deshalb gab sie Gas und fuhr zurück auf die Landstraße.

Du hättest es dir denken können, dachte sie verzweifelt. Irgendwann musste es dazu kommen, schließlich war ihr schon seit Monaten klar, dass Edgar mehr für sie empfand. Sie hatte seine recht deutlichen Annäherungsversuche nur ignoriert und immer gehofft, dass er nicht weitergehen würde – was ziemlich naiv von ihr gewesen war. Aber sie hatte letztlich kaum Zeit gehabt, sich über Edgar Gedanken zu machen, weil in ihrem Kopf und vor allem in ihrem Herzen nur Platz für Peter war.

Peter, der fand, dass sie gut erklären konnte.

Tilly verzog den Mund und versuchte, den schmerzhaften Stich zu ignorieren, den die Erinnerung an das Gespräch vorhin ihr versetzte. Aber sie musste den Tatsachen ins Auge sehen. Denn so sehr Edgars plötzliches Liebesgeständnis sie schockiert hatte – lag er in diesem Punkt wirklich falsch? Lief sie nicht tatsächlich einem Traum nach, der sich niemals erfüllen würde?

Er ist weit weg in Amerika. Und er kommt ganz bestimmt nicht wieder.

Tilly seufzte. Vielleicht sollte sie wirklich endlich aufhören, auf etwas zu hoffen, das niemals eintreten würde.

Sie setzte den Blinker und bog auf die Straße ab, die an Daringham Hall vorbei nach Salter's End führte. Das Herrenhaus selbst war von hier aus nicht zu sehen, sondern nur die Wirtschaftsgebäude, die am anderen Ende der Felder lagen. Tilly warf einen Blick hinüber, wie sie es immer tat, wenn sie hier vorbeifuhr – und hätte den Wagen vor Schreck beinahe in den Graben gelenkt. Mit voller Wucht trat sie auf die Bremse und starrte aus dem Fenster.

»Oh mein Gott«, stieß sie hervor, für einen Moment zu entsetzt, um zu reagieren. Dann riss sie ihre Tasche vom Beifahrersitz und suchte mit zitternden Fingern nach ihrem Handy.

7

Ben atmete tief aus, als er den Blick über den Strand von Wells-next-the-Sea wandern ließ, und Kate musste unwillkürlich lächeln.

Sie war sich ziemlich sicher gewesen, dass es ihm gefallen würde. Im letzten Herbst hatten sie das Städtchen am Meer schon einmal besucht, aber damals war es zu kalt und zu windig für einen Aufenthalt am Wasser gewesen. Jetzt dagegen schien die Abendsonne warm auf den breiten weißen Strand und brachte die bunt angestrichenen Stelzenhütten, die den Rand der Düne säumten, zum Leuchten. Eine leichte Brise trug salzige Luft zu ihnen, und Möwen schrien sehnsuchtsvoll über der Nordsee, die jetzt, bei Flut, ganz nah war. Der Anblick war beeindruckend, und Kate spürte Stolz auf ihre Heimat in sich aufsteigen. East Anglias Strände gehörten zu den schönsten in ganz England, und an Abenden wie diesem wusste man auch, warum.

»Und? Habe ich zu viel versprochen?«

»Nein.« Ben legte den Arm um sie, zog sie fest an sich und küsste ihr Haar. »Du versprichst nie zu viel«, sagte er, und ihr Herz schlug ein bisschen schneller, während sie weitergingen. Doch dann runzelte sie die Stirn. Er hatte es liebevoll gesagt, aber es hatte auch ein bisschen so geklungen, als könnte er das Gleiche von sich nicht behaupten. Oder hatte sie sich das nur eingebildet?

»Welches war es noch?«, fragte Ben, und Kate deutete auf

eine hellblaue Stelzenhütte mit weißen Fenstern und einem weißen Dach ganz am Ende der langen Reihe. Die Camdens besaßen das Häuschen schon seit vielen Jahren, hatten es damals noch günstig erworben, während man heute schon für die einfachsten Modelle ein kleines Vermögen bezahlte.

Kate ging über die Treppe nach oben und schloss das Häuschen auf. Ben folgte ihr mit dem Korb, den sie mitgebracht hatten, und zusammen räumten sie die Bank und die Sitzkissen auf die schmale Veranda.

»Sieht aus, als hätten wir den Strand gleich ganz für uns allein«, meinte Ben, und tatsächlich entdeckte Kate nur noch wenige andere Leute in der Nähe. Jetzt, Mitte April, hatte die Hauptsaison noch nicht begonnen, und die wenigen Ausflügler, die den sonnigen Samstag am Strand genossen hatten, waren bereits auf dem Weg zurück zum Parkplatz hinter den Dünen. Nur wenige Leute liefen noch am Wasser entlang, meist in Begleitung ihrer Hunde, die durch den Sand tobten.

»Das war der Sinn der Sache«, erklärte Kate zufrieden und holte eine Flasche gekühlten Daringham-Schaumwein aus dem Korb. Zwei passende Gläser sowie Schüsseln mit Leckereien von Megan hatte sie außerdem dabei – es sollte schließlich ein perfekter Ausflug werden. »Ich wollte, dass wir beide endlich mal wieder etwas Ruhe haben. Du hast dir einen freien Abend wirklich verdient.«

Sie reichte Ben die Flasche, und er ließ den Korken knallen. Dann füllte er die Gläser, und als sie auf der gemütlichen Bank saßen, stießen sie an.

»Auf dich und deine guten Ideen.« Ben legte den Arm um Kate, und sie lehnte den Kopf an seine Schulter. Für einen Moment genossen sie schweigend den Ausblick.

»Wir sollten das Haus im Sommer an Touristen vermieten«, meinte Ben irgendwann nachdenklich.

Kate schmunzelte. »Die Idee hatte dein Vater vor Jahren auch schon mal, aber Lady Eliza wollte davon nichts wissen. Das Haus gehört der Familie und niemandem sonst, hat sie gesagt, und damit war das Thema erledigt.«

Ben hob eine Augenbraue. »Na, ein Glück, dass ich sie nicht mehr zu fragen brauche«, meinte er. »Ich glaube, der alte Drachen hatte nie eine Vorstellung davon, was so ein Haus jeden Monat an Unterhalt verschlingt. Kein Wunder, dass mein Vater es so schwer hatte.«

Kate schluckte. Ben sprach in letzter Zeit oft von Ralph, und wenn er es tat, dann fast immer verständnisvoll. Von dem Groll, den er ganz zu Anfang gegen seinen Vater gehegt hatte, war nichts mehr zu spüren. Deshalb tat es Kate oft leid, dass den beiden nur so wenig Zeit geblieben war, um sich kennenzulernen. Manchmal glaubte sie, dass Bens Einsatz für Daringham Hall der Versuch war, sich seinem Vater anzunähern, auch wenn er selbst das niemals so formuliert hätte. Glaubte man ihm, tat er das alles für sich – um sich etwas zu beweisen. Aber Kate war sicher, dass er auch andere Gründe für seine Entscheidung hatte.

»Lass uns nicht mehr über die Arbeit reden, ja?«, sagte sie und seufzte. »Das ist der erste Samstagabend seit Wochen, an dem wir beide ein bisschen Zeit für uns haben, und ich möchte ihn weder mit Lady Eliza noch mit Timothy oder Olivia verbringen.«

Ben grinste. »Das möchte ich auch nicht, glaub mir«, sagte er und zog sie noch ein bisschen enger an sich. »Warst du schon oft hier?«, wollte er wissen, während sie wieder hinaus aufs Wasser sahen.

Kate nickte versonnen. »Oh ja. Jeden Sommer mit Ivy und ihren Schwestern. Tilly hat auf uns aufgepasst. Sie war ganz anders als meine Tante Nancy, immer freundlich und fröhlich. Außerdem hat sie uns viele Freiheiten gelassen. Das tat gut, weil meine Tante zu mir besonders streng war.«

Ben atmete vernehmlich aus, und als Kate zu ihm aufblickte, sah sie Wut in seinen Augen funkeln. »Wieso hasst sie dich eigentlich so?«, fragte er. »Hast du ihr irgendetwas getan?«

»Nein.« Kate schüttelte den Kopf. »Ich glaube, ich war ihr einfach zu viel. Sie wollte mich nicht in ihre Familie aufnehmen, aber Bill hat darauf bestanden, also hat sie sich gefügt. Und ich wurde auch nicht furchtbar vernachlässigt oder so, ich hatte immer genug zu essen, und ich musste weder die abgelegten Klamotten meiner Cousinen auftragen noch irgendwelche schweren oder unangenehmen Arbeiten erledigen. Aber Nancy hat mich von Anfang an spüren lassen, dass ich ihr lästig war. Ich konnte ihr nichts recht machen. Selbst wenn ich mit lauter Einsen aus der Schule kam, hat sie nur ihre eigenen Töchter gelobt. Für mich hatte sie höchstens mal ein verkniffenes Lächeln, wenn mein Onkel in der Nähe war. Vor ihm hat sie sich meistens zusammengerissen, aber er war durch seinen Job viel unterwegs.«

»Warum hast du es ihm nicht gesagt?«, fragte Ben.

»Das habe ich versucht, ganz am Anfang. Aber Bill meinte, dass ich mir das alles nur einbilde und dass meine Tante mich sehr lieb hätte. Er streitet sich nicht gerne mit Nancy. Deshalb hat er einfach so getan, als gäbe es das Problem nicht. Irgendwann habe ich es dann aufgegeben.«

Kate seufzte tief, auch weil Ben angefangen hatte, mit den Fingerspitzen über ihren Arm zu streicheln.

»Alles wurde erst besser, als ich Ivy kennenlernte.« Nie würde sie diesen Tag vergessen. Sie waren sich zufällig auf dem Marktplatz begegnet, im Hochsommer. Gekannt hatten sie sich vorher nur flüchtig aus der Schule, weil Ivy damals in ihre Parallelklasse ging. Aber erst da, an jenem Tag, war ihnen aufgefallen, wie viel sie gemeinsam hatten und wie gut sie sich verstanden. Deshalb hatte Ivy Tilly, die damals noch das Kindermädchen der Camdens war, gebeten, Kate am nächsten Tag mit hierher zum Strand zu nehmen. Tilly hatte nichts dagegen gehabt, und von da an waren Ivy und Kate unzertrennlich gewesen. Schon nach kurzer Zeit war Kate auf Daringham Hall ein und aus gegangen, und abgesehen von Lady Eliza und Olivia hatten die Camdens sie nicht nur geduldet, sondern mit offenen Armen aufgenommen. Mehr noch: Als ihre Tante ihr einmal verbieten wollte, die Camdens weiter zu besuchen, war Claire sogar persönlich vorbeigekommen und hatte sie überredet, ihre Meinung zu ändern. Kate hatte keine Ahnung, was genau Claire gesagt hatte, aber danach hatte Nancy nie wieder ein Wort darüber verloren, dass Kate so viel Zeit auf Daringham Hall verbrachte. Dafür war sie Claire heute noch dankbar. »Ich glaube, ohne die Camdens hätte ich diese Zeit nicht heil überstanden. Ich war so oft wie möglich auf dem Gut. Nur im Sommer musste ich immer zwei Wochen mit in die Familienferien in die Cotswolds. Darauf hat Nancy bestanden, wahrscheinlich, weil sie wusste, dass ich viel lieber auf Daringham Hall geblieben wäre.«

Ben streichelte weiter Kates Arm und blickte nachdenklich über den Strand.

»Meine erste Pflegemutter war auch so«, meinte er, und Kate hörte den bitteren Unterton in seiner Stimme. »Alle hielten sie für unglaublich nett und hilfsbereit, weil sie so viele Kinder bei sich aufgenommen hat. Aber das war sie nur nach außen. Da stimmte immer alles, da hat sie kein böses Wort über uns verloren – und wir durften das auch nicht tun. Aber wenn sie mit uns allein war, hat sie nie ein gutes Haar an uns gelassen. Ich glaube, es hat ihr Spaß gemacht, uns zu quälen. Nicht körperlich – angefasst hat sie uns nie. Auch ihr Mann nicht. Aber sie hatte ihre Methoden, uns niederzumachen. Sie gab uns das Gefühl, nichts wert zu sein und nichts zu können. Es war schlimmer als Prügel, denn die Verletzungen, die sie uns zugefügt hat, waren nicht zu sehen. Die Leute von der Jugendbehörde dachten, alles wäre in Ordnung. Dabei war es die Hölle.«

Kate schluckte. Ben hatte ihr erzählt, dass er nach dem Tod seiner Mutter bei verschiedenen Pflegefamilien aufgewachsen war, aber er war nie ins Detail gegangen. Was auch kein Wunder war, wenn er dort so gelitten hatte.

»Hat sie das bei dir auch gemacht?«

»Bei mir sogar ganz besonders.« Ein Muskel zuckte auf seiner Wange, und für einen Moment glaubte Kate schon, dass er dazu nicht mehr sagen würde. Doch dann seufzte er und erzählte weiter. »Ich war der Älteste von sechs Kindern, die bei ihr lebten, und ich habe mich ihr am heftigsten widersetzt. Am Anfang nicht, da habe ich noch versucht, ihr zu gefallen. Aber Martha fand immer einen Kritikpunkt. Immer. Sie war nie zufrieden, und wer dagegen aufbegehrte, wurde in den Keller gesperrt. Ich glaube, ich habe am Ende fast nur noch da unten gesessen. Irgendwann hat es mir dann gereicht, und ich habe die Konsequenzen gezogen.«

»Welche denn?«, wollte Kate wissen.

»Ich bin abgehauen.« Er lächelte ein bisschen schief. »Und

das habe ich auch später bei den anderen Pflegefamilien so gemacht. Ich schätze, ich war das, was man ein schwer erziehbares Kind nennt.«

Er sagte es leichthin, aber Kate ahnte plötzlich, wie hart seine Jugend tatsächlich gewesen sein musste. »Bist du nie irgendwo geblieben?«

Er schüttelte den Kopf. »Ich hab's versucht. Bei der zweiten Familie jedenfalls noch. Aber die wollten mich nicht behalten, weil ich mich mit den anderen beiden Kindern nicht verstanden habe, die sie schon aufgenommen hatten. Was vor allem daran lag, dass die beiden eine Art Pakt geschlossen hatten, niemanden mehr in die Familie zu lassen. Sie wollten ihre Pflegeeltern für sich allein und haben mich ständig auflaufen lassen, mich so lange geärgert, bis ich wütend geworden bin. Es sah immer so aus, als wäre ich derjenige, der den Streit anfing, egal, was ich versucht habe. Sie haben den beiden geglaubt und nicht mir, und am Ende musste ich gehen. Danach habe ich es aufgegeben. Ich hatte einfach keine Lust mehr, mir Mühe zu geben, nur um dazuzugehören.« Er stieß die Luft aus, und es klang wie ein Seufzen. »Also galt ich bald als bockig und unzugänglich und nicht integrierbar. In jeder Familie bin ich etwas kürzer geblieben, bei der ersten noch fast ein Jahr, bei der nächsten nur noch ein halbes, dann drei Monate und am Ende hat es mir oft schon nach drei Tagen gereicht. Irgendwann hat die Jugendbehörde die Notbremse gezogen und mich in ein Haus für Problemfälle gesteckt. Sie dachten wohl, dass ich dann nicht auf die schiefe Bahn gerate. Erreicht haben sie allerdings genau das Gegenteil, denn die Leute, die ich da kennengelernt habe, waren noch abgebrühter als ich. Die meisten nahmen Drogen und finanzierten das mit Diebstählen und anderen illegalen Dingen. Entweder, man machte mit, oder es ging einem an den Kragen. Also habe ich mitgemacht.«

Erschrocken sah Kate ihn an. »Und dann?«

Ben zuckte mit den Schultern. »Ein paar Mal stand ich mit einem Fuß im Knast, ich hatte nur Glück, dass ich noch so jung war und mit Jugendstrafen davongekommen bin. Aber lange wäre das nicht mehr gut gegangen. Vermutlich wäre ich geendet wie diese Mädchen, die mich überfallen und zusammengeschlagen haben.«

Mit Schrecken dachte Kate an den Nachmittag auf dem Polizeirevier in King's Lynn, als Ben und sie einer der Täterinnen begegnet waren. Sie war drogenabhängig und erschreckend gewaltbereit gewesen, und Kate fiel es schwer, sich vorzustellen, dass der selbstbewusste und zielstrebige Ben, der sein Leben im Griff hatte, auch mal fast so geworden wäre.

»Und wie bist du da wieder rausgekommen?«

Er stieß die Luft aus. »Ich weiß nicht. Irgendwann bin ich morgens aufgewacht und wusste, dass es nicht mehr lange gut geht und ich etwas ändern muss, wenn ich überleben will. Ich habe die Schule gewechselt und mich richtig reingekniet, damit ich meinen Abschluss packe. Und dann hatte ich mehrere Jobs gleichzeitig, um mein Studium zu finanzieren. Ich habe Tag und Nacht gearbeitet, aber ich schätze, das war ganz gut, denn dadurch bin ich zumindest nicht mehr auf dumme Gedanken gekommen.«

Kate spürte, wie ihr Herz sich zusammenzog, weil das alles so einsam klang. »Dir muss doch irgendjemand geholfen haben«, meinte sie. »Ein Freund oder ein Lehrer oder irgendjemand von der Jugendbehörde.«

Ben verzog das Gesicht. »So wie in den Hollywood-

Filmen, meinst du? Nein, kein ›Good Will Hunting‹ oder ›The Blind Side‹ für Ben Sterling.« Er lachte, aber es klang nicht fröhlich. »Meine Freunde von damals waren alle von der falschen Sorte. Ich schätze, ich konnte schon von Glück sagen, dass sie mich in Ruhe gelassen haben. Und die Erwachsenen waren ziemlich skeptisch, vor allem die von der Jugendbehörde. Ich musste für jeden kleinen Schritt kämpfen, sonst wäre ich heute nicht da, wo ich bin.« Er zuckte mit den Schultern. »Okay, ich habe irgendwann Peter kennengelernt, aber erst nach meinem Abschluss. Da lag diese Zeit schon eine Weile hinter mir.«

Betroffen sah Kate ihn an. Bens Hartnäckigkeit, die man auch als Sturheit auslegen konnte, war eine seiner großen Stärken, und im Moment hing sehr viel davon ab, dass er sie weiter ausspielte. Trotzdem fand sie es sehr traurig, dass er diesen Charakterzug offenbar nur erworben hatte, weil er seit dem Tod seiner Mutter alle Entscheidungen in seinem Leben hatte allein treffen müssen. Niemand schien ihn begleitet zu haben, und wenn doch, hatten diese Leute ihn enttäuscht. Deshalb verließ er sich wahrscheinlich am liebsten auf sich selbst – und deshalb fiel es ihm auch schwer, sich wirklich zu öffnen.

Unwillkürlich fragte Kate sich, ob er wohl auch so geworden wäre, wenn Lady Eliza es damals nicht geschafft hätte, Bens Eltern auseinanderzubringen, und er auf Daringham Hall aufgewachsen wäre. Aber sich darüber den Kopf zu zerbrechen war müßig. Und dann würde ich jetzt vielleicht auch nicht hier mit ihm sitzen, überlegte sie, während sie zu ihm aufsah.

»Dich hält niemand auf«, sagte sie mit einem leisen Seufzen und lehnte den Kopf an seine Brust.

Ben legte eine Hand unter ihr Kinn und hob ihr Gesicht zu sich auf.

»Das ist wahr«, sagte er, und Kate wusste, dass er nicht mehr von seiner Vergangenheit sprach, sondern von der Absicht, sie zu küssen. Er beugte sich zu ihr hinunter, und während seine Lippen sich ihren näherten, versank sie für einen langen Moment in seinen Augen. So viel von dem, was sie selbst erlebt hatte, spiegelte sich darin – nur mit dem Unterschied, dass sie jemanden gehabt hatte, der sie vor der Dunkelheit bewahrt hatte, in die sie ebenso hätte abstürzen können wie Ben. Jemanden, der ihr gezeigt hatte, dass Vertrauen sich lohnt. Aber Ben war dabei, es wieder zu lernen. Oder?

Ihre Lippen trafen sich, und sie schlang die Arme um seinen Hals und ergab sich dem sinnlichen Ansturm seines Mundes, genoss es, ihn zu schmecken. Sie hatte schon andere Männer geküsst, aber mit keinem war es je so gewesen wie mit Ben. Nur er konnte diese Leidenschaft in ihr wecken, die für Vernunft keinen Platz mehr ließ und keine Zurückhaltung duldete. Voller Sehnsucht schmiegte sie sich an ihn und stöhnte wohlig, als er die Hand unter ihr Shirt schob. Langsam ließ er seine Finger über ihren Bauch nach oben wandern und schloss sie warm um ihre Brust. Hitze wallte in ihr auf und mit ihr die Erkenntnis, dass sie wahrscheinlich immer noch nicht ganz allein waren. Die wenigen Spaziergänger befanden sich jedoch weit von ihnen entfernt, und die Dämmerung hüllte alles in weiches Zwielicht. Und selbst wenn jemand sie sehen sollte – Kate wollte nicht aufhören. Die Wellen, die an den Strand rollten, und Bens berauschende Nähe – genau das hatte sie sich gewünscht, als sie mit ihm hergekommen war. Ermutigt von seinen Zärtlichkeiten öffnete sie einen Knopf an seinem Hemd, ließ ihre Hand hineingleiten und strich über seine breite, muskulöse Brust. Sein Herz schlug wild unter ihren Fingern, und in seinen Augen stand ein dunkler Ausdruck, der ihr sagte, dass er diesen Moment genauso genoss wie sie.

»Was machst du mit mir, Kate?«, flüsterte er rau und fast erstaunt, so als könne er immer noch nicht glauben, wie intensiv sie aufeinander reagierten.

Kate lächelte glücklich, und ihr Herz lief über. Sie musste ihm plötzlich sagen, wie viel es ihr bedeutete, dass er sein altes Leben aufgegeben hatte, um bei ihr zu sein.

»Ich liebe dich.« Sie hauchte die Worte nur und hoffte, dass er ihr endlich darauf antworten würde.

Einen Herzschlag lang blickte er sie nur stumm an. Dann vibrierte sein Handy in seiner Brusttasche

Kate stöhnte auf und verfluchte die blöde Kommunikationstechnik, die so furchtbar störend sein konnte. »Geh nicht dran«, sagte sie, aber Ben hatte sich schon von ihr gelöst und das Handy herausgeholt.

War er froh über die Unterbrechung? Kate war nicht sicher und ärgerte sich darüber, dass sie nicht darauf bestanden hatte, dass er das blöde Ding ausschaltete. Wieso musste gerade jetzt jemand anrufen? Ausgerechnet in diesem Moment …

Ben runzelte die Stirn, denn gerade als er das Gespräch annehmen wollte, war das Handy wieder verstummt.

»Das war Claire«, sagte er nach einem Blick auf die Nummer, und Kate spürte Zorn in sich aufsteigen. Sie hatte seiner Tante erzählt, dass sie mit Ben zum Strand fahren wollte, und Claire hatte sie bestärkt und ihr versprochen, dafür zu sorgen, dass niemand sie störte. Und jetzt rief sie selbst an?

Ein Schauder lief Kate über den Rücken. »Ruf sie zurück«, presste sie hervor, plötzlich sicher, dass etwas passiert sein musste. Doch ehe Ben dazu kam, vibrierte sein Handy erneut und zeigte den Eingang einer SMS an.

»Sie hat geschrieben.« Er las die Nachricht. Abrupt erhob er sich. »Wir müssen sofort zurück!«

»Warum?«, fragte Kate beklommen.

Gehetzt blickte er auf. »Auf Daringham Hall brennt es.«

8

Ben trat das Gaspedal von Kates Land Rover bis zum Anschlag durch, und der Wagen holperte gefährlich schnell über den schmalen Feldweg auf die Wirtschaftsgebäude von Daringham Hall zu. Aber Kate nahm das hohe Tempo kaum wahr. Sie hielt sich am Türgriff fest und starrte entsetzt auf die Flammen, die sich orangerot vor dem dunklen Himmel abzeichneten. Durch die Lüftung drang der beißende Geruch von Rauch, und das Blaulicht der bereits eingetroffenen Feuerwehr zuckte gespenstisch vor dem Abendhimmel.

»Was ist mit den Ställen?«, fragte sie besorgt. »Brennen die Ställe auch?«

Ben schüttelte den Kopf. »Ich glaube, es ist nur das Café«, erwiderte er gepresst, und als sie noch näher kamen, sah Kate, dass er recht hatte. Aus den Fensteröffnungen und dem Dach der Scheune schlugen hohe Flammen, doch die beiden unmittelbar daneben liegenden Stallgebäude schienen nicht betroffen zu sein, und auch der etwas weiter entfernten Kelterei und der großen Halle mit den Landmaschinen drohte offenbar keine Gefahr.

Ben stellte den Wagen neben dem Stall ab, und als sie ausstiegen, schlug ihnen die Hitze des Feuers entgegen. Trotzdem liefen sie weiter, mitten hinein in das Chaos, das zwischen den Gebäuden herrschte.

Zwei große Löschfahrzeuge standen quer im Hof, und

etwa ein Dutzend Feuerwehrleute rollten Schläuche aus und riefen sich Anweisungen zu. Sie arbeiteten zügig und wirkten eingespielt, koordinierten ihren Einsatz sehr gut. Den Leuten vom Gut gelang das nicht, sie liefen hektisch durcheinander und versuchten, die Kühe aus dem Stall auf die Weiden zu treiben. Die meisten Tiere waren bereits in Sicherheit, aber einige brachen in Panik vor dem Feuer aus und irrten über den Hof, sodass die Stallburschen alle Hände voll zu tun hatten. Claires Mann James stand mitten im Trubel und bemühte sich, das Ganze irgendwie zu organisieren, schaffte es aber nicht.

»Was ist mit den Pferden?«, fragte Kate und wollte zum Stall laufen, doch in diesem Moment tauchten Claire und Tilly neben ihnen auf. Der Schock stand ihnen in die geröteten Gesichter geschrieben.

»Es ging alles so schnell«, stammelte Tilly. »Ich hab den Rauch von der Straße aus gesehen, und als ich hier ankam, stand schon alles in Flammen.«

»Wie ist das passiert?«, fragte Ben, bevor Kate es tun konnte.

»Das wissen wir nicht.« Unglücklich schüttelte Claire den Kopf. »Es war niemand in der Scheune, als das Feuer ausbrach. Die Stallburschen haben es erst bemerkt, als es schon außer Kontrolle war. Ich fürchte, da ist nichts mehr zu retten.«

Das sah Kate genauso. Die Scheune würde niederbrennen, das konnten auch die Feuerwehrleute nicht mehr verhindern. Und das versuchten sie auch gar nicht, sondern richteten die Schläuche auf die eng nebeneinanderliegenden Stallgebäude, um ein Übergreifen der Flammen zu verhindern. Der Abstand zur Scheune war nicht groß, und der Wind trug die Funken weiter, ließ sie unablässig auf das breite Dach regnen, aus dem an einigen Stellen bereits Rauch aufstieg.

»Die Pferde«, rief Kate erneut, weil sie über dem Lärm deutlich ein verzweifeltes Wiehern wahrnahm. »Sind sie etwa noch im Stall?«

James, der jetzt auch zu ihnen kam, nickte schwer atmend. »Wir konnten sie noch nicht rausholen. Niemand darf den Stall ohne Schutzkleidung betreten. Aber die Feuerwehr ist schon dabei, sie zu evakuieren. Siehst du, da kommen sie.«

Der erste Feuerwehrmann trat mit Davids Schimmelwallach Chester am Halfter auf den Hof. Ihm folgten zwei Kollegen, die ebenfalls Pferde aus dem Stall führten und den Stallburschen übergaben, die sie zur Koppel brachten.

Alles schien reibungslos zu laufen, aber Kate machte sich trotzdem Sorgen. Denn eines der Pferde würde sich nicht von den Feuerwehrleuten einfangen lassen.

»Was ist mit Devil?«, fragte sie und dachte an ihren scheuen Schützling. So wie sie ihn kannte, würden die Männer vermutlich nicht mal in die Nähe der Box kommen. Unter Stress machte der Hengst seinem Namen Devil – Teufel – nämlich alle Ehre.

»Ach, verdammt, den hab ich ganz vergessen«, meinte James und runzelte die Stirn. »Am besten, wir lassen ihn im Stall.«

»Aber er wittert den Rauch! Bestimmt ist er schon total panisch«, wandte Kate ein. »Wir müssen ihn da rausholen, sonst verletzt er sich.«

James schien hin- und hergerissen. Doch am Ende blieb er bei seinem Standpunkt. »Das ist zu gefährlich, Kate. Du weißt, wie er ist. Er könnte jemanden verletzen, wenn er durchdreht.«

Das war Kate bewusst. »Deswegen will ich ja zu ihm gehen. Mich kennt er, vielleicht habe ich eine Chance, ihn auf die Koppel zu führen.«

»Auf gar keinen Fall!« Ben legte eine Hand auf Kates Schulter und drehte sie zu sich um, sah sie durchdringend an. »Dieses Vieh ist bösartig!«

»Devil ist nicht bösartig, er hat nur Angst«, widersprach ihm Kate.

Doch Ben blieb dabei. »Nein! Wenn dir was passiert ...«

»Ben, bitte, wir haben jetzt keine Zeit für lange Diskussionen. Sorg einfach dafür, dass niemand in der Nähe des Tores steht, wenn ich mit Devil rauskomme, okay? Falls ich ihn nicht halten kann, braucht er freie Bahn zur Koppel.«

Sie machte sich von ihm los und lief in Richtung Stall.

»Kate!«, hörte sie Ben hinter sich rufen, doch sie blieb nicht stehen. Einer der Feuerwehrleute kam ihr mit der erwarteten Nachricht entgegen: Devil ließ sich nicht einfangen. Als sie ihm erklärte, was sie vorhatte, zögerte der Mann. Es gab jedoch keine andere Möglichkeit, deshalb nickte er schließlich.

»Beeilen Sie sich«, rief er Kate noch nach. Im Stall roch man den Rauch viel stärker als draußen. Kate musste husten, während sie so schnell wie möglich den Gang hinunterlief.

Devils Box lag ganz am Ende und war deutlich größer als die anderen. Sie wurde meist für Fohlen benutzt, die von ihren Müttern entwöhnt wurden. Jetzt gehörte sie jedoch dem scheuen schwarzen Hengst, weil er viel Raum brauchte. Als er Kate bemerkte, hielt er in seinem nervösen Tänzeln inne und wieherte. In dem Laut lagen sowohl Panik als auch eine Warnung, deshalb verlangsamte Kate ihre Schritte und begann, mit sanfter Stimme auf Devil einzureden.

»Ich bin's, mein Junge. Ganz ruhig. Ich hol dich hier raus, okay? Aber dabei musst du mir ein bisschen helfen und dich nicht aufregen, einverstanden? Dann kriegen wir beide das hin, ganz bestimmt.«

Devil spitzte die Ohren und schien sich tatsächlich ein wenig zu beruhigen. Vorsichtig öffnete Kate die Boxentür und schlüpfte hindurch. In der Hand hielt sie einen Führstrick, den sie von dem Haken an der Wand neben der Box genommen hatte.

Das Fell des Hengstes glänzte schweißnass. Er schlug immer wieder mit dem Kopf und wieherte, aber er schien zu spüren, dass Kate ihm nichts Böses wollte, denn er ließ es zu, dass sie sich näherte.

»Ich muss dich jetzt festmachen, aber es geht ganz schnell, und du kennst das doch auch schon«, erklärte sie ihm, während sie wie in Zeitlupe nach dem Halfter griff. Er trug es auch in der Box, weil man es ihm nur schwer anlegen konnte, und das war jetzt ein Glück, denn es sparte Kate eine Menge Zeit.

»So ist es gut, du weißt, dass ich dir nichts tue, oder?«, redete sie weiter auf ihn ein, während sie den Führstrick am Halfter befestigte.

Plötzlich ertönte von draußen ein lautes Geräusch. Devil stieg sofort, und Kate machte hastig einen Schritt zurück.

»Hey, nicht doch, alles gut.« Erneut streckte sie die Hand aus und ergriff wieder den Führstrick. Schritt für Schritt tastete sie sich rückwärts zur Boxentür und schob sie auf, während sie ununterbrochen sanft mit dem Hengst sprach.

Und Devil folgte ihr tatsächlich. Langsam zwar und mit Panik in den Augen, aber er trottete hinter ihr her durch die Stallgasse.

So weit, so gut, dachte Kate. Der schwierigste Teil lag allerdings noch vor ihnen, als sie nach einer gefühlten Ewigkeit das Stalltor erreichten. Die vielen Menschen auf dem Hof und die brennende Scheune ließen Devils Stresspegel sofort wieder ansteigen, und er wich instinktiv zurück.

»Ganz ruhig«, sagte Kate und blickte sich um, suchte Ben, der einige Meter entfernt stand. Er hatte wirklich dafür gesorgt, dass niemand zu nah am Stall stand. Und es redete auch niemand. Stattdessen starrten alle nur gebannt auf Kate und das Pferd.

Es wird klappen, dachte Kate und ging weiter. Behutsam zog sie am Führstrick, bis dieser sich spannte.

»Na, komm«, sagte sie, weil sie das Zögern in Devils großen, seelenvollen Augen sah. »Vertrau mir. Nur noch ein paar Meter, dann haben wir es geschafft.«

Einen Herzschlag lang befürchtete sie, die Verbindung zu dem Hengst verloren zu haben. Doch dann gab der Führstrick nach, und Devil folgte ihr wieder, was Kate unendlich erleichterte.

Sie sah noch einmal zu Ben hinüber, wollte ihm zunicken und signalisieren, dass alles in Ordnung war. Sobald sie den Hof verließen, war es nicht mehr weit bis zur Koppel, wo sie …

»Achtung!«, warnte einer der Feuerwehrleute mit einem scharfen Ruf. Sekundenbruchteile später gab das Dach der brennenden Scheune nach und fiel mit einem ohrenbetäubenden Krachen in sich zusammen.

Devil riss sich los und stieg direkt vor Kate, wirbelte die Hufe durch die Luft. Hastig machte sie einen Schritt zurück, spürte, wie ihr schwindelig wurde.

»Kate!«

Sie hörte Bens Schrei, und als sie sich umwandte, sah sie, wie er mit entsetztem Gesicht auf sie zustürzte. Dann durchzuckte plötzlich ein heftiger Schmerz ihre Schulter. Alles um sie herum wurde schwarz, und sie sank nach vorn in die Dunkelheit.

9

David fuhr mit seinem Cabrio langsam über den Rosslyn Hill in Hampstead und hielt in der Abendsonne Ausschau nach der richtigen Hausnummer. Dass Drake Sullivan in dieser hübschen, eher gediegenen Gegend von London wohnte, überraschte ihn, und er fragte sich schon die ganze Zeit, was das wohl über den Mann aussagte, der ihn gezeugt hatte. Aber schließlich war er ja hier, um Antworten darauf zu finden.

Da ist es, dachte er, als er das Haus entdeckte. Es lag etwas abseits von der Straße hinter einem hohen schmiedeeisernen Zaun mit ziselierten, aber durchaus wehrhaften Spitzen. Überhaupt wirkte es trutziger als die anderen Villen, die an der breiten, sehr gepflegten Straße standen. Eine große Trauerweide im Vorgarten versperrte zusätzlich den Blick auf einen Teil der Fassade.

Das Einfahrtstor stand offen, genau wie Drake Sullivan es David angekündigt hatte, und er war kaum auf dem Grundstück, als sich auch die Haustür öffnete. Es war jedoch nicht Drake Sullivan selbst, der ihn empfing, sondern Carl, den David noch von seinem Besuch in Drakes Spielhalle in Soho kannte. Offenbar war der große blonde Mann nicht nur für die Sicherheit des Ladens zuständig, sondern auch für die seines Chefs.

»Guten Abend, Mr Camden«, begrüßte Carl ihn, zwar nicht lächelnd, aber im Vergleich zum letzten Mal doch sehr respektvoll, und ließ ihn in die Empfangshalle eintreten.

Schon wieder eine Überraschung, dachte David und blickte sich um. Er hatte ein hübsch restauriertes, klassisches Interieur erwartet, das zu der Hausfassade passte, doch tatsächlich hätte sich dieser Raum auch in einem ultramodernen Neubau befinden können. Falls es jemals Stuck an den Decken gegeben hatte, war er entfernt worden, genau wie alles andere, das man irgendeiner Zeitepoche hätte zuordnen können – fast so, als wäre das ursprüngliche Haus entkernt und völlig neu gestaltet worden. Die Aufteilung war luftig und die Wände strahlend weiß, was die in der Halle hängenden abstrakten Gemälde besonders gut zur Geltung brachte. Das dunkle Eichenholzparkett bildete einen beeindruckenden Kontrast dazu, und das Geländer der Treppe, deren Stufen aus dem gleichen Holz gefertigt waren, bestand aus straff gespannten Edelstahlseilen. Offenbar war Drake Sullivan eher der moderne Typ und hielt nicht viel von Antiquitäten. Was, wie David fand, ein bisschen ironisch war, wenn man bedachte, in welchem Umfeld sein leiblicher Sohn aufgewachsen war.

»Mr Sullivan erwartet Sie im Salon«, erklärte Carl und ging durch die Halle voran in einen spärlich, aber sichtbar teuer eingerichteten Wohnraum mit einer großen Fensterfront. Dahinter öffnete sich ein japanischer Garten, der mit seiner geordneten, schlichten Ästhetik das Innere des Hauses reflektierte. Die hohe Mauer, die das Grundstück einfasste, machte ihn jedoch düster, und David war nicht überrascht, als er an der Terrassenwand eine Überwachungskamera entdeckte. Offenbar wurden Privatsphäre und Sicherheit in diesem Haus großgeschrieben.

»David! Schön, dass du da bist!« Drake Sullivan erhob sich von einer ausladenden, orangefarbenen Designer-Couch, und

David erschrak erneut über ihre Ähnlichkeit. Ein Gentest war in ihrem Fall nicht nötig, man sah sofort, dass sie verwandt waren. Sie hatten die gleiche Statur, die gleichen schwarzen Haare, die gleichen grünen Augen, und auch ihre Gesichtszüge glichen sich frappierend. Aber was mochten sie sonst noch gemeinsam haben? Soweit David es bis jetzt beurteilen konnte, stimmte ihr Geschmack, zumindest in Einrichtungsfragen, kein bisschen überein.

»Freut mich auch – Drake?« Nachdem sein Vater ihn beim Vornamen genannt hatte, ging David davon aus, dass er das ebenfalls durfte. Und so war es auch, denn Drake nickte und deutete auf die Couch.

»Setz dich doch.«

David folgte der Aufforderung und musterte seinen Vater, während Carl, der tatsächlich eine Art Mädchen für alles zu sein schien, ihnen Getränke servierte.

Bei ihrem ersten Treffen hatte Drake einen Anzug angehabt, aber hier zu Hause trug er ganz leger Jeans und ein kariertes Hemd. Er war auch nicht mehr so unnahbar und abweisend wie damals in der Spielhalle, als er David von Carl mehr oder weniger hatte rauswerfen lassen.

»Möchtest du wirklich nichts anderes?«, erkundigte er sich ein wenig ungläubig und warf einen Blick auf das Mineralwasser, um das David gebeten hatte. Er selbst hatte sich für einen Gin Tonic entschieden, und David überlegte kurz, ob er nicht auch etwas Stärkeres brauchte, um das Gespräch zu überstehen. Doch es war sicher besser, dafür alle Sinne beisammen zu haben.

»Ich muss noch fahren«, erwiderte er und trank einen Schluck aus seinem Glas. Er wusste nicht recht, wie er anfangen sollte. Worüber redete man mit einem Vater, den man nicht kannte? Unsicher ließ er den Blick durch den Raum schweifen. »Wohnst du schon lange hier?«

Drake lehnte sich auf der Couch zurück. »Im Herbst werden es fünf Jahre«, antwortete er. »Ursprünglich hatte ich das Haus als Wertanlage gekauft. Diese alten Kästen sind eigentlich nicht mein Ding, aber in London gibt es ja kaum etwas anderes. Also habe ich es nach meinen Vorstellungen umbauen lassen, und jetzt gefällt es mir hier gut.«

Im Geiste überschlug David die Kosten für eine solche Immobilie und die umfassenden Renovierungsmaßnahmen. Arm konnte Drake Sullivan nicht sein, so viel stand fest. Kein Wunder also, dass er bei ihrer ersten Begegnung davon ausgegangen war, dass David es nur auf sein Geld abgesehen hatte. Sein Misstrauen schien er inzwischen jedoch abgelegt zu haben. Deshalb stellte David ihm zuerst eine Frage, die ihn schon seit einiger Zeit beschäftigte.

»Lebt noch jemand hier?«

Zwar widerstrebte es ihm, derart mit der Tür ins Haus zu fallen, aber er musste es einfach wissen.

Drake schien es ihm jedoch nicht übel zu nehmen. »Du meinst, ob ich Familie habe? Nein. Meine letzte Freundin ist vor drei Monaten ausgezogen, und vorläufig habe ich nicht vor, sie durch eine neue zu ersetzen. Zu anstrengend und zu teuer.«

Er lachte, und David war ein bisschen erschrocken darüber, wie abgebrüht er klang. Oder wie desillusioniert. Je nachdem, wie man es betrachtete. Auf jeden Fall passte es zu seinem Habitus eines harten Geschäftsmanns.

»Dann ... warst du nie verheiratet?«

Drake schüttelte den Kopf. »Nein. Frei und ungebunden ist eher mein Ding.«

»Aha«, meinte David.

Drake hob die Augenbrauen. »Du klingst enttäuscht.«

»Nein«, versicherte David ihm hastig, beschloss aber dann, ehrlich zu sein. »Ich weiß nicht. Irgendwie gefiel mir der Gedanke, vielleicht noch einen Halbbruder oder eine Halbschwester zu haben.«

»Damit kann ich leider nicht dienen.« Drake hob sein Glas und trank einen Schluck Gin Tonic. »Was sagt eigentlich deine Mutter dazu, dass du dich mit mir triffst?«, wollte er wissen.

David zuckte mit den Schultern. »Sie weiß es nicht«, gestand er.

Die Information schien Drake zu überraschen. »Hätte sie etwas dagegen?«

»Wahrscheinlich.«

Der ältere Mann hob einen Mundwinkel. »Tja, dann hat sie mich wohl nicht in besonders guter Erinnerung.«

Meinte er das ironisch, oder war er verletzt? David kannte Drake noch nicht gut genug, um das zu beurteilen, fühlte sich aber genötigt, seine Mutter zu verteidigen.

»Ich habe es ihr nicht gesagt, weil sie gerade eine ziemlich schwere Zeit durchmacht. Seit dem Tod meines Vaters ist sie ...« Er verstummte, als ihm klar wurde, zu wem er diesen Satz gerade gesagt hatte.

Aber es stimmt, dachte er und stemmte sich gegen die frische Welle der Trauer, die ihn bei dem Gedanken an Ralph erfasste. Der Mann, der ihm gegenüber saß, mochte ihn gezeugt haben. Doch sein wirklicher Vater war vor einem halben Jahr gestorben. Er schluckte mühsam.

»Jedenfalls geht es ihr seitdem nicht gut, und ich wollte sie nicht noch zusätzlich belasten«, beendete er seinen Satz.

Das entsprach nicht ganz der Wahrheit. Er hatte Olivia nichts gesagt, weil sie sich wahrscheinlich wieder künstlich aufgeregt und ihm vorgeworfen hätte, Ralphs Andenken zu verraten. Dabei war David sicher, dass gerade Ralph ihn verstanden hätte.

Drake schwieg einen Moment. »Hast du ein aktuelles Foto von ihr? Von deiner Mutter, meine ich?« Als David ihn überrascht ansah, fügte er mit einem Schulterzucken hinzu: »Ist ziemlich lange her, seit ich sie zuletzt gesehen habe.«

David zögerte kurz, ehe er sein Handy herausholte und die Bildergalerie aufrief. Nach kurzem Suchen fand er ein Foto, das Olivia auf Annas Geburtstagsfeier vor ein paar Wochen zeigte. Sie wirkte recht ernst und lächelte nur verhalten, aber es war das neueste Foto, das er von ihr besaß. Drake betrachtete es lange, bevor er David das Handy zurückgab.

»Olivia Brunswick.« Ein leichtes Lächeln spielte um seine Mundwinkel. »Doch, ich erinnere mich. Sie hat mich damals einfach verlassen. Von einem Tag auf den anderen, ohne Begründung und ohne mir die Chance zu geben, noch einmal mit ihr zu sprechen.« Er schnaubte leise. »Wenn man so will, war deine Mutter schon immer für eine Überraschung gut.«

David erwiderte sein Lächeln nicht. »Hättest du diese Chance denn gerne gehabt?«

Drake stellte seinen Drink auf den gläsernen Couchtisch und stand auf. Nachdenklich trat er an das große Fenster.

»Nein«, antwortete er. »Um ehrlich zu sein, war ich ganz froh, dass sie die Beziehung beendet hat. Vermutlich hätte ich es sonst selbst getan. Versteh mich nicht falsch, ich mochte deine Mutter. Aber letztlich war es bloß eine Affäre, das wussten wir beide.« Er atmete tief durch. »Und ein Kind? Damit hätte ich damals ganz sicher nichts anzufangen gewusst.«

Wenigstens ist er ehrlich, dachte David. »Und jetzt?«

Drake wandte sich wieder zu ihm um. »Noch immer nicht«, gestand er. »Das hier ist absolutes Neuland für mich. Aber ich schätze, dir geht es nicht anders, oder?«

Als David nichts erwiderte, seufzte Drake und blickte wieder aus dem Fenster. »Als du in mein Büro gekommen bist und behauptet hast, du wärst mein Sohn, dachte ich zuerst, das sei ein schlechter Scherz. Aber die Art, wie du mit mir gesprochen hast, und diese Ähnlichkeit ...« Er wandte sich zu David um und zuckte mit den Schultern. »Ich habe irgendwie sofort gespürt, dass du die Wahrheit sagst. Die Frage ist nur, wie wir jetzt damit umgehen.«

David erwiderte seinen Blick und überlegte erschrocken, ob er Drakes Gesprächsangebot falsch verstanden hatte. Wollte er ihr Verhältnis vielleicht nur »abwickeln«?

»Ich will kein Geld von dir«, stellte er noch einmal klar. »Das habe ich dir damals schon gesagt.«

Drake nickte. »Ich weiß. Aber wenn du mein Sohn bist, bist du auch mein Erbe. Und bevor du jetzt wieder wütend wirst – mir gefällt der Gedanke, dass ich ›Drake's Den‹ später vielleicht nicht verkaufen muss, sondern an dich weitergeben kann.«

David, der gerade erneut protestieren wollte, verstummte überrascht. »Weitergeben? An mich?«, sagte er ziemlich fassungslos. »Aber ... du kennst mich doch gar nicht.«

»Es wäre kein großes Problem, das zu ändern.« Drake kehrte zum Sofa zurück und setzte sich wieder neben David, sah ihn eindringlich an. »Du könntest bei mir anfangen, wenn du mit deinem Studium fertig bist. Du wärst erst mal nur ein normaler Angestellter, aber natürlich mit gewissen Privilegien. Ich würde dir alles zeigen, und wenn wir uns vertragen und du irgendwann so weit bist, steigst du bei mir ein und wirst mein Nachfolger.«

Völlig perplex starrte David ihn an. Er war hergekommen, um Drake Sullivan näher kennenzulernen und mehr darüber zu erfahren, wer der Mann war, von dem er abstammte. Natürlich hatte er sich insgeheim gewünscht, dass sein Vater zumindest ein gewisses Interesse an ihm bekunden würde, schon weil ihre erste Begegnung so unangenehm gewesen war. Aber mit einem solchen Angebot hatte er nie und nimmer gerechnet.

»Ich weiß nicht«, sagte er. »Was, wenn es nicht funktioniert? Gerade hast du mir schließlich noch erklärt, dass du lieber ungebunden bist. Vielleicht kannst du mit Kindern ja immer noch nichts anfangen.«

»Das können wir nur herausfinden, indem wir es probieren«, erwiderte Drake. »David, du gefällst mir. Die Art, wie du damals einfach in meinem Laden aufgetaucht bist und Carl dazu gebracht hast, dich vorzulassen ...« Er schüttelte lächelnd den Kopf. »Das gelingt nicht vielen, und es hat mich sehr beeindruckt. Wir werden uns bestimmt gut verstehen.«

David zögerte immer noch. Denn etwas an dem Plan passte nicht. »Ich werde mein Betriebswirtschaftsstudium aber sehr wahrscheinlich nicht beenden«, sagte er, und erst als er den Satz aussprach, wurde ihm klar, dass er das schon längst beschlossen hatte. Er war nur noch nicht in der Lage gewesen, es sich einzugestehen.

Drake lächelte. »Umso besser. Dann fängst du eben sofort an. Ich bin selbst Autodidakt, für mich zählt der Mensch und nicht der Studienabschluss. Du brauchst Erfahrung, und die kannst du bei mir besser erwerben als an jeder Universität der Welt.«

Wow, dachte David. Dass er lange fackelte, konnte man Drake Sullivan nicht vorwerfen. Einmal getroffene Entscheidungen zog er offenbar gerne zügig durch, und das passte zu dem kompromisslosen Eindruck, den er machte. Wahrscheinlich war er mit seiner Spielhallen-Kette deshalb so erfolgreich. Und es erleichterte David die Sache.

Denn warum sollte er ein solches Angebot ausschlagen? Es war die Chance auf einen Neuanfang und ein Ausweg aus einer Situation, die ihm mehr und mehr die Luft zum Atmen nahm. Und es kam sogar genau zum richtigen Zeitpunkt.

»Wenn du meinst«, antwortete er, noch ein bisschen zögernd, und erwiderte das zufriedene Lächeln, das auf Drakes Gesicht erschien.

»Dann also abgemacht!«, freute Drake sich und erhob sein Glas, stieß mit David an. »Wann kannst du anfangen?«

David schluckte. »Ich muss noch ein paar Sachen regeln. Ich denke, irgendwann nächste Woche.«

»Sehr gut«, befand Drake, und als sie sich wenig später an der Haustür voneinander verabschiedeten, schlug er David freundschaftlich auf die Schulter. »Wir werden bestimmt ein gutes Team.«

David nickte, obwohl er sich da noch nicht so sicher war, und ging nachdenklich zu seinem Auto. Als er sich gerade hinter das Steuer gesetzt hatte, klingelte sein Handy.

Es war Anna, und er überlegte kurz, ob er den Anruf wegdrücken sollte. Letztlich brachte er es aber nicht übers Herz und ging dran.

»David, du musst so schnell wie möglich nach Hause kommen!« Annas Stimme zitterte, und sie sprach hastig weiter, ohne auf seine Reaktion zu warten. »Das Besuchercafé brennt. Und auch ein Teil vom Stall!«

»Was?« Angst durchzuckte David. »Ist jemand verletzt?«

»Keine Ahnung. Ich bin noch gar nicht dort. Ich war mit Grandpa bei Grandma in Fakenham. Mummy hat gerade angerufen. Sie hat mich gebeten, dir auch Bescheid zu sagen.« Ihre Stimme klang eindringlich. »Komm so schnell du kannst, ja?«

»Ich versuch's.« Er schluckte. »Aber ich bin in London.«

»Was?« Annas Stimme klang ungläubig. »Du hast doch gesagt, du fährst nach Cambridge.«

»Ich habe meine Pläne geändert«, erwiderte er ausweichend und schämte sich, weil er auch ihr nicht die Wahrheit gesagt hatte. Aber er hatte erst abwarten wollen, wie das Gespräch mit Drake verlief. »Ich mache mich sofort auf den Weg.«

Mit einem mulmigen Gefühl im Magen fuhr er los. Er hatte große Angst um Daringham Hall, und ihn beunruhigte die Entscheidung, die er gerade getroffen hatte.

War es richtig gewesen, Drake sofort zuzusagen? Und wenn er dabei blieb, wie würden seine Mutter und Anna darauf reagieren?

Aber was ist die Alternative, fragte er sich, während er sich wieder in den Londoner Verkehr einfädelte und Drakes Haus vorläufig hinter sich ließ. So wie bisher ging es auf keinen Fall weiter. Er belog die Menschen, die ihm am wichtigsten waren, und er schaffte es nicht, sich zu trennen von etwas, das er dringend hinter sich lassen musste. War es da nicht Schicksal, dass sein Vater ihm die Möglichkeit bot, noch mal ganz neu über sich und sein Leben zu entscheiden?

Man muss die Chancen ergreifen, die einem das Leben bietet – hatte er Anna das nicht letztens noch erklärt?

Und jetzt bin eben ich damit dran, dachte er und trat aufs Gaspedal.

10

Mühsam schlug Kate die Augen auf und blickte sich um. Hellgrüne Wände, ein Fenster mit schlichten weißen Vorhängen und ein Bettende aus Metallstangen – sie war im Krankenhaus!

Erschrocken wollte sie sich aufsetzen, sank jedoch mit einem leisen Wimmern wieder zurück und fasste sich an die Schulter, durch die ein blendender Schmerz gezuckt war. Und dann fiel ihr plötzlich alles wieder ein. Der Brand gestern Abend und Devil, der in Panik ausgebrochen war und sie mit einem Huf an der Schulter getroffen hatte. Nicht am Kopf, wie alle zuerst befürchtet hatten. Sie war nur ohnmächtig geworden, was den Ärzten zufolge an der Aufregung und einer leichten Rauchvergiftung lag. Aus diesem Grund hatte man sie auch über Nacht zur Beobachtung im Krankenhaus behalten.

Und Ben? Kate drehte den Kopf zur Seite und sah, dass er mit ausgestreckten Beinen auf einem Stuhl neben ihrem Bett saß und schlief. Auf seinen Wangen lag ein Bartschatten, und er trug noch das rußverschmierte Hemd vom Vorabend. Offenbar hatte er die ganze Nacht hier bei ihr verbracht.

Kate seufzte unwillkürlich, und das Geräusch weckte ihn. Als er sah, dass sie wach war, richtete er sich auf.

»Kate.« Seine Stimme klang heiser.

»Wieso bist du nicht zurückgefahren?«, wollte sie wissen, doch Ben antwortete nicht darauf. Stattdessen betrachtete er sie ernst, ließ den Blick über ihr Gesicht gleiten.

»Wie geht es dir?«

»Besser«, erwiderte sie, obwohl sie sich da gar nicht so sicher war. Ihre Schulter schmerzte bereits, wenn sie nur versuchte, die Muskeln anzuspannen. Aber sie wollte ihn nicht beunruhigen.

Sie sehnte sich nach einem Kuss von ihm, doch er hielt ausnahmsweise Abstand zu ihr. Er lächelte nicht mal, und plötzlich überkam sie eine namenlose Angst, dass in der Nacht noch etwas Schlimmes passiert war.

»Gibt es schon etwas Neues?«, fragte sie. »Wie geht es Devil? Und was ist mit der Scheune?«

»Der Brand ist inzwischen unter Kontrolle. Und Devil steht bei den anderen Pferden auf der Weide. Im Gegensatz zu dir hat er den Weg dorthin vollkommen heil überstanden«, erklärte Ben grimmig.

»Und weiß man schon, was den Brand ausgelöst hat?«

Mit versteinerter Miene schüttelte Ben den Kopf.

»Nein. Aber die Staatsanwaltschaft in King's Lynn hat sich heute Morgen gemeldet. Sie ermitteln jetzt, deshalb ist das Gelände rund um die Scheune abgesperrt. Niemand darf es während der Untersuchung betreten. Da das auch für den Stall gilt, werden wir die Tiere vorerst auf den Koppeln stehen lassen müssen.« Er stieß die Luft aus. »Ich werde nachher hinfahren und mich erkundigen, ob sie schon neue Erkenntnisse zur Brandursache habe. Das wird ja wohl erlaubt sein.«

»Bestimmt.« Kate biss die Zähne zusammen und spannte ihren Oberkörper an, um sich aufzurichten. Der Versuch erwies sich als äußerst schmerzhaft, aber daran würde sie sich wohl für einige Zeit gewöhnen müssen. Sie schwang die Beine aus dem Bett.

»Was machst du da?«, fragte Ben irritiert. »Bleib liegen.«

»Ich habe die ganze Zeit gelegen«, protestierte sie. »Ich muss nach den Tieren sehen. Vielleicht hat sich gestern eines verletzt.«

»Darum kann Greg sich kümmern«, meinte Ben, doch davon wollte Kate nichts wissen.

»Das ist meine Aufgabe. Mir geht es gut. Ich kann …«

»Nein, verdammt, dir geht es nicht gut!« Die Worte brachen so heftig aus ihm heraus, dass Kate erschrocken zurückzuckte. Sie sah Zorn in seinen Augen und noch etwas anderes, das tiefer ging und seine Stimme beben ließ. »Du wärst gestern Nacht fast gestorben, Kate. Es hätte nicht viel gefehlt, und dieser verrückte Gaul hätte dir den Schädel zertrümmert. Und ich konnte nichts tun! Ich stand nur dabei und musste zusehen, wie du zusammengesackt bist …«

Er brach ab, schloss die Augen und schüttelte den Kopf, als wolle er das Bild loswerden, das er gerade heraufbeschworen hatte.

»Ben …« Kate streckte die Hand nach ihm aus, doch er stand auf und trat an das Bettende. Nur ein zuckender Muskel auf seiner Wange zeigte, wie angespannt er war, und erst jetzt wurde Kate klar, wie dramatisch ihr Zusammenbruch für ihn ausgesehen haben musste. Er hatte Angst um sie gehabt …

»Es tut mir leid«, sagte sie leise und sah, dass in seinem Blick etwas lag, das er sonst nie zeigte. Es war der Ben, an den man so schwer herankam und dem alles viel näher ging, als er eingestand.

Er machte einen Schritt auf sie zu, und seine grauen Augen blickten jetzt weicher. Intensiver. »Kate, ich …«

Mit klopfendem Herzen wartete Kate darauf, dass er seinen Satz beendete, aber er schüttelte nur den Kopf und wandte sich ab, starrte aus dem Fenster. Was immer er hatte sagen wollen – offenbar hatte er es sich anders überlegt und sich lieber wieder in sein Schneckenhaus zurückgezogen, und Kate war einfach zu schwach für einen neuen Versuch, ihn dort herauszuholen. Zäh breitete sich das Schweigen zwischen ihnen aus, und Kate war erleichtert, als eine Krankenschwester ins Zimmer kam, um ihr noch mal Blut abzunehmen und bei ihr Fieber zu messen.

»Würden Sie bitte einem der Ärzte Bescheid geben, dass ich entlassen werden möchte?«, bat Kate und rechnete fast damit, dass Ben erneut protestieren würde. Doch er sagte nichts und hielt Kate auch nicht auf, als sie wenig später mit der Stationsärztin ihre Entlassung besprach. Er sagte überhaupt nicht mehr viel, half ihr nur schweigend beim Anziehen, weil ihr das durch ihre lädierte Schulter schwerfiel.

»Sie sollten sich auf jeden Fall noch schonen«, mahnte die Schwester Kate beim Abschied. »Aber dafür wird Ihr Mann sicher sorgen. Er ist die ganze Nacht nicht von Ihrer Seite gewichen«, fügte sie vertraulich flüsternd hinzu. »Richtig böse ist er geworden, als ich ihn überreden wollte, doch lieber nach Hause zu fahren. Und immer, wenn ich reingekommen bin, saß er an Ihrem Bett und hat Sie angesehen. Er muss sie sehr lieben.«

Kate blickte zu Ben hinüber und wünschte, sie könnte sich da so sicher sein wie die Schwester.

Im Moment wirkte er nämlich ziemlich wütend, und daran änderte sich auch auf der Fahrt nach Daringham Hall nichts.

Nachdem sie beide geduscht und sich umzogen hatten, wollte Ben zu der abgebrannten Scheune fahren, und Kate bestand darauf, ihn zu begleiten.

Sie schluckte schwer, als die Wirtschaftsgebäude am Ende des Wegs in Sicht kamen. Das Dach der Scheune fehlte, das man sonst hinter den flacheren Ställen hatte aufragen sehen, und das Absperrband, das die Polizei um das gesamte Gelände gezogen hatte, war ein leuchtender Hinweis darauf, dass hier nichts mehr so war wie früher.

Vor der Hofeinfahrt standen ein Streifenwagen und zwei Zivilfahrzeuge. Ben parkte den Land Rover daneben, und die drei Männer, die hinter dem Absperrband standen – zwei Streifenpolizisten und ein Mann in Zivil mit Halbglatze und Bauchansatz – blickten zu ihnen herüber.

»Das ist ja Bill«, meinte Kate überrascht, als sie ihren Onkel erkannte, der als Kriminalkommissar bei der Polizei in King's Lynn arbeitete. »Ich wusste gar nicht, dass er für diesen Fall zuständig ist.«

»Ich auch nicht«, erwiderte Ben. »Aber besser er als irgendein Fremder.«

Er stieg aus und ging um den Wagen herum, um Kate beim Aussteigen zu helfen. Als sie kurz aufstöhnte, weil ihre Schulter nach wie vor höllisch schmerzte, runzelte er die Stirn. Doch er sagte nichts, was Kate einen Stich versetzte. Es wäre ihr sehr viel lieber gewesen, wenn er sie wieder angeschrien hätte wie vorhin im Krankenhaus. Diese plötzliche Distanz zwischen ihnen ertrug sie nur schwer.

»Tut mir leid, aber ihr könnt da jetzt nicht rein«, rief Bill, der ihnen bereits entgegenkam. »Die Brandgutachter sind noch mitten bei der Arbeit.«

»Wir wollen es uns nur von dieser Seite des Absperrbandes aus ansehen«, erklärte Ben. »Das ist doch nicht verboten, oder?«

»Nein, das geht«, erwiderte Bill und begleitete sie am Stallgebäude und einer der Koppeln vorbei zu einer Stelle, von der aus man den Hof besser einsehen konnte.

»Oh mein Gott«, stöhnte Kate, als das Tageslicht das volle Ausmaß der Zerstörung enthüllte.

Die Scheune war nur noch ein Gerippe aus verkohltem Holz und Steinen, aus dem immer noch Rauch aufstieg. Und auch der Hof wirkte verwüstet. Das Löschwasser hatte den Boden aufgeweicht, und feine Asche lag wie ein grauer Film über allem, was noch stand. Außerdem hatte der Schwelbrand das Stalldach sehr viel stärker beschädigt, als Kate angenommen hatte. Etliche Dachpfannen waren geschwärzt, und an zwei Stellen klafften größere Löcher, was vermutlich bedeutete, dass alles komplett neu gedeckt werden musste.

Wie groß der Schaden tatsächlich war, würden sie jedoch erst erfahren, wenn die beiden Brandexperten fertig waren. Aber die bewegten sich noch in ihren weißen Schutzanzügen langsam über die Brandstelle und trugen ihre Untersuchungsergebnisse konzentriert in eine Liste auf einem Klemmbrett ein.

Kate schluckte und sah zu Ben auf, der seine Erschütterung genau wie sie nicht verbergen konnte.

»Gibt es schon irgendwelche Erkenntnisse, was den Brand ausgelöst hat?«, fragte er Bill mit gepresster Stimme.

Bill schüttelte den Kopf. »Tut mir leid, aber darüber darf ich dir keine Auskunft geben, solange die Untersuchung nicht abgeschlossen ist. So sind nun mal die Vorschriften bei schwebenden Verfahren.«

Kate sah ihm an, dass ihm die Rechtslage in diesem Fall wirklich leid tat, und hoffte, dass sie ihn erweichen konnte.

»Bitte, Bill. Irgendetwas müsst ihr doch wissen.«

Er seufzte noch einmal und blickte zu den Brandschutzexperten hinüber.

»Das ist es ja«, sagte er sehr leise, als habe er Angst, dass seine weit entfernten Kollegen ihn hören könnten. »Wir wissen noch gar nichts, und das ist sehr ungewöhnlich. Normalerweise sind die Jungs wirklich fix und erkennen schnell, wie das Feuer entstanden ist. Aber das hier ist ... schwierig.«

»Inwiefern?«, wollte Ben wissen.

»Weil es einfach nicht eindeutig ist«, erklärte Bill. »Zuerst sah es nach einem klassischen Baustellenbrand aus. Ihr wisst schon, heiß gelaufene Geräte, ein Kabelbrand, so was eben. Aber irgendwas passt da nicht so recht ins Bild.«

Kate spürte, wie sich eine eisige Hand um ihr Herz schloss. »Du meinst ... es war vielleicht Brandstiftung?«

Bill zuckte mit den Schultern. »Ausschließen können wir das noch nicht.«

»Scheiße.« Ben trat so heftig gegen einen Erdklumpen, dass Kate zusammenzuckte. Sie verstand seine Wut nur allzu gut. Der Brand an sich war schon schlimm genug, aber der Gedanke, dass ihn jemand absichtlich gelegt haben könnte, traf sie ins Mark. War es möglich, dass gewisse Leute Bens Plänen so feindlich gegenüberstanden, dass sie zu solchen Mitteln griffen, um ihn aufzuhalten?

Ben schien das Gleiche zu denken, denn seine Miene verdüsterte sich zusehends. »Gibt es eine Chance, den Täter zu fassen?«

»Noch wissen wir nicht einmal, ob es überhaupt einen Täter gibt«, erinnerte ihn Bill. »Aber wir finden es sicher bald heraus. Sobald ich das Ergebnis habe, sage ich euch Bescheid. Mehr kann ich nicht tun.« Er blickte auf seine Armbanduhr.

»So, und jetzt muss ich dringend los. Ich habe gleich noch einen Termin auf dem Revier.«

Mit diesen Worten ging er, und Kate und Ben wandten sich wieder zu der abgebrannten Scheune um.

Mehr ist von Bens zukunftsweisenden Plänen für ein modernes Besucherzentrum nicht mehr übrig, dachte Kate unglücklich und hakte sich bei ihm ein, lehnte den Kopf an seine Schulter.

»Wie lange wird es wohl dauern, das alles wieder aufzubauen?«

»Zu lange.« Ben löste sich von ihr und ging ein Stück weg. Als er sich wieder zu ihr umdrehte, stand eine ratlose Leere in seinem Blick. »Selbst wenn wir uns mit dem Wiederaufbau beeilen, verlieren wir einen Großteil der Einnahmen, die ich für die Sommersaison einkalkuliert hatte. Ich weiß wirklich nicht mehr, wie ich dann ...«

»Kate? Mr Sterling?«

Ben und Kate fuhren herum. Greg Leary, der Stallmeister von Daringham Hall, kam ihnen über den Weg zwischen den Koppeln entgegen.

»Gut, dass du da bist. Ich wollte ohnehin mit dir sprechen«, rief Kate, weil ihr erst jetzt wieder einfiel, weswegen sie eigentlich mitgekommen war. »Ist alles in Ordnung mit den Tieren? Hat sich eins verletzt?«

»Nein. Die Einzige, die wirklich etwas abbekommen hat, bist du«, erwiderte Greg und betrachtete sie prüfend. »Du hast uns allen einen ordentlichen Schrecken eingejagt.«

»Ich weiß«, sagte sie. »Aber es war gar nicht so schlimm. Ich soll mich nur ein bisschen schonen.«

»Dann tu das auch. Und zwar in aller Ruhe. Den Tieren geht es gut«, meinte Greg. »Dank dir hat nicht einmal Devil eine Schramme. Alle sind mit dem Schrecken davongekommen. Das bisschen, das noch zu erledigen ist, kriegen wir vorerst auch alleine hin.« Sein Gesicht war jetzt sehr ernst. »Mach so etwas nie wieder, Kate, hörst du? Das hätte auch schiefgehen können.«

Seine Stimme klang streng, und Kate fühlte sich an die Zeit erinnert, als sie unter Gregs Aufsicht nicht nur das Reiten, sondern auch so manches über den Umgang mit Tieren gelernt hatte. Damals hatte sie ein bisschen Angst vor dem großen, wortkargen Mann gehabt und sich vor seiner Kritik gefürchtet. Aber inzwischen arbeitete sie eng mit ihm zusammen und wusste, dass er einer der aufrichtigsten und loyalsten Menschen war, die sie kannte.

»Hoffentlich kommen wir nie wieder in eine solche Situation«, meinte sie mit einem tiefen Seufzen. »So etwas wie gestern Abend muss ich wirklich nicht noch mal erleben.«

»Apropos ...« Greg zögerte und sah Ben an. »Es gibt da etwas, weswegen ich mit Ihnen sprechen wollte.«

»Etwas, das mit dem Brand zu tun hat?«, erkundigte sich Ben alarmiert.

Greg nickte. »Ich habe kurz vor dem Ausbruch des Feuers jemanden am Stall gesehen, der da eigentlich nichts zu suchen hatte. Zumindest glaube ich es«, schränkte er ein.

Kate spürte, wie sich die Härchen in ihrem Nacken aufrichteten. »Wen?«, fragten sie und Ben wie aus einem Mund.

»Die junge Jazz Moore. Sie stand bei einem der Stallburschen, bei Kevin, und hat mit ihm geredet«, berichtete Greg. »Ich habe sie nur kurz gesehen, bin aber ganz sicher, dass sie es war. Außer ihr hat hier in der Gegend doch niemand diese auffälligen lila Haare.«

»Haben Sie das der Polizei gesagt?«, wollte Ben wissen.

Unglücklich schüttelte Greg den Kopf.

»Vielleicht habe ich mich ja auch getäuscht. Als ich Kevin nämlich später nach Jazz gefragt habe, meinte er, sie wäre nicht bei ihm gewesen. Also habe ich es zunächst als Einbildung abgetan.« Er schüttelte den Kopf. »Andererseits weiß ich doch, was ich gesehen habe«, fügte er sichtlich verwirrt hinzu. »Meinen Sie, ich sollte es melden – auch auf die Gefahr hin, dass ich dem Mädchen unrecht tue?«

»Nein«, meinte Ben fast sofort. »Aber es ist gut, dass Sie es uns gesagt haben. Wir versuchen, das zu klären. Bis dahin lassen wir die Polizei da raus.«

Greg nickte, offenbar froh darüber, dass Ben ihm die Entscheidung abnahm, und ging wieder zurück zur Koppel.

»Du willst es Bill nicht melden?«, fragte Kate, als der Stallmeister außer Hörweite war. »Aber du kannst die Information doch nicht zurückhalten.«

»Das habe ich auch nicht vor«, erwiderte Ben. »Falls Jazz dort war, erfährt Bill es. Aber wenn sie so schwierig ist, wie Tilly erzählt hat, wird sie bei der Polizei sicher mauern. Ich glaube, wenn wir mit ihr sprechen, erfahren wir mehr.«

Kate dachte an das, was Ben ihr gestern am Strand erzählt hatte. Offenbar kannte er sich mit der Gefühlslage von schwierigen Jugendlichen gut aus.

»Denkst du, sie hat etwas mit dem Feuer zu tun?«

»Möglich«, meinte Ben. »Und wenn nicht, ist sie zumindest eine wichtige Zeugin.«

Natürlich, dachte Kate und hoffte inständig, dass es ihnen gelingen würde, zu der bockigen und oft schlecht gelaunten Siebzehnjährigen durchzudringen. Vielleicht hatten sie dadurch eine Chance herauszufinden, wie es zu der Katastrophe gekommen war.

Ben hatte es plötzlich sehr eilig. Aber als sie den Wagen fast erreicht hatten, blieb er stehen.

»Ich kann das auch allein machen, dann kannst du dich ausruhen.« Er wich ihrem Blick aus, und Kate fragte sich sofort, ob es wirklich Sorge war, die aus ihm sprach. Oder wollte er sie nur einfach nicht dabeihaben?

Was war nur mit ihm los? Wieso benahm er sich auf einmal so abweisend? Es konnte noch der Schock über die Ereignisse der letzten Nacht sein, aber selbst dann gefiel es ihr nicht. Und da sie auf jeden Fall auch wissen wollte, ob Jazz Moore mit dem Brand zu tun hatte, schüttelte sie den Kopf.

»Ich begleite dich!«, erklärte sie fest, und Ben hinterfragte ihre Entscheidung nicht mehr.

Auf dem Weg zu Edgars Haus musste Kate wieder an das denken, was Ben gesagt hatte, ehe Greg gekommen war. Plötzlich kehrten ihre Zweifel mit Macht zurück. »Ben, wegen der Scheune ...«

»Da finde ich schon eine Lösung«, sagte er, doch in seinen Augen blitzte nicht mehr dieser unbändige Wille auf, mit dem er bisher alle Probleme auf Daringham Hall angegangen war. Stattdessen wirkte er bedrückt und in sich gekehrt, und zum ersten Mal fragte Kate sich wirklich, wie es weitergehen sollte.

11

Die lebhaften Gespräche der Gäste verstummten für einen Moment, als Kate und Ben den Schankraum des »Three Crowns« betraten. Es war ungewöhnlich voll für einen Sonntagnachmittag, obwohl kaum Touristen unter den Gästen waren. Die allermeisten kannte Kate aus dem Dorf. Und sie wusste auch, weshalb sie sich hier so zahlreich versammelt hatten, denn in dem Getuschel, das fast sofort wieder einsetzte, hörte sie mehrfach das Wort »Feuer«.

Sie sah Ben an, der ihren Blick mit versteinerter Miene erwiderte, und ärgerte sich plötzlich, dass sie hergekommen waren. Eine abgebrannte Scheune war in einem kleinen Dorf wie Salter's End eine große Sache, vor allem, wenn dabei ein so umstrittenes Projekt wie das Besucherzentrum in Flammen aufging. Bestimmt diskutierte man hier deshalb schon seit Stunden darüber, wie es dazu gekommen war und was der Brand für Folgen haben würde. Aber fühlten die Leute mit ihnen, oder freuten sie sich über das vorläufige Scheitern von Bens Plänen?

Kate wusste es nicht, und das verunsicherte sie. Vor einem guten halben Jahr noch wären vermutlich alle auf sie zugekommen und hätten sie offen über den Brand ausgefragt. Aber damals hatte sie ja auch noch im Dorf gelebt und war eine von ihnen gewesen. Die Leute hatten ihr auch persönliche Probleme anvertraut und Rat bei ihr gesucht, nicht nur, was ihre Haustiere betraf. Jetzt dagegen schienen sie alle genau abzuwägen, was man Kate noch erzählen konnte. Brenda Johnson, die mollige, sehr freundliche Frau des Küsters, bildete da eine der wenigen Ausnahmen.

»Kate! Gott sei Dank! Geht es dir wieder gut?«, rief sie und winkte Kate zu sich. Kate folgte der Aufforderung, wenn auch unwillig. Denn Brenda saß mit Kates Tante Nancy und mit Harriet Beecham zusammen. Und auf die Begegnung mit den beiden schlimmsten Tratschtanten des Dorfes hätte sie gerade heute lieber verzichtet.

»Wir haben gehört, du warst im Krankenhaus«, meinte Brenda und atmete erleichtert auf, als Kate ihr versicherte, dass sie noch mal Glück gehabt hatte. Dann wanderte ihr Blick zu Ben. »Trotzdem: Das alles ist so furchtbar!«

Die ehrliche Anteilnahme in ihren Augen ließ Kate innerlich Abbitte leisten. Auch in Salter's End gab es immer noch Menschen, die sich nicht verändert hatten und deren Mitgefühl echt war. Brenda gehörte dazu – Nancy und Harriet definitiv nicht.

»Ja, eine Tragödie«, fiel Nancy mit betroffener Stimme ein, aber Kate war sicher, dass sie das nur spielte. In Wirklichkeit war sie bloß auf Neuigkeiten aus, um etwas zu lästern zu haben. »Weiß man schon, wie es passiert ist?«

»Nein«, sagte Ben kurz angebunden und schob Kate weiter, bevor die Frauen noch mehr Fragen stellen konnten – was Nancy und auch Harriet mit giftigen Blicken quittierten.

»Du machst es nicht besser, wenn du unfreundlich bist«, warnte Kate ihn halblaut, während sie auf die Theke zugingen.

»Ich kann zu der alten Hexe aber nicht freundlich sein«, erklärte Ben kompromisslos. »Und schlimmer kann es doch schon gar nicht mehr werden. Die Leute reden sowieso, ganz egal, was wir tun.«

Damit hatte er leider recht. Kate konzentrierte sich daher lieber auf Tilly, die um die Theke herumkam und sie fest in die Arme schloss.

»Ach, Katie. Ich habe mir solche Sorgen gemacht! Tu so was nie wieder, hörst du?« Sie wischte sich die Augen und atmete tief durch, riss sich zusammen. »Was kann ich für euch tun?«, fragte sie, wieder geschäftsmäßiger. »Wollt ihr etwas trinken?«

Ben schüttelte den Kopf. »Wir müssen mit dir sprechen«, sagte er und warf einen Blick auf die Männer, die an der Theke lehnten und sie unverhohlen musterten.

Tilly verstand den Wink und deutete auf die Tür hinter der Bar. »Dann gehen wir am besten nach hinten.«

Sie führte Kate und Ben in die Küche und schloss die Tür hinter sich. Dafür, dass hier täglich gekocht und gebacken wurde, war es erstaunlich aufgeräumt. Töpfe und Oberflächen glänzten blitzblank, auf der Fensterbank wuchsen Kräuter in Töpfen, und zwei Bleche mit lecker aussehenden Scones warteten darauf, den Gästen zum Tee serviert zu werden. Kate hatte keine Ahnung, wie Tilly es schaffte, trotz des Trubels, der hier oft herrschte, jederzeit für so viel Ordnung zu sorgen, aber sie bewunderte sie sehr dafür.

Tilly stemmte in einer für sie typischen Geste eine Hand in die Hüfte und wies mit dem Kinn zum Schankraum. »Ich kann nicht lange. Was gibt es denn?«

»Es geht um Jazz«, begann Ben, doch bevor er weiterreden konnte, unterbrach Tilly ihn aufgeregt.

»Habt ihr sie gefunden?«

»Gefunden, wieso?« Irritiert sah Ben sie an.

»Weil sie gestern weggelaufen ist. Seitdem hat Edgar nichts mehr von ihr gehört. Er ist schon völlig aufgelöst deswegen.

Im Moment fährt er die Umgebung ab, um sie zu suchen, aber wenn er sie nicht findet, will er sie als vermisst melden.«

»Oh«, meinte Kate und tauschte einen Blick mit Ben. Das erklärte natürlich, warum sie in dem umgebauten Bauernhaus, in dem Edgar Moore seit ein paar Monaten mit seiner Tochter wohnte, niemanden angetroffen hatten.

»Edgar sagt, die Polizei in King's Lynn wollte Jazz sprechen«, fuhr Tilly fort. »Es ging um irgendetwas Harmloses, eine Zeugenaussage zu einem Auffahrunfall. Daraufhin ist Jazz wohl völlig ausgerastet und hat sich in ihr Zimmer eingeschlossen. Und als er abgelenkt war, ist sie aus dem Fenster gestiegen und verschwunden.«

»Wann war das?«, wollte Ben wissen.

»Gestern Nachmittag.« Tilly seufzte. »Ich war mir ziemlich sicher, dass sie wieder auftaucht, aber bisher fehlt jede Spur von ihr. Ihre Freundinnen haben sie nicht gesehen, und bei ihrem Freund Kevin ist sie auch nicht. Sie ist wie vom Erdboden …«

»Kevin?«, unterbrach Kate ihre Freundin und tauschte erneut einen Blick mit Ben, der ebenfalls aufgehorcht hatte. »Unser Stallbursche ist Jazz' Freund?«

Tilly nickte. »Ja, die beiden sind seit ein paar Wochen zusammen. Wie fest das ist, kann ich allerdings nicht beurteilen. Jazz war in letzter Zeit nicht besonders gesprächig.« Sie runzelte die Stirn. »Warum wollt ihr das eigentlich wissen? Was ist denn mit Jazz?«

Als Kate zu einer Antwort ansetzte, wurde die Tür zum Schankraum aufgerissen und Stuart Henderson, ein Stammgast im »Three Crowns«, lugte um die Ecke.

»Tilly, die Leute wollen bestellen. Kommst du?«

»Ja, sofort«, vertröstete Tilly ihn und sah Kate und Ben streng an. »Also? Was ist mit Jazz? Wisst ihr, wo sie ist?«

Kate schüttelte den Kopf. »Wir suchen sie auch, weil sie …«

»Tilly!« Stuart Henderson klang ungeduldig. Genervt schüttelte Tilly den Kopf.

»Wartet kurz, ja? Ich bin gleich zurück.«

Sie verließ die Küche und schloss die Tür hinter sich. Das Stimmengewirr aus dem Schankraum klang sofort gedämpfter. Kate und Ben sahen sich an.

»Wenn Jazz und Kevin ein Paar sind, war sie vielleicht doch bei ihm und hat mit ihm geredet«, meinte Kate, die Gregs Beobachtung plötzlich für sehr viel wahrscheinlicher hielt.

»Und wenn sie zu Hause Ärger hat, versteckt sie sich vielleicht bei ihm. Was der Grund dafür sein könnte, warum Kevin Greg gegenüber geleugnet hat, dass sie bei ihm war«, fügte Ben hinzu.

Kate nickte. Plötzlich ergab alles einen Sinn. »Wir müssen zu ihm«, sagten Ben und sie gleichzeitig, und Ben lächelte sie zum ersten Mal seit dem Brand wieder so an, dass ihr Herz ein bisschen schneller schlug. Atemlos sah sie ihm in die Augen, bis ein Geräusch an der Hintertür sie ablenkte.

Man hörte, wie von außen ein Schlüssel ins Schloss geschoben wurde. Kurz darauf betrat eine junge Frau mit lila gefärbten Haaren die Küche.

»Jazz!«, rief Kate erleichtert und überrascht zugleich. Das Mädchen jedoch starrte nur Ben an. Ihre Augen weiteten sich, und sie wurde leichenblass.

»Scheiße!«, stieß sie gepresst hervor, drehte sich um und rannte weg.

12

Ben reagierte sofort und sprintete hinter dem Mädchen her, das panisch über die schmale Gasse hinter dem »Three Crowns« lief.

»Bleib stehen!«, rief er, aber Jazz rannte nur noch schneller. Es nützte ihr allerdings nichts, denn ihre hochhackigen Schuhe ließen sie auf dem alten Kopfsteinpflaster keinen richtigen Halt finden. Sie stolperte mehr, als dass sie lief, und schon nach wenigen Metern holte Ben sie ein. Er packte sie am Arm und zwang sie, stehen zu bleiben.

»Nein! Lassen Sie mich!«, schrie Jazz und versuchte, sich loszureißen. Panik stand ihr ins Gesicht geschrieben, und in ihren Augen glänzten Tränen. »Bitte! Ich wollte das nicht! Das müssen Sie mir glauben!«

Bens Miene verhärtete sich. »Dann gibst du es zu? Du warst es?«

Jazz gab ihren Widerstand auf und starrte Ben unglücklich an. Ein Schluchzen löste sich aus ihrer Kehle.

»Ja. Aber ich war damals high. Gail hat uns angestiftet. Sie war der Boss. Wir haben immer gemacht, was sie gesagt hat.« Tränen liefen ihr jetzt über die Wangen und verschmierten ihre viel zu dick aufgetragene Wimperntusche. »Ich war gar nicht so oft dabei. Sie meinten, ich wäre zu jung. Aber an dem Abend durfte ich mit. Als Sie uns erwischten, hat Gail gemeint, wir sollten Ihnen einen Denkzettel verpassen. Ich hab erst mitgemacht, aber dann wurde mir klar, dass ...«

»Moment mal!«, unterbrach Ben sie und ließ ihren Arm los. »Wovon sprichst du?«

Jazz wischte sich über die tränennassen Wangen und sah ihn irritiert an. »Von dem Überfall auf Sie. Damals, bei dem schlimmen Sturm. Deshalb ...«, sie schluchzte so sehr, dass sie nach Luft rang, »... deshalb sind Sie doch hier. Oder nicht?«

Mein Gott, dachte Ben, und seine Gedanken rasten zurück zu dem Abend, als er in East Anglia angekommen war. Er wusste, dass ihn eine Gruppe junger Mädchen auf einem einsamen Stück Landstraße brutal zusammengeschlagen hatte, aber dass Jazz dabei gewesen war, kam völlig überraschend. Seine Erinnerungen waren nach dem Abklingen der Amnesie fast vollständig zurückgekehrt – bis auf alles, was kurz vor dem Schlag passiert war, mit dem Kate ihm sein Gedächtnis gelöscht hatte. Das lag noch immer im Dunkeln, und die Ärzte gingen davon aus, dass es auch so bleiben würde.

Deswegen also war Jazz vor ihm weggelaufen. Sie fürchtete, dass er sich wieder erinnern konnte. Und aus demselben Grund war sie ihm bisher konsequent aus dem Weg gegangen. Ben hatte durchaus registriert, dass sie immer so schnell wie möglich verschwand, wenn er ins »Three Crowns« kam, und auch ihre erschrockenen Blicke waren ihm nicht entgangen. Er hatte dem nie eine besondere Bedeutung beigemessen, aber jetzt fügten sich die Puzzleteile plötzlich zusammen und ergaben ein Bild.

Erneut umfasste er Jazz' Arm und zog sie hinter sich her zurück zum Pub. Er stellte fest, dass Kate ihnen gefolgt war und alles mit angehört hatte, und sie tauschten einen stummen Blick. Doch er wandte sich schnell wieder ab, weil das Gefühl der Ohnmacht zurückkehrte, wenn er Kate zu lange in die Augen sah. Er hatte in der vergangenen Nacht so große

Angst um sie gehabt, dass er fast durchgedreht war. Nichts tun zu können, sondern nur dazusitzen und zu hoffen, dass er sie nicht verlieren würde, war furchtbar gewesen, und er schreckte instinktiv davor zurück. Das war ein Abgrund, in den er nicht noch einmal blicken wollte, deshalb konzentrierte er sich wieder auf Jazz, die ihm jetzt widerstandslos und mit hängenden Schultern folgte. Sie wirkte wie ein Häufchen Elend. Von der Kratzbürstigkeit, die Tilly und Kate ihm oft geschildert hatten, war nichts mehr zu spüren.

»Und jetzt noch mal der Reihe nach«, sagte er, als sie wieder in der Küche waren. »Du warst also damals bei dem Überfall auf mich dabei?«

Jazz zögerte kurz, dann nickte sie unglücklich. »Ich dachte, das ist so eine Art Mutprobe. Die anderen haben nur gar nicht mehr aufgehört und sogar noch auf Sie eingetreten, als Sie längst bewusstlos waren. Ich hab plötzlich Angst gekriegt, aber ich konnte nichts tun, weil ich dachte, dass sie mich dann auch so fertigmachen.« Dankbar griff sie nach dem Taschentuch, das Kate ihr reichte. »Es tut mir leid.«

»Und du hattest Angst, dass ich mich jetzt wieder erinnern kann?«, fragte Ben, nachdem Jazz sich lautstark geschnäuzt hatte. Sie nickte und wirkte trotz der schrillen Haarfarbe und des starken Make-ups plötzlich erschreckend jung und verletzlich.

»Ich hatte die ganze Zeit Angst«, gestand sie mit leiser Stimme. »Seit Sie Ihr Gedächtnis wiederhaben, dachte ich jedes Mal, wenn ich Sie getroffen habe: Heute bist du dran. Heute wird es ihm wieder einfallen. Und so ging es mir auch immer, wenn ich einen Polizeiwagen gesehen habe. Ich war ganz sicher, dass die anderen mich irgendwann verraten würden. Eigentlich hab ich jeden Tag damit gerechnet. Manchmal war es so schlimm, dass ich überlegt habe, mich zu stellen. Es war kaum auszuhalten. Aber ich will nicht ins Gefängnis.«

Sie schluchzte auf. »Als Dad gestern zu mir kam und sagte, ich solle mich bei der Polizei melden, bin ich durchgedreht. Ich dachte, dieser Unfall wäre nur ein Vorwand, um mich auf die Wache zu locken. Deshalb bin ich zu …« Sie brach ab, aber Ben wechselte einen Blick mit Kate und beendete den Satz für sie.

»Du bist zu Kevin gegangen. Er ist dein Freund, oder?«

Überrascht sah Jazz ihn an, nickte aber schließlich zögernd. »Er hat mich zuerst im Stall von Daringham Hall versteckt, aber da konnte ich nicht bleiben, deshalb hat er mir Geld für den Bus gegeben und mich zu seiner Schwester geschickt. Sie wohnt in King's Lynn, und da war ich bis eben. Eigentlich wollte ich weiter nach London. Lisa sollte mich zum Bahnhof bringen. Aber …«

»Aber was?«, drängte Ben.

Jazz zuckte mit den Schultern. »Als wir im Auto saßen, habe ich es mir anders überlegt und sie gebeten, mich doch lieber wieder zurückzufahren. Ich wollte mit Tilly reden, weil sie immer gesagt hat, dass sie mir helfen würde. Und dann …«

Jazz sah zu Ben auf. Er brauchte nicht viel Fantasie, um zu erraten, was sie gedacht hatte.

»Dann hast du mich gesehen und wolltest doch lieber wieder weglaufen?«

Sie antwortete nicht, starrte nur mit flammend roten Wangen auf den Boden, und Ben hatte plötzlich Mitleid mit ihr, weil er sie viel besser verstand, als sie ahnte. Er wusste, wie verführerisch eine Gruppe cooler Typen sein konnte, wenn man sich allein und verloren fühlte. Wie berauschend es sich anfühlte dazuzugehören und wie stark man sich vorkam, wenn Drogen im Spiel waren. Der Katzenjammer kam oft zu spät, und es erforderte viel Mut, die Angst zu überwinden und das alles hinter sich zu lassen. Niemand wusste das besser als er.

»Du kannst vor dieser Sache aber nicht weglaufen, Jazz«, sagte er. »Sie holt dich immer wieder ein, wenn du dich ihr nicht stellst.«

»Ich weiß«, sagte sie leise. »Aber mein Vater bringt mich um, wenn er das erfährt.«

»Nein, das tut er ganz sicher nicht«, widersprach Tilly, die gerade wieder aus dem Schankraum zurückkehrte und Jazz' letzten Satz gehört hatte. Ihre Augen glänzten, und ein erleichtertes Lächeln spielte um ihre Lippen, während sie auf Jazz zuging und sie fest in die Arme schloss. »Er wird einfach nur froh sein, dass du wieder da bist. Und wenn du Hilfe brauchst, dann lässt er dich nicht im Stich, glaub mir.«

Jazz begann wieder zu weinen, und Kate erklärte ihrer Freundin rasch, worum es ging. Tilly wirkte nicht schockiert, sondern strich dem Mädchen tröstend über den Rücken.

Ben wartete, bis Jazz sich wieder beruhigt hatte. Dann stellte er ihr endlich die Frage, die er durch ihr unerwartetes Geständnis aus den Augen verloren hatte.

»Und was ist mit dem Feuer gestern Abend? Hast du damit auch etwas zu tun?«

Verständnislos sah Jazz ihn an, dann aber schien ihr zu dämmern, wieso Ben danach fragte.

»Nein!« Vehement schüttelte sie den Kopf. »Nein, das schwöre ich. Als das Feuer ausbrach, war ich längst auf dem Weg zu Kevins Schwester. Ich hab's erst abends von Kevin erfahren. Sie können ihn fragen, er kann das bezeugen.«

Ben sah die ehrliche Bestürzung in ihren Augen und war

sicher, dass sie nicht log. »Und als du bei Kevin warst?«, hakte er nach. »Hast du da vielleicht jemanden gesehen?«

Wieder schüttelte Jazz den Kopf. »Nein. Es war alles wie immer. Ich schwöre es.«

Ben stieß die Luft aus. »Du wirst deine Aussage bei der Polizei zu Protokoll geben müssen«, sagte er. »Und du solltest auch …«

Die Tür zum Schankraum wurde aufgerissen, und Edgar Moore erschien im Türrahmen.

»Tilly, ich …« Er hielt inne und sah überrascht von einem zum anderen. Dann blieb sein Blick an Jazz hängen. »Oh, Gott sei Dank!«, stieß er erleichtert hervor. Mit wenigen Schritten war er bei seiner Tochter und schloss sie fest in die Arme. Als er ihr verweintes Gesicht bemerkte, runzelte er die Stirn. »Was ist denn hier los?«

Zögernd erzählte Jazz ihm alles, und falls Edgar entsetzt war, ließ er sich genau wie Tilly zumindest nichts anmerken. Er schien einfach nur glücklich zu sein, dass seine Tochter endlich wieder mit ihm redete.

»Das kriegen wir wieder hin, Schatz«, sagte er, als sie geendet hatte, und wandte sich an Ben. »Werden Sie Jazz anzeigen?«

Die Hoffnung in seiner Stimme war nicht zu überhören, und Ben wollte gerade zu einer Antwort ansetzen. Doch Jazz kam ihm zuvor.

»Das braucht er nicht, Dad. Ich werde mich stellen«, verkündete sie mit einer neuen Entschlossenheit und suchte Bens Blick.

Er nickte ihr zu. Genau das hatte er ihr gerade raten wollen. Er brauchte in dieser Sache keine Genugtuung, auch wenn er der Geschädigte gewesen war. Deshalb hätte er selbst keine Konsequenzen gezogen und Jazz angezeigt. Aber für die Kleine war es besser, wenn sie endlich zu ihrem Fehler stand und die Sache für sich selbst zum Abschluss brachte. Nur so konnte sie den Vorfall wirklich hinter sich lassen, und das wünschte er sich für sie.

»Wer hätte das gedacht«, meinte Kate nachdenklich, als sie kurze Zeit später über den Marktplatz zurück zum Land Rover gingen.

»Was passiert jetzt mit ihr?«, fragte Ben.

Kate zuckte mit den Schultern. »Ich weiß nicht genau, aber ich denke, sie wird mit einer milden Jugendstrafe davonkommen.«

Ben hoffte, dass es so war. Denn auch wenn es nach allem, was Jazz getan hatte, vielleicht seltsam klang – er wollte, dass sie noch eine Chance bekam.

Kate nickte. »Und was jetzt?« Sie verzog das Gesicht, wahrscheinlich weil ihre Schulter immer noch schmerzte, und Ben kämpfte sofort wieder gegen das Bild der fliegenden Hufe direkt vor ihrem Kopf an. Wut kroch erneut in ihm hoch. Wieso hatte sie nicht auf ihn gehört? Er schüttelte den Kopf, zwang sich, nicht mehr daran zu denken.

»Jetzt fahren wir zurück nach Daringham Hall, und du legst dich hin«, sagte er, während er ihr in den Wagen half.

»Ich meinte nicht mich, sondern dich.« Sie war sehr blass geworden und lehnte den Kopf gegen die Lehne. »Was tust du jetzt?«

»Ich werde mir überlegen müssen, wie es weitergehen soll«, sagte er ausweichend und hoffte, dass sie nicht nachhakte. Denn eigentlich wusste er schon, was dabei herauskam. Aber er würde es Kate erst sagen, wenn es ihr wieder ein bisschen besser ging.

13

Tilly schloss ihre Haustür auf und schleppte sich in den Flur. Die letzten vierundzwanzig Stunden gehörten vermutlich zu den nervenaufreibendsten, die sie in den letzten Jahren erlebt hatte, und sie war einfach nur todmüde und wollte ins Bett. Als sie jedoch die Küche betrat, um sich noch schnell einen Tee zu kochen, klingelte das Telefon. Wenig begeistert ging sie ins Wohnzimmer und meldete sich.

»Na endlich!«, schimpfte Peter am anderen Ende der Leitung, und sie konnte nicht verhindern, dass ihr Herz kurz aus dem Takt kam. »Wo warst du denn? Und wieso gehst du nicht an dein Handy?«

Tilly musste sich erst sammeln, bevor sie antworten konnte.

»Ich war unterwegs und hatte vergessen, es mitzunehmen.«

»Aha.« Peter schien ihre Erklärung nicht zu befriedigen. »Und was ist mit unserem Skype-Termin? Hattest du den auch vergessen?«

»Nein«, erwiderte Tilly. Natürlich hatte sie ihn nicht vergessen. Während sie mit Jazz auf der Polizeiwache saß, hatte sie die ganze Zeit die Uhr im Auge behalten. Es war ein komisches Gefühl gewesen, als die Zeiger schließlich auf sechs Uhr standen, der Zeit, zu der sie sonst miteinander sprachen. Der Termin war ihr immer heilig gewesen. Aber für ihn war es ja ohnehin nur ein netter Kochkurs. Ihre Gespräche schienen ihm längst nicht so viel zu bedeuten wie ihr, also konnte es ja auch nicht so schlimm sein, wenn ihr Telefonat mal ausfiel, oder?

Peter schien das allerdings anders zu sehen. »Und warum hast du mir dann keine Nachricht geschickt? Da hätte es doch sicher irgendeine Möglichkeit gegeben. Du wusstest doch, dass ich auf deinen Anruf warte!«

Tilly war nicht sicher, ob sie sich darüber freute, dass ihre Gespräche ihm doch etwas bedeuteten – oder ob sie wütend über die Vorwürfe sein sollte. Warum glaubte er eigentlich, sie wäre ihm Rechenschaft schuldig?

»Ich hatte keine Zeit, weil hier die verdammte Hölle los war«, erwiderte sie heftiger, als sie eigentlich wollte. »Auf Daringham Hall hat es gestern gebrannt. Ich war bis spät in der Nacht dort und habe versucht zu helfen. Und heute habe ich morgens gearbeitet und den Nachmittag mit Edgars Tochter Jazz auf dem Polizeirevier in King's Lynn verbracht. Jazz hat gestanden, dass sie an dem Überfall damals auf Ben beteiligt war. Ich hatte keine einzige freie Minute, glaub mir.«

»Was? Es hat gebrannt?« Peter klang vollkommen überrascht, und als Tilly ihm in kurzen Worten schilderte, was passiert war, reagierte er sehr betroffen, zumindest, als es um den Brand und Kates Zusammenbruch ging. Als sie ihm jedoch von ihrem Nachmittag bei der Polizei berichtete, kühlte sein Mitgefühl deutlich ab.

»Wieso musstest du denn mit auf die Wache?«, wollte er wissen. Tilly seufzte und ließ sich müde auf das Sofa sinken.

»Jazz hatte mich darum gebeten. Sie war ganz aufgelöst und hatte Angst vor ihrer Aussage. Ich glaube, es hat ihr wirklich geholfen, dass ich dabei war.«

»Und warum hat ihr Vater das nicht gemacht? Sie ist doch schließlich seine Tochter, nicht deine.« Peter klang schon wieder vorwurfsvoll, und Tilly spürte, wie Wut ein weiteres Mal in ihr hochstieg.

»Er ist im ›Three Crowns‹ geblieben. Der Laden war heute Nachmittag proppenvoll. Einer musste ja bedienen«, erklärte sie kühl und fügte aus einem Impuls heraus hinzu: »Außerdem wollte er gerne, dass ich es mache. Er vertraut mir, wenn es um seine Tochter geht. Und er schätzt meinen Rat. Sehr sogar.«

»Aha«, erwiderte Peter, und plötzlich wünschte Tilly sich, sie könnte ihn sehen, weil sie dann vielleicht an seinem Gesicht hätte ablesen können, was er dachte. Aber genau das war das Problem. Er war nicht da. Er konnte sie nicht in die Arme nehmen und trösten, wenn sie nach einem Tag wie heute völlig fertig nach Hause kam, und sie wusste nicht mal, ob er das überhaupt gewollt hätte, selbst wenn er da gewesen wäre. Für sie war er letztlich nicht mehr als ein Bild auf einem Tablet, das sie zu festen Zeiten anschaltete, um für eine Weile zu träumen. Meist aber blieb der Bildschirm schwarz – und sie selbst allein.

Tilly schloss die Augen, weil Tränen darin brannten. Tränen, die sie nicht zurückhalten konnte. Aber was machte das schon? Peter sah es ohnehin nicht.

»Kannst du eigentlich tanzen?«, fragte sie leise.

Peter schnaubte überrascht. »Nein. Wieso?«

»Nur so«, erwiderte sie und wischte sich über die Wange.

»Tilly, ist alles in Ordnung mit dir? Du klingst so komisch.«

»Ich bin bloß müde«, antwortete sie mit erstickter Stimme, nicht sicher, ob sie noch lange verbergen konnte, wie traurig sie war.

Eine Weile schwiegen sie, dann räusperte sich Peter. »Ich weiß, du hattest einen langen Tag, aber könnten wir vielleicht doch noch skypen? Ich würde dich gerne sehen.«

»Ja?«, fragte sie und erlaubte der Hoffnung noch einmal, den müden Kopf zu heben.

»Ja, ich …« Er zögerte. »Ich hab da ein Rezept gefunden, das ich sehr interessant finde. Das wollte ich dir zeigen.«

Ein Rezept. Natürlich. Tilly schluckte. »Ich kann nicht, Peter.«

»Okay, klar. Verstehe. Du bist müde und …«

»Nein, du verstehst nicht«, unterbrach sie ihn. »Ich kann das gar nicht mehr.«

Die Erkenntnis lag ihr wie ein Eisblock im Magen, und die Kälte, die er abstrahlte, breitete sich in ihre Glieder aus. Krampfhaft umklammerte sie den Telefonhörer. Aber sie musste endlich einen Schlussstrich ziehen. Sie atmete tief durch.

»Ich habe dir gern geholfen. Aber ich glaube, wir sollten das jetzt beenden. Du kannst kochen, wie du es dir vorgenommen hattest, und ich … ich brauche meine Sonntagabende wieder für mich.«

»Tilly, nein!« Peters Stimme klang plötzlich rau und drängend. »Es tut mir leid. Ich wollte dir keine Vorwürfe machen. Ich wusste doch nicht, dass du einen so langen Tag hattest. Du bist müde und willst dich ausruhen. Das verstehe ich. Wir reden einfach ein anderes Mal. Morgen. Oder wann immer du willst.«

»Ich will aber nicht mehr«, erwiderte sie mit zitternder Stimme und stellte sich erneut sein Gesicht vor. Doch es tat zu weh, deshalb schob sie das Bild schnell wieder beiseite.

Peter schwieg, und sie wartete, lauschte seinen Atemzügen. Sie wusste, dass es besser gewesen wäre, das Gespräch zu beenden und aufzulegen. Aber sie schaffte es nicht.

»Ist es wegen Edgar?«, fragte er. »Bist du jetzt mit ihm zusammen?«

»Nein«, erwiderte Tilly und überlegte, ob es Eifersucht war, die in seiner Stimme mitschwang. Aber das bildete sie sich sicher nur ein, genau wie alles andere, was ihn betraf. »Nein, ich bin nicht mit ihm zusammen.«

»Aber er will was von dir, oder?« Er war jetzt eindeutig verärgert. »Das merke ich schon die ganze Zeit.«

»Und wäre das so schlimm?«, brauste sie auf. »Ja, Edgar mag mich, und ja, er möchte mit mir zusammen sein. Das hat er mir gestern gestanden. Er ist nett, und er ist für mich da. Er ist hier, Peter. Immer. Nicht nur einmal in der Woche sonntags für eine Stunde. Er will mich nicht sehen, weil ich gut erklären kann, er will mich sehen, weil ich ihm etwas bedeute. Für dich bin ich doch nur ...«

Sie brach ab und biss sich auf die Lippe, entsetzt darüber, dass sie sich zu diesem Ausbruch hatte hinreißen lassen. Wahrscheinlich war sie einfach zu müde und zu frustriert gewesen, um sich noch länger zu beherrschen. Oh Gott. Peter musste glauben, dass sie komplett den Verstand verloren hatte. Schließlich war nie die Rede davon gewesen, dass es mehr zwischen ihnen gab als Freundschaft.

»Tilly, ich ...«

»Tut mir leid, ich muss jetzt wirklich auflegen«, unterbrach sie ihn. »Das Tablet schicke ich dir zurück. Wenn wir nicht mehr skypen, habe ich auch keine Verwendung mehr dafür.« Sie schluckte. »Mach's gut, Peter.«

Hastig drückte sie auf die Trennen-Taste und legte das Telefon neben sich auf das Sofa. Es klingelte fast sofort wieder, aber sie ignorierte es. Tränenblind stand sie auf und schleppte sich mit schweren Schritten in die Küche, um Tee zu kochen und sich wieder zu beruhigen.

Was sie gerade getan hatte, war richtig, versicherte sie sich selbst. Das einzig Richtige. Sie war fünfzig und kein Teenager mehr, der sich wochenlang vor Liebeskummer verzehren konnte. Sie musste sich wieder auf ihr wirkliches Leben konzentrieren. Nächsten Sonntag fand das Frühlingsfest der Gemeinde statt, und sie war für den Backwettbewerb angemeldet. Dafür musste sie noch ein Rezept heraussuchen, ein gutes, mit dem sie endlich die perfekte Brenda Johnson schlagen konnte. Und sie musste die Sache mit Edgar klären. Vielleicht würde sie doch mit ihm in dieses Tanzlokal gehen. Warum eigentlich nicht? Verdiente er nicht zumindest eine Chance? Vielleicht konnte sie ja lernen, ihn zu lieben. Es würde jedenfalls weitergehen. Irgendwie. Und ihr Herz würde auch aufhören, so schrecklich wehzutun wie jetzt gerade. Bestimmt würde es das.

Das Telefon hörte auf zu klingeln. Tilly lauschte in die Stille und wartete. Doch es blieb stumm, und während sie den Wasserkocher füllte, konnte sie nicht verhindern, dass ihr neue Tränen über die Wangen liefen.

* * *

»Verdammt!« Peter warf das Telefon auf den Schreibtisch und fuhr sich mit der Hand durchs Haar. Tilly nahm nicht mehr ab, und das machte ihn ganz verrückt, weil er sich plötzlich so hilflos fühlte. Wieso gab sie ihm keine Chance, sie zu überzeugen, dass er sie brauchte?

Er stand auf und ging zu der kleinen Minibar in der Ecke

des Wohnzimmers hinüber, goss sich einen großzügigen Schluck Bourbon ein und stürzte ihn hinunter. Der Alkohol brannte in seiner Kehle, und er verzog missmutig das Gesicht. Den Whiskey hatte er irgendwann mal für Ben gekauft, der gerne ein Glas trank, wenn er zu Besuch kam. Peter selbst bevorzugte eigentlich Bier, aber jetzt half ihm der Hochprozentige ein bisschen gegen den Schock, dass Tilly nicht mehr mit ihm sprechen wollte.

Wieder hörte er ihre Stimme, die tränenerstickt und so verzweifelt geklungen hatte, dass es ihm tief ins Herz geschnitten hatte. Er wollte nicht, dass sie traurig war, aber offenbar machte er sie traurig. Das hatte er nicht gewusst, und er fragte sich, ob er irgendetwas hätte ändern können, hätte ändern *müssen*. Doch dafür schien es jetzt zu spät zu sein. Jetzt hatte sie ja diesen Edgar.

Er will mich nicht sehen, weil ich gut erklären kann, er will mich sehen, weil ich ihm etwas bedeute. Für dich bin ich doch nur …

Peter ballte die Hände zu Fäusten. Für dich bin ich doch nur – was? Glaubte sie, dass sie ihm nichts bedeutete? Natürlich! Nach dem, was er gestern zu ihr gesagt hatte, musste sie schließlich so denken! Herrgott, wie hatte er nur ein so unsensibler Idiot sein können? So blind und dumm? Er hatte so ziemlich alles falsch gemacht, was man falsch machen konnte, das wurde ihm plötzlich klar. Ihm war überhaupt jetzt erst wirklich bewusst, was mit ihm los war …

Das Telefon klingelte und riss ihn aus seinen Gedanken. Mit drei großen Schritten war er wieder am Schreibtisch und riss es hoch.

»Ja?«

»Hi, Peter. Ich weiß, es ist Sonntag, und ich störe dich auch nicht lange. Aber ich dachte, ich erinnere dich lieber noch mal daran, dass du morgen ...«

»Sienna!« Die Enttäuschung darüber, dass es nicht Tilly sondern nur seine Assistentin war, traf ihn wie eine eisige Welle.

»Richtig«, bestätigte Sienna ein bisschen irritiert. »Wir müssen morgen noch das Patterson-Projekt abschließen, und dafür brauchen wir unbedingt die Unter...«

»Ich denke dran!«, fiel er ihr rüde ins Wort, was er gleich anschließend bereute. Sie konnte schließlich nichts für seine schlechte Laune, und da er ohne ihr Organisationstalent nicht in der Lage gewesen wäre, die Firma vernünftig zu führen, musste er unbedingt netter zu ihr sein und ihr das Gefühl geben, dass er ihre Arbeit schätzte. Das hatte Tilly ihm oft gesagt. Er schloss die Augen. »Tut mir leid, Sienna. Ich ... wollte nicht unfreundlich sein. Ich bringe die Unterlagen morgen mit.«

»Okay.« Sienna klang skeptisch. »Alles in Ordnung mit dir, Peter?«

»Ja. Wir sehen uns morgen im Büro«, erwiderte er knapp und beendete das Gespräch. Missmutig setzte er sich wieder vor seinen Computer und starrte auf den Bildschirm. Erst Ben, dachte er, und jetzt Tilly. Wieso schaffte er es nicht, die Menschen, die ihm wichtig waren, in seinem Leben zu halten?

Er schüttelte den Kopf. Ben hatte er gehen lassen müssen. Den hielt niemand auf, wenn er sich etwas in den Kopf setzte, auch wenn Peter mit allen Mitteln versucht hatte, ihm den Weg zurück zu ebnen. Aber die Sache mit Tilly hätte anders laufen müssen. Ganz anders. Wenn er nur nicht so kurzsichtig gewesen wäre. Und so verdammt feige.

Erneut stand er auf, um sich noch einen Bourbon einzugießen und gegen die Enttäuschung anzutrinken, die ihm wie ein Stein im Magen lag. Er hatte die Geschichte gründlich verbockt und musste es irgendwie schaffen, es wieder geradezubiegen. Aber er hatte absolut keine Ahnung, wie er das anstellen sollte.

14

»Nein! Das wirst du nicht tun!« Olivia sprang vom Sofa auf. Sie war so aufgeregt, dass ihre Stimme sich überschlug. »Das verbiete ich dir!«

David blieb sitzen und hielt ihrem wütenden Blick stand, froh darüber, dass sie allein in ihrem privaten Wohnzimmer im ersten Stock des Herrenhauses waren. Er hatte geahnt, dass sie ihm eine Szene machen und versuchen würde, ihm seinen Entschluss wieder auszureden. Aber er hatte nicht vor, seine Meinung zu ändern, und den Streit bekam hier wenigstens niemand mit.

»Ich bin volljährig, Mummy. Ich kann tun, was ich für richtig halte«, erinnerte er sie, und das Argument nahm ihr zumindest für einen Moment den Wind aus den Segeln. Schweigend trat sie ans Fenster, was David ausnutzte, um ihr die Gründe für seinen Entschluss noch einmal zu verdeutlichen. »Das Angebot ist eine tolle Chance für mich. Wieso sollte ich das ausschlagen? Hier werde ich doch sowieso nicht mehr gebraucht.«

Olivia fuhr zu ihm herum. »Natürlich wirst du hier gebraucht!«

»Ach ja?«, gab David zurück. »Wozu denn? Ben und James können Daringham Hall auch sehr gut ohne mich leiten. Und falls sie doch einen Rat brauchen, fragen sie Großvater und ganz sicher nicht mich. Ich kann Besucher durch das Haus führen und ihnen etwas zu seiner bewegten Geschichte erzählen, aber ich hätte das Gut niemals vor dem Bankrott bewahren können, wie Ben das getan hat. Er ist der Richtige für diese Aufgabe, nicht ich. Es wird Zeit, dass auch du dieser Tatsache ins Auge siehst.«

Der Brand vor einer Woche war für David wie ein Schlüsselerlebnis gewesen, das ihn bestärkt hatte. Denn als er auf die qualmenden Ruinen der Scheune gestarrt hatte, war es ihm plötzlich wie ein Sinnbild für sein Leben erschienen. Es lag genauso in Trümmern und musste völlig neu aufgebaut werden. Nur nicht hier. Wenn er herausfinden wollte, was seine wahre Bestimmung war und was er in Zukunft machen sollte, brauchte er eine andere Perspektive. Aber die würde er nur bekommen, wenn er ausbrach aus den Denkmustern, die ihn seit seiner Kindheit begleiteten und die jetzt keine Gültigkeit mehr besaßen. Und je eher er damit anfing, desto besser, deshalb hatte er in den vergangenen Tagen alles geregelt und war jetzt bereit für den Aufbruch nach London. Aufgeschoben hatte er nur die Gespräche mit seiner Familie.

Ben hatte seine Beweggründe sofort verstanden, als David ihm vorhin von seinen Plänen erzählt hatte, und Sir Rupert ebenfalls, auch wenn es ihm sichtlich schwergefallen war, sich von David zu verabschieden. Seine Mutter schien dazu jedoch nicht bereit, denn sie schnaubte nur verächtlich.

»Ben Sterling, der Retter? Dass ich nicht lache. Er rettet das Gut doch gar nicht, er fährt es endgültig gegen die Wand!« Ihre Wangen waren gerötet, und ihre Augen funkelten hasserfüllt. »Wusstest du, dass im Dorf Gerüchte gehen, dass er den Brand selbst gelegt hat, um die Versicherungssumme zu kassieren? Zutrauen würde ich es ihm, diesem …«

»Mummy!«, herrschte David sie an. »Wie kommst du denn auf so etwas?«

Inzwischen stand fest, dass das Feuer in der Scheune doch nicht, wie zunächst angenommen, durch einen Kurzschluss oder einen anderen technischen Defekt verursacht worden war, sondern dass es sich um geschickte Brandstiftung handelte. David kannte die Gerüchte, die dazu im Dorf im Umlauf waren. Schlimm genug, dass die Tratschweiber von Salter's End nichts Besseres zu tun hatten, als einen solchen Quatsch zu verbreiten, aber dass seine eigene Mutter sich an diesen Spekulationen beteiligte, stieß ihn regelrecht ab.

»Das ist kompletter Unsinn, und das weißt du auch.«

»Und es ist genauso ein Unsinn, dass du nach London gehen willst! Du kannst doch dein Studium nicht einfach an den Nagel hängen, nur weil Drake dir Flausen in den Kopf gesetzt hat! Was denkt der Kerl sich eigentlich dabei?«

David verschränkte die Arme vor der Brust.

»Sollte die Frage nicht eher lauten, was du dir dabei gedacht hast, mich mein ganzes Leben lang anzulügen? Deinetwegen ist doch alles so gekommen, wie es jetzt ist. Wie kannst ausgerechnet du mir verbieten, den Mann kennenzulernen, der mich gezeugt hat?«

»Weil er nicht wichtig ist!«, fauchte Olivia. »Er war es nie. Du bist Ralphs Sohn, und du solltest sein Andenken nicht so mit Füßen treten! Das hat er nicht verdient!«

David hatte versucht, ruhig zu bleiben, aber jetzt kochte endgültig Wut in ihm hoch. Er sprang auf.

»Herrgott, Mummy, hörst du dir eigentlich zu?«, fuhr er sie an. »Du hebst Dad auf ein Podest, auf dem er nie sein wollte. Soll ich dir sagen, was er nicht verdient hatte? Wie du ihn behandelt hast! Du tust die ganze Zeit so, als wäre zwischen euch alles in Ordnung gewesen. Aber das stimmt doch gar nicht. Du hast ihn öffentlich brüskiert. Er war dir nicht gut genug – erinnerst du dich?«

David dachte an den Abend des letzten Sommerballs zurück und hörte wieder Olivias schrille, betrunkene Stimme, erinnerte sich an die gehässigen Worte, mit denen sie den Stein ins Rollen gebracht hatte, der sich jetzt wie ein Felsblock vor ihm auftürmte. Es wurde höchste Zeit, dass seine Mutter endlich aufwachte und sich nicht länger etwas vormachte.

»Dad hat dich geliebt, Mummy, trotz allem. Und er wollte, dass es weitergeht mit Daringham Hall. Das alles ist in seinem Sinne, also hör auf, Ben zum Buhmann zu machen. Und was mich angeht: Du bist doch zum großen Teil daran schuld, dass für mich nichts mehr so ist, wie es war. Deshalb erwarte ich von dir, dass du meine Entscheidung akzeptierst. Es ist meine Sache, nicht deine, und ich bin ganz sicher, dass Dad das genauso sehen würde.«

Olivia starrte ihn zuerst noch wütend an, aber als seine Worte in ihr Bewusstsein sanken, verlor sich dieser Ausdruck. Sie verzog das Gesicht, und David sah, was sich hinter ihrer zornigen, aufbrausenden Haltung tatsächlich verbarg: Verzweiflung. Sie fing sich jedoch wieder, richtete sich auf und nahm die starre Haltung an, die David in den letzten Monaten so zuwider geworden war. Seine Mutter war offenbar nicht mehr in der Lage, sich der Realität zu stellen. Sie drehte sich die Welt lieber so, wie es ihr passte, und ließ die Wahrheit nicht an sich heran.

»Ich denke nicht, dass dein Vater mit deinem Ton mir gegenüber einverstanden wäre«, sagte sie knapp und mit leicht schwankender Stimme, rauschte zur Schlafzimmertür und schlug sie laut hinter sich zu.

David seufzte. Bestimmt weinte sie jetzt. Außerdem würde sie sich niemals eingestehen, dass er recht hatte, sondern erwarten, dass er sich entschuldigte. Und früher hätte er das auch getan. Jetzt aber stand er nur auf und verließ das Zimmer, um das Gespräch hinter sich zu bringen, vor dem er sich am meisten fürchtete. Denn Anna wusste bis jetzt auch noch nichts von seinem Entschluss.

Wie verabredet wartete sie auf der Steinbank in der Mitte des Irrgartens auf ihn, und während er auf sie zuging, stellte er wieder fest, wie hübsch sie war mit ihren rotblonden langen Haaren und den leuchtend blauen Augen. Ernst blickte sie ihm entgegen.

»Du bist spät dran«, sagte sie und runzelte die Stirn, als er sich neben sie setzte, ohne sie in den Arm zu nehmen und zu küssen. Er konnte es einfach nicht. Nicht jetzt.

»Ich musste noch mit Mummy reden, und das hat länger gedauert«, entschuldigte er sich. Dann schwieg er, weil er beim besten Willen nicht wusste, wie er anfangen sollte. Anna deutete sein Schweigen falsch und verschränkte die Arme vor der Brust.

»Falls du mich herbestellt hast, um noch mal mit mir über Frankreich zu sprechen: Die Antwort lautet immer noch Nein! Ich gehe da nicht hin.« Sie klang entschlossen, aber auch ein bisschen unsicher, und David konnte es ihr nicht verdenken. Die Stimmung zwischen ihnen war wegen dieser Sache schon die ganze Woche sehr angespannt. Und jetzt würde er alles noch schlimmer machen. Aber je länger er wartete, desto schwerer würde es. Er holte tief Luft und sah ihr in die Augen.

»Aber ich werde weggehen, Anna. Heute Abend schon.«

»Was?« Vollkommen perplex sah Anna ihn an. »Wohin?«

»Nach London. Zu Drake. Er hat mir angeboten, in seine Firma einzusteigen, und ich werde das annehmen.«

Diese Information musste Anna erst einmal verarbeiten. Sie schwieg einen langen Moment.

»Und dein Studium?«, fragte sie dann. »Du hast doch gar keine Zeit für so etwas, David.«

»Mein Studium gebe ich auf.«

»Aha.« David sah ihr an, dass seine Aussage sie nicht wirklich überraschte, und ihm wurde plötzlich klar, wie gut sie ihn kannte, besser als jeder andere, besser als er sich selbst. Abrupt stand sie auf und ging ein paar Schritte auf die Hecke zu, dann drehte sie sich wieder zu ihm um. »Und wie lange weißt du das schon?«

David erwiderte nichts, aber das musste er auch nicht, weil die Antwort auf der Hand lag.

»Du hast das mit deinem Vater besprochen, als du bei ihm warst, stimmt's?«

David nickte beklommen.

»Warum hast du denn nichts gesagt?«, fragte sie leise, und der verletzte Ausdruck in ihren Augen brachte ihn fast um.

»Du hast mir doch auch nicht gesagt, dass du diese Einladung nach Frankreich hast«, rechtfertigte er sich, doch den Vergleich ließ Anna nicht gelten.

»Das ist doch etwas ganz anderes!« Wütend funkelte sie ihn an. »Der Austausch geht nur ein halbes Jahr. Du dagegen willst ganz plötzlich deine Zelte hier abbrechen und wegziehen. Und das verschweigst du mir einfach?«

David schluckte. »Ich habe es dir nicht verschwiegen. Ich sage es dir doch gerade.«

»Jetzt? Kurz bevor du fährst? Und nachdem du schon mit deiner Mutter und wahrscheinlich allen anderen darüber gesprochen hast? Findest du das wirklich in Ordnung?«

Schuldbewusst senkte David den Kopf. Er kam sich unendlich mies vor. Anna hätte die Erste sein müssen, die es erfuhr. Natürlich. Andererseits ging er auch ihretwegen, und er hatte verhindern wollen, dass sie es ihm wieder ausredete. Es war schon schwer genug, ihren fassungslosen Gesichtsausdruck zu ertragen.

»Was ist los mit dir, David?«, fragte sie mit leiser, verzweifelter Stimme, als er sie wieder anschaute. »Warum willst du plötzlich dein Studium schmeißen und weggehen?«

Er atmete tief durch. »Ich will nicht, Anna, ich muss. Ich kann nicht länger hier herumsitzen und einem Leben nachtrauern, das ich nicht mehr führen werde. Ich muss neu anfangen, und das kann ich hier nicht.«

Anna sah ihn einen Moment schweigend an, aber er erkannte kein Verständnis in ihrem Blick. »Und in einer Londoner Spielhalle geht das?«

»Es ist eine Chance«, beharrte er. »Wer weiß – vielleicht tauge ich dafür ja viel besser als für die Aufgaben hier. Drake ist schließlich mein Vater. Kann doch sein, dass ich mehr von ihm geerbt habe, als ich im Moment ahne.«

Anna schüttelte den Kopf. »Du bist doch nicht plötzlich ein anderer, David.«

»Doch, verdammt, das bin ich! Und ich habe es satt, so zu tun, als wäre das nicht so!« Er sprang auf und ging ein paar Schritte in die andere Richtung. Weg von Anna. Erst dann drehte er sich um und blickte sie über die Distanz hinweg an, die sie jetzt nicht nur räumlich voneinander trennte. »Ich muss hier raus, verstehst du? Ich muss mir endlich meinen eigenen Weg suchen. Und der besteht nicht darin, ein Studium zu beenden, das ich nur angefangen habe, weil ich einmal Daringham Hall übernehmen sollte.«

Annas Blick flackerte, wurde unsicher, und David wusste, was sie fragen würde, bevor sie es aussprach. »Und was ist mit mir?«

Er schluckte schwer und zuckte mit den Schultern. »Du kannst jetzt nach Frankreich gehen und deine Zeit dort genießen. Du brauchst keine Rücksicht mehr auf mich zu nehmen.«

Anna starrte ihn an, als hätte er den Verstand verloren. »Du meinst, wir sollen uns trennen?«

In ihren Augen schimmerten jetzt Tränen, und David wäre gerne zu ihr gegangen und hätte sie getröstet. Er wollte sie nicht verletzen, sondern einfach nur das tun, was im Moment für sie beide das Richtige war. Deshalb ballte er die Hände zu Fäusten und stemmte sich mit aller Macht gegen das Gefühl, das ihn zu ihr hinzog.

»Ich brauche im Moment einfach Abstand zu allem hier, Anna. Ich muss herausfinden, wer ich bin und wohin ich gehöre. Erst dann kann ich wieder Pläne machen. Ich habe keine Ahnung, wie lange das dauert, und ich will nicht, dass du so lange auf mich wartest.« Er atmete heftig aus. »Vielleicht haben deine Eltern ja auch recht. Vielleicht sind wir einfach zu jung, um uns schon so fest aneinander zu binden. Ich will nicht, dass wir uns gegenseitig behindern und einer der Hemmschuh des anderen wird.«

»Hemmschuh.« Anna war blass geworden. »Das bin ich also plötzlich für dich? Ein Hemmschuh?«

»Nein.« Erschrocken sah David sie an. Er hatte eigentlich eher Angst gehabt, dass er sie behinderte und nicht umgekehrt. »Ich dachte nur ...«

»Was dachtest du?«, fuhr sie ihn an. »Dass du einfach aus meinem Leben verschwinden kannst und ich fröhlich nicke und dir alles Gute wünsche?« Sie schüttelte den Kopf. »Ich will nicht, dass du gehst. Und ich glaube auch nicht, dass es deine Berufung ist, Gehilfe in einer Spielhölle zu sein. Wie willst du denn damit glücklich werden?«

»Glücklich bin ich hier auch nicht, also ist es doch einen Versuch wert«, gab er zurück, und Anna zuckte zusammen, als hätte er sie geschlagen. Sie schien es auf sich zu beziehen, obwohl er alles andere damit gemeint hatte. Trotzdem korrigierte er sich nicht, sondern hielt ihrem Blick stand. Er musste da jetzt durch, selbst wenn der Gedanke, sie zu verlieren, ihm das Herz zerriss.

Einen langen Moment starrte Anna ihn nur an, und er sah, wie sie mit sich rang. Der Schmerz in ihren Augen tat ihm in der Seele weh, aber er hielt es aus, bis sie schließlich den Kopf abwandte.

»Ich verstehe dich nicht mehr, David. Aber okay. Fein. Wenn du alles wegwerfen willst, dann tu das.«

Sie drehte sich abrupt um und ging eilig auf den Ausgang des Labyrinths zu. Als sie vor der Öffnung der Hecke stand, blickte sie sich noch einmal um.

»Ich werde Mummy sagen, dass ich den Platz im Austauschprogramm doch annehme. Mach's gut, David. Ich hoffe, du findest in London, was du suchst.«

Damit verschwand sie, und David hörte nur noch, wie der Kies unter ihren Füßen knirschte. Als ihre Schritte verklungen waren, ließ er sich müde auf die Steinbank sinken.

Noch nie im Leben hatte er sich so leer gefühlt, und am liebsten wäre er ihr sofort hinterhergelaufen, weil er sie schon jetzt vermisste. Aber wenn sie zusammenblieben, würde er sie unglücklich machen. Er musste seine Probleme klären, erst dann konnte er zurückkehren und vielleicht auch einen Neubeginn mit ihr wagen.

Wenn sie mich dann noch will, dachte er bedrückt, und versuchte, das Bild der wütenden Anna aus seinem Kopf zu verdrängen, während er sich erhob und den Irrgarten ebenfalls verließ.

15

Ben stand am Fenster seines Arbeitszimmers und blickte hinunter in den Garten, den David gerade mit gesenktem Kopf durchquerte. Anna war vor ein paar Minuten in die gleiche Richtung gelaufen. Falls die beiden vorher am selben Ort gewesen waren und Ben ihre Körperhaltung richtig deutete, hatten sie sich gestritten – vermutlich über Davids Entschluss, nach London zu ziehen. Anna war darüber sicher alles andere als glücklich, und Ben fühlte mit ihr mit. Mittlerweise hing er sehr an David und würde ihn vermissen. Aber er konnte die Entscheidung seines Bruders trotzdem sehr gut verstehen, schließlich hatte er ein ähnliches Angebot von Ralph damals auch angenommen. Es war wichtig, Antworten auf die Fragen zu bekommen, die einen quälten. Und gerade weil Ben damit leben musste, dass in seinem Leben einige Dinge für immer unbeantwortet bleiben würden, hoffte er, David würde finden, wonach er suchte.

Seufzend wandte Ben sich vom Fenster ab und kehrte an seinen Schreibtisch zurück. Erneut starrte er abwechselnd die Zahlenkolonnen auf dem Computerbildschirm und das Schreiben an, das vor ihm auf dem Tisch lag. Aber ganz gleich, wie lange er es noch tun würde, seine Berechnungen änderten sich ebenso wenig wie das Angebot, das der Brief enthielt. Die Fakten lagen klar auf der Hand. Er musste sich nur noch entscheiden. Wie beim Poker. Mitgehen oder Aussteigen. Risiko oder Schadensbegrenzung.

Vernünftig war nur eine der beiden Möglichkeiten, und der Geschäftsmann in ihm hätte nicht lange gezögert. Aber genau da lag das Problem: Daringham Hall war nicht einfach nur ein Geschäft, wie er sich anfangs eingeredet hatte. Der Versuch, das Gut zu sanieren, war alles andere als vernünftig gewesen, und jetzt stand Ben am Scheideweg. Der nächste Schritt war endgültig, und er wusste einfach nicht, was er tun sollte.

Sein Blick glitt zu dem Porträt von Ralph, das über dem Kamin hing, und wie fast immer, wenn er es betrachtete, fragte sich Ben, warum sein Vater sich damals so bemüht hatte, ihn zum Bleiben zu bewegen. War es echtes Interesse an ihm gewesen? Oder war Ben nur zur rechten Zeit gekommen, um mit seinem Geld die klaffenden Löcher in der Finanzdecke des Gutes zu stopfen? Ben hätte viel darum gegeben, es zu erfahren, auch wenn es an der Situation nichts mehr ändern würde.

Es klopfte an der Tür. Nachdem Ben sich zu einem halbwegs freundlichen »Herein« gezwungen hatte, betrat Kirkby sein Arbeitszimmer.

»Entschuldigen Sie die Störung, Mr Sterling, aber Sir Rupert lässt fragen, ob Sie ihm beim Tee Gesellschaft leisten möchten?«

Überrascht blickte Ben auf die Zeitanzeige des Computers und stöhnte innerlich. Es war tatsächlich schon kurz nach vier. Er war so in Gedanken versunken gewesen, dass er die Verabredung mit seinem Großvater fast vergessen hätte.

»Richten Sie ihm bitte aus, dass ich gleich da bin«, bat er Kirkby und bewunderte erneut, wie formvollendet der Butler sich mit einer angedeuteten Verbeugung aus dem Zimmer zurückzog. Kirkby war eindeutig ein Relikt aus vergangenen Zeiten, aber auch eine Konstante auf Daringham Hall. Seine

Diskretion und die unbedingte Loyalität, die er den Camdens und nun auch ihm entgegenbrachte, wusste Ben längst sehr zu schätzen. Wenn nur alle so wären wie Kirkby …

Ben schloss die Datei auf dem Bildschirm, schob das Schreiben, das er bisher noch niemandem gezeigt hatte, in die obere Schublade seines Schreibtisches, drehte den Schlüssel um und steckte ihn ein.

Er dachte an Kate und spürte wieder dieses nagende Gefühl in seiner Brust, das ihn seit dem Unfall mit Devil nicht mehr zur Ruhe kommen ließ. Es half nichts, er musste ihr endlich sagen, womit er sich die ganze Zeit beschäftigte, schließlich würde seine Entscheidung auch sie unmittelbar betreffen. Aber noch wusste er nicht, wie er es anfangen sollte, deshalb war er ein kleines bisschen erleichtert darüber, dass sie zu einem Notfall in den Stall gerufen worden war und er das Gespräch mit ihr noch aufschieben konnte.

Er zog die Tür hinter sich zu und machte sich auf den Weg zu Sir Ruperts privatem Salon.

Als Lady Eliza noch hier gewohnt hatte, war es auf Daringham Hall Tradition gewesen, den Tee um vier Uhr im Blauen Salon einzunehmen. Aber der Raum war jetzt, genau wie die Bibliothek und einige andere Zimmer, tagsüber für Besuchergruppen geöffnet, und daher musste die Familie auf andere Räume ausweichen. Was kein Problem darstellte, denn Zimmer gab es auf Daringham Hall wirklich genug. Trotzdem blieb es eine Einschränkung, die nicht bei allen Familienmitgliedern auf Gegenliebe stieß.

Sir Rupert allerdings hatte sich bisher nicht beschwert. Er lächelte Ben freundlich vom Sofa aus zu, als er den Salon betrat, während Timothy, der in einem der Sessel saß, ihm eher grimmig entgegenblickte. Ben stöhnte innerlich auf. Eigentlich hätte er sich denken können, dass sein Onkel ebenfalls anwesend sein würde, aber er hatte es verdrängt. Die Aussicht, die nächste halbe Stunde mit Timothy zu verbringen, gefiel ihm auch nicht besonders.

»Entschuldigt bitte die Verspätung«, sagte er an Sir Rupert gewandt und nickte Timothy kurz zu, bevor er sich in einen der anderen Sessel setzte.

»Macht nichts, mein Junge. Wir wissen doch, wie viel du im Moment zu tun hast«, versicherte ihm Rupert und schenkte ihm eine Tasse Tee ein.

Schon komisch, dachte Ben, während er die Tasse entgegennahm. Noch vor wenigen Monaten hätte er einen doppelten Espresso jeder Art von Tee vorgezogen, jetzt aber trank er fast nur noch die kräftige Assam-Mischung, die bei den Camdens Tradition hatte. Er mochte das Zeug sogar richtig gerne. Zumindest in dieser Hinsicht war er schon ziemlich britisch geworden. Aber würde es jemals reichen, um in seiner Position als zukünftiger Baronet von Daringham Hall anerkannt zu werden? Angesichts der offen zur Schau getragenen Feindseligkeit seines Onkels wagte Ben, das zu bezweifeln, und im Moment wusste er auch nicht, ob er wirklich noch Lust hatte, es weiter zu versuchen …

»Wie steht es denn inzwischen?«, erkundigte sich Sir Rupert in die entstandene Stille. »Hat die Polizei schon neue Erkenntnisse?«

Ben seufzte. »Nein, leider nicht. Und Kates Onkel glaubt auch, dass es schwer wird, den Täter zu ermitteln. Es gibt weder Zeugen noch verwertbare Spuren. Deshalb sollten wir uns keine allzu großen Hoffnungen machen, dass die Sache bald aufgeklärt wird.«

Sir Rupert schüttelte den Kopf. »Ich kann immer noch

nicht fassen, dass es tatsächlich Brandstiftung war.« Mit gerunzelter Stirn betrachtete er Ben. »Wer hasst uns denn so, dass er uns derart schaden will?«

Ben musste sofort an Lewis Barton denken und war ziemlich sicher, dass es Timothy und Rupert in diesem Moment ganz ähnlich ging. Aber würde ihr jähzorniger Nachbar ihnen aus lauter Rachsucht die Scheune anzünden? Ben traute dem Mann mit den oft recht ungeschliffenen Manieren zwar einiges zu, aber nicht, dass er zu solchen Mitteln griff.

Sicher, er versuchte gerade, die prekäre Lage auf Daringham Hall auf seine Weise auszunutzen – davon zeugte der Brief in Bens Schreibtischschublade. Trotzdem war er nicht der Typ, der eine solche Katastrophe bewusst herbeiführte. Oder etwa doch?

Ben zuckte mit den Schultern. »Wenn uns jemand schaden wollte, ist es ihm jedenfalls gelungen«, meinte er. »Solange die Untersuchung noch läuft, ist die Versicherung nämlich nicht bereit, den Schaden zu regulieren. Und ohne ihr Okay können wir nicht mit dem Wiederaufbau des Cafés beginnen.«

»Wäre das denn so schlimm?«, fragte Timothy. »Ich war ohnehin von Anfang an gegen dieses riesige Ding. Eine kleinere Lösung, die weniger Wirbel macht, hätte doch gereicht.«

»Nein, das reicht eben nicht«, erwiderte Ben scharf. Er konnte Timothys Einwände einfach nicht mehr hören. »Die Versicherung zahlt nur, wenn wir das Café genauso wie geplant wiederaufbauen. Ich brauche dir wohl nicht zu erklären, was für ein finanzieller Verlust das für mich wäre. Aber es geht auch deswegen nicht anders, weil sich ohne das Café die Besucherzahlen nicht in dem Maß steigern lassen, wie es nötig ist. Und das wäre definitiv schlimm.«

»Aber wenn wirklich so viele Besucher kommen, ist Daringham Hall bald nicht mehr das, was es einmal war. Und das ist auch schlimm.« In Timothys Augen stand jetzt unverhohlener Zorn, so wie immer, wenn es um dieses Thema ging. »Was hast du als Nächstes vor, Ben? Baust du einen Vergnügungspark in den Garten und ein Burger-Restaurant ins Erdgeschoss?«

»Timothy!«, tadelte Rupert ihn scharf. Aber Timothy ließ sich nicht von seiner Meinung abbringen.

»Ist doch wahr!« Er wies auf Ben und sprach über ihn, als wäre er gar nicht anwesend. »Er ist Amerikaner, und er denkt amerikanisch. ›Think big‹ ist seine Devise. Riesiges Besucherzentrum gleich riesige Besucherströme gleich viel Geld. Dass diese vielen Menschen das Parkett und den Garten zertrampeln und alles ruinieren, was Daringham Halls Charme ausgemacht hat, daran denkt er nicht eine Sekunde. Wenn er fertig ist, haben wir hier statt eines Anwesens nur noch eine seelenlose Touristen-Abfertigungsmaschinerie. Und dann hat er auch noch die Nerven, irgendetwas von finanziellen Verlusten zu faseln, wenn es doch in Wirklichkeit um viel wichtigere Dinge geht.«

Ben schaffte es nicht mehr, sich zu beherrschen.

»Oh doch, ich denke nach. Viel sogar und gerne auch über die wichtigen Dinge«, fuhr er seinen Onkel an. »Glücklicherweise bin ich dabei nicht so verdammt engstirnig, dass ich nur mich und meine persönliche Bequemlichkeit im Blick habe. Aber vielleicht fehlt mir als Amerikaner auch einfach nur die Arroganz der britischen Aristokratie. Daringham Hall gehört nicht nur den Camdens, Timothy. Es ist ein Kulturgut, das bewahrt werden muss. Aber wozu sollte man es erhalten, wenn niemand es ansehen darf? Die Leute, die sich für das Haus interessieren, sind wichtig. Extrem wichtig sogar, denn ohne sie ist das Gut auf Dauer nicht zu finanzieren. Deshalb wirst du dich wohl oder übel mit dem Pöbel arrangieren und damit leben müssen, dass du deinen Tee nicht mehr im Blauen Salon einnehmen kannst, wann immer es dir passt. Wenn Daringham Hall sich nicht öffnet und mit der Zeit geht, hat es als Familiensitz der Camdens keine Zukunft. Sogar die Queen hat das inzwischen eingesehen und ihre Paläste der Öffentlichkeit zugänglich gemacht. Nur du bist dir zu fein dafür?«

Einen Moment starrte Timothy ihn sprachlos an, dann aber kehrte das herausfordernde Funkeln in seinen Blick zurück.

»Jetzt tu doch nicht so, als ginge es dir um das Wohl der Menschen und die Rettung von Kulturgut«, meinte er bissig. »Dich interessiert doch in Wahrheit nur der Profit. Aber Daringham Hall ist keine Firma, Ben. Es ist ein altes, gewachsenes Haus mit alten, gewachsenen Traditionen, die Respekt verdienen. Du solltest sie wahren, anstatt sie mit Füßen zu treten.«

»Ich trete gar nichts mit Füßen«, erwiderte Ben zornig und sprang auf. Timothy tat es ihm nach, und sie standen sich wütend gegenüber, fixierten sich mit bösen Blicken. »Wenn du alles so viel besser weißt, dann mach es doch selbst, Timothy. Oder halt endlich den Mund. Ich weiß nämlich nicht, ob ich Lust habe, mir von jemandem, der nur an den Wochenenden hier ist und keinerlei finanzielles Risiko trägt, erzählen zu lassen, was ich alles falsch mache. Darauf kann ich wirklich verzichten.«

Timothys Augen wurden schmal. »War das ein Rauswurf?«

»Ich halte dich jedenfalls nicht auf, wenn du gehen willst. Vielleicht gehe ich auch selbst. Allmählich weiß ich nämlich nicht mehr, warum ich mir das alles überhaupt antue!«

In Timothys Augen blitzte ein erschrockener Ausdruck auf, der seinen Zorn jedoch nicht verdrängen konnte. »War ja klar, dass du den Schwanz einziehst, wenn es ernst wird. Und wir können dann sehen, wo wir …«

»Hört auf! Alle beide!«, donnerte Sir Rupert und trat zwischen die Streithähne. Überrascht wichen Ben und Timothy einen Schritt zurück, aber Timothy fing sich sofort wieder.

»Schon gut. Ich gehe freiwillig!«, verkündete er sichtlich beleidigt und ging zur Tür. »Und ich werde vorläufig nicht mehr wiederkommen. Wenn mein Rat hier nicht erwünscht ist, dann dränge ich mich nicht auf.«

Lautstark ließ er die Tür hinter sich ins Schloss krachen, und seine Schritte verhallten auf dem Flur. Als es wieder still war, wandte sich Sir Rupert zu Ben um.

»Ich wünschte, ihr würdet euch vertragen«, sagte er traurig und fast verzweifelt. Ben ließ das Gefühl jedoch nicht an sich heran.

»Das habe ich versucht.«

Er dachte an die vielen Sticheleien seines Onkels, der sämtliche Pläne und Neuerungen von Anfang an ständig in Frage gestellt hatte. Ben hatte die Zähne zusammengebissen und sich geduldig wieder und wieder mit Timothy auseinandergesetzt. Und auch mit Olivia, die ähnlich viel an ihm auszusetzen hatte. Den Grund für seinen Durchhaltewillen wusste er selbst nicht so genau. Vielleicht weil er gehofft hatte, dass sie ihre Meinung doch noch ändern würden.

Aber es klappte nicht. Er war immer noch der Fremde, der

Amerikaner, den sie hier nicht wirklich wollten. Und er war es so verdammt leid!

Timothy würde niemals anerkennen, dass Bens Pläne für Daringham Hall gut waren. Dabei gab es keine Alternative. Die Veränderungen waren der einzige Weg, das Gut in eine halbwegs sichere Zukunft zu führen, und ja, natürlich hatten sie auch etwas mit Profit zu tun. Ohne Gewinn funktionierte es nicht, aber Daringham Hall war noch meilenweit davon entfernt, auch nur einen Penny Gewinn abzuwerfen. Im Moment verschlang das Gut nur Unsummen, weit mehr, als Ben jemals für möglich gehalten hätte. Und selbst wenn seine Maßnahmen irgendwann griffen und wieder Geld in die Kasse kam, würde er es vermutlich brauchen, um die Löcher zu stopfen, die an anderer Stelle wieder aufrissen. Es würde ein ständiger Kampf bleiben, und er hatte immer mehr das Gefühl, ihn gegen Windmühlen zu führen.

Ben blickte Sir Rupert an und suchte in seinem Gesicht nach einem Anzeichen dafür, dass wenigstens sein Großvater an den von ihm eingeschlagenen Weg glaubte.

»Hältst du meine Pläne auch für einen Fehler?«, fragte er und merkte selbst, wie vorwurfsvoll er klang. Angespannt wartete er auf eine Antwort, doch Sir Rupert schüttelte den Kopf.

»Nein, im Gegenteil. Timothy ist ein alter Sturkopf. Mein Freund, der Earl of Leicester, hat seinen Landsitz auch für Touristen zugänglich gemacht. Er sagt, es war die einzige Möglichkeit, das Haus zu halten. Ich glaube, du bist auf dem richtigen Weg, und ich bin froh, dass du es so tatkräftig angehst. Du weißt, was du tust, und das ist gut.«

Er lächelte, und Ben fühlte sich ein bisschen getröstet, nicht zuletzt, weil er spürte, dass Ruperts Zuneigung aufrichtig war. Trotzdem wühlte Timothys wütender Angriff ihn auf. Wie viele mochte es geben, die Bens Plänen auch so kritisch gegenüberstanden und es nur nicht wagten, es ihm ins Gesicht zu sagen?

Auf dem Weg zurück zu seinem Arbeitszimmer hallten Ruperts Worte noch einmal in Ben nach. Wusste er wirklich noch, was er tat? Er selbst war sich da gar nicht mehr so sicher.

In seinem Arbeitszimmer ließ er sich seufzend auf seinen Schreibtischstuhl sinken und griff zum Telefon. Er musste mit Peter sprechen, und zwar dringend, deshalb wählte er als Erstes die Nummer von Peters Apartment. In New York war es jetzt Sonntagmittag, also würde er seinen Freund mit ziemlicher Sicherheit dort erreichen. Aber es meldete sich niemand. Ben probierte es auf dem Handy, doch der Anruf wurde sofort auf die Mailbox umgeleitet.

Irritiert starrte Ben das Telefon an, denn das war in der Tat ungewöhnlich. Peter war ein absoluter Medienfreak und nicht nur permanent online, sondern auch fast schon mit seinem Handy verwachsen. Er hatte es immer dabei und schaltete es nur aus, wenn es unbedingt sein musste. Im Flugzeug zum Beispiel. Aber bei ihrem letzten Gespräch hatte Peter nichts von einer Geschäftsreise erwähnt. Vielleicht befand er sich einfach nur in einem Funkloch?

Ben beschloss, es später erneut zu versuchen. Doch es ließ ihm keine Ruhe, deshalb probierte er es ein paar Minuten später wieder, und dann noch mal, immer ohne Erfolg. Peters verdammtes Handy war offenbar tatsächlich aus.

Frustriert gab Ben es auf. Da brauchte er seinen Freund mal, und dann war der verdammte Kerl nicht zu erreichen. Wo zur Hölle trieb Peter sich rum? Und was konnte so wichtig sein, dass er dafür sein Handy ausschaltete?

16

»Und die Gewinnerin ist …«

Jeremy Johnson machte eine dramatische Pause und öffnete umständlich den Umschlag, in dem die Karte mit dem Ergebnis enthalten war. Das machte er immer so, und Tilly hasste dieses Ritual. Er war schließlich nur der Küster, und das hier war der Backwettbewerb des Gemeindefestes – nicht die Oscarverleihung.

Früher hatte sie genau diesem Moment immer ganz aufgeregt entgegengefiebert, doch jetzt war sie nur genervt und fragte sich, wieso sie sich das überhaupt noch einmal angetan hatte. Es kam ihr plötzlich so sinnlos vor, auf der Wiese neben der Kirche zu stehen und darauf zu warten, dass Jeremy verkündete, wer dieses Mal den Backwettbewerb gewonnen hatte.

Dabei konnte sich Tillys raffinierte Motivtorte, die wie die anderen auf dem langen Tisch unter dem extra aufgestellten Baldachin präsentiert wurde, diesmal wirklich sehen lassen. Sie hatte die Form der Kirche von Salter's End und war sehr aufwendig und bis hin zu den kleinen Buntglasfenstern aus Bonbonmasse absolut authentisch gestaltet. Tilly war während der gesamten Woche fast verbissen mit dem perfekten Dekor beschäftigt gewesen, weil sie gehofft hatte, dann vielleicht nicht mehr so viel an Peter denken zu müssen. Doch der Plan war leider nicht aufgegangen. Und gewinnen würde sie auch nicht, denn den ersten Preis bekam immer Jeremys

Frau Brenda. Tilly hatte sie noch nie besiegen können, und dieses Mal bildete da sicher keine …

»Tilly Fletcher!« Jeremys sonorer Bass tönte über die Wiese, und Tilly brauchte einen Moment, bis sie begriff, dass er tatsächlich ihren Namen gesagt hatte.

»Ich?«, fragte sie fassungslos. »Ich habe gewonnen?«

»Ja, und völlig zu Recht! Deine Torte ist absolut genial«, rief die neben ihr stehende Brenda über den aufbrandenden Applaus hinweg. »Komm, lass dich drücken! Das war wirklich mehr als überfällig!«

Sie strahlte über das ganze Gesicht, während sie Tilly in die Arme schloss, und schien nicht im Mindesten enttäuscht über ihre Niederlage zu sein. Und Tilly glaubte ihr das sogar, denn Brenda war eine Frau ohne Arg, die allen freundlich begegnete. Außerdem sah sie den Backwettbewerb vermutlich als das, was er sein sollte: eine fröhliche Dorfveranstaltung für einen guten Zweck. Kein Ort, um sich persönlich zu profilieren …

»Danke«, erwiderte Tilly und während sie die Siegerurkunde entgegennahm, kam sie sich plötzlich schäbig vor, weil sie Brenda ihren Triumph oft nicht gegönnt hatte.

»Brenda hat recht – deine Torte ist eine wirklich fabelhafte Kreation«, lobte Harriet Beecham, aber mit einem sehr viel säuerlicheren Lächeln. Sie nahm ebenfalls jedes Jahr an der Ausscheidung teil, allerdings immer nur mit mäßigem Erfolg. Auch dieses Mal hatte sie den Sprung aufs Treppchen nicht geschafft, denn Jeremy verkündete Brenda als Zweitplatzierte, und der dritte Platz ging an die junge Sheila Miller, die ganz aus dem Häuschen war und ihrem Mann um den Hals fiel. Der Anblick versetzte Tilly einen schmerzhaften Stich.

Herrgott, jetzt reiß dich zusammen, schalt sie sich, aber während sie Hände schüttelte und Glückwünsche entgegennahm, wollte das hohle Gefühl in ihrer Brust nicht weichen, das sie schon seit einer Woche quälte.

Peter hatte sich nicht mehr gemeldet, und sie versuchte sich einzureden, dass es gut so war. Dass sie das Richtige getan hatte. Ihre Verbindung hatte lediglich aus ein paar unwichtigen Telefonaten bestanden, es war ein netter Zeitvertreib gewesen, mehr nicht. Trotzdem fühlte es sich an, als hätte jemand das helle, warme Licht, unter dem sie in den letzten Monaten aufgeblüht war, plötzlich ausgeknipst und sie in einer kalten, grauen Dunkelheit zurückgelassen. Natürlich war das albern, und das wusste sie auch. Ihr Leben würde weitergehen. Es war jetzt eben nur wieder so wie immer.

Ist Ihnen das alles eigentlich nie langweilig?

Tilly schluckte, als ihr Peters Frage wieder in den Ohren klang. Es war lange her, dass er sie ihr gestellt hatte, und damals war sie sehr verletzt gewesen. Jetzt wusste sie jedoch, was er damit gemeint hatte, denn ihr Leben war tatsächlich auf eine ziemlich eintönige Weise vorhersehbar. Es verlief in immer gleichen Bahnen, und es war allein Peters Schuld, dass sie das plötzlich störte. Er hatte ihre Langeweile verscheucht und sie von einem anderen, interessanteren Leben träumen lassen, in dem es mehr gab als eine Dorfkneipe und ein paar gute Freunde. Aber aus diesen Träumen war sie am letzten Sonntag unsanft erwacht …

»Herzlichen Glückwunsch! Ich freu mich riesig für dich!«, rief Jazz Moore, die plötzlich vor ihr auftauchte. Überrascht sah Tilly sie an.

»Nanu? Was ist das denn?«, fragte sie und deutete auf

Jazz' Haare, die nicht mehr lila waren, sondern jetzt in dem dunklen Braun glänzten, das Tilly noch von früher kannte.

Unsicher zog Jazz an einer Strähne. »Na ja, ich fand, dass es Zeit für eine Veränderung wurde. Gefällt es dir?«

»Und wie!«, versicherte Tilly ihr und umarmte sie fest. Sie war wirklich glücklich darüber, wie sehr das Mädchen sich in den letzten Tagen verändert hatte. Seit ihrem Geständnis war Jazz wie ausgewechselt, wirkte erleichtert und verhielt sich wieder viel freundlicher. Vor allem Tilly gegenüber, zu der sie neues Vertrauen gefasst hatte. Tillys Verhältnis zu Edgar lag dagegen seit einer Woche auf Eis.

»Kommt dein Vater auch noch?«, wollte sie wissen, doch Jazz schüttelte den Kopf.

»Nein, er ist vorhin nach Cromer gefahren. Aber er hat gesagt, ich soll dich grüßen und dir viel Glück wünschen!« Sie grinste. »Hat ja geholfen.«

»Ja, das hat es wohl«, erwiderte Tilly, hin- und hergerissen zwischen Erleichterung und Enttäuschung. Natürlich verstand sie, dass Edgar nicht mehr mit ihr sprechen wollte. Sie hatte ihm einen Korb gegeben, und das musste er vermutlich erst mal verdauen. Aber sie vermisste ihn als Freund und hätte ihren Sieg gerne mit ihm gefeiert. Oder mit den anderen Menschen, die ihr etwas bedeuteten.

Aber Kate, die eigentlich versprochen hatte zu kommen, war durch einen Notfall auf Daringham Hall aufgehalten worden. Und auch sonst hatte es keines ihrer »Kinder« zum Gemeindefest geschafft. Ivy verbrachte im Moment viel Zeit in London bei ihrem Freund Derek, mit dem es, seit sie wieder zusammen waren, ernst zu werden schien. Und auch David und Anna fanden einen Nachmittag auf der Kirchwiese vermutlich zu langweilig, zumal sie gerade eine schwierige

Phase in ihrer Beziehung durchmachten. Natürlich hatte Tilly dafür Verständnis, aber sie fühlte sich plötzlich sehr allein.

Kein Peter mehr. Kein Edgar mehr. Offenbar hatte sie diese Woche kein besonders glückliches Händchen mit Männern, überlegte sie frustriert und war froh, als Father Morton – ein älterer, eher schmächtiger Mann mit Vollbart und einem sehr gütigen Lächeln – das Wort ergriff und den nächsten Programmpunkt ankündigte.

»So, dann wollen wir die leckeren Torten mal unter das Volk bringen«, rief er und klatschte in die Hände, was die Gespräche abrupt verstummen ließ. »Sie kennen das Spiel ja alle schon: Jeder, der ein Stück Kuchen möchte, entrichtet dafür einen Betrag in die kleine Kasse auf dem Tisch, und zwar in einer Höhe, die für ihn akzeptabel ist. Das Geld, das dabei zusammenkommt, werden wir auch in diesem Jahr wieder an unser Tansania-Projekt überweisen. Also halten Sie sich nicht zurück und essen Sie, so viel Sie können. Es ist alles für einen guten Zweck.«

Er deutete auf den Tisch, auf dem die Torten standen. Innerhalb kürzester Zeit bildeten sich Schlangen, die längste natürlich vor der Siegertorte. Das war immer so, und Tilly kam kaum nach mit der Verteilung der Stücke. Anstatt jedoch stolz zu sein und sich über ihren Triumph zu freuen, war sie einfach nur froh über die Ablenkung. Am Ende war kein Krümel mehr übrig von der hübschen Kirchen-Torte, aber die Leute hatten für das Privileg, davon kosten zu dürfen, ordentlich was springen lassen.

»Jeremy hat eben die Einnahmen gezählt. Über dreihundert Pfund sind diesmal zusammengekommen. Das ist das beste Ergebnis seit Jahren«, berichtete Brenda zufrieden, als sich die Teilnehmerinnen des Wettbewerbs wie üblich auf der Wiese versammelten und mit einem Glas Pimm's auf die Siegerinnen anstießen.

»Vielleicht sollten wir das Geld dieses Mal nicht nach Tansania spenden, sondern es lieber den Camdens geben. Ich schätze, die brauchen es im Moment auch sehr dringend«, meinte Harriet Beecham und ließ den Blick demonstrativ über die Menge gleiten. »Es ist keiner von ihnen gekommen, soweit ich das sehe, oder? Dabei hätte ich gedacht, dass sich wenigstens unser zukünftiger Baronet mal blicken lässt. Macht schon einen komischen Eindruck, dass er nichts mit uns zu tun haben will.«

Sie zog die Augenbrauen hoch, und Tilly wusste genau, dass sie auf das Gerücht anspielte, Ben hätte etwas mit dem Brand zu tun. Natürlich war das völliger Unsinn. Aber die Klatschweiber aus dem Dorf, allen voran Harriet und Nancy Adler, stürzten sich regelrecht auf diese Geschichte, verbreiteten sie genüsslich weiter und legten sich ihre eigene Wahrheit zurecht. Ben, so behaupteten sie, käme der Brand sehr gelegen, weil er ohnehin nicht vorhätte, auf Daringham Hall zu bleiben. Er warte nur auf eine Chance, das Gut unauffällig an den Meistbietenden zu verkaufen, entweder, weil er keine Lust mehr hatte, oder weil es von Anfang an sein Plan gewesen war. Und leider gab es genug Leute in Salter's End, die diese Geschichten glaubten, was Tilly zutiefst zuwider war.

»Wenn du den Camdens unbedingt helfen willst, Harriet, dann hör doch einfach auf, falsche Gerüchte über sie zu verbreiten«, erwiderte sie bissig. Harriet schnaubte und wollte etwas erwidern, doch Brenda kam ihr zuvor.

»Wie bist du eigentlich auf diese großartige Idee mit der

Kirchen-Torte gekommen, Tilly?«, fragte sie, weil sie offensichtlich das Thema wechseln und den sich anbahnenden Streit unterbinden wollte. »Sie sah wirklich unglaublich aus. Und dann schmeckte sie auch noch so lecker.«

Sheila und die anderen Frauen stimmten begeistert zu, und Tilly beließ es bei einem letzten warnenden Blick in Harriets Richtung.

»Es ist ein altes Rezept meiner Mutter, das ich einfach ein bisschen abgewandelt habe«, erklärte sie und beschrieb die komplizierte Herstellung der Torte.

»Das ist wahre Kreativität«, schwärmte Sheila, als Tilly geendet hatte, und schenkte allen noch etwas Pimm's nach. Sie war eindeutig schon ein bisschen beschwipst und leicht sentimental, legte den Arm um Tilly und drückte sie herzlich. »Ich bewundere dich, Tilly, wirklich! Ich wünschte, ich könnte so toll backen und kochen wie du!«

»Tja«, meinte Harriet Beecham und zuckte mit den Schultern. »Schade nur, dass es bei dir zu Hause niemanden gibt, der deine Kochkünste zu schätzen weiß, nicht wahr, Tilly? Aber für uns ist es natürlich ein Glücksfall, dass du immer noch allein bist, sonst gäbe es im ›Three Crowns‹ nicht eine so exzellente Küche.«

Ihr Lächeln war zuckersüß, doch Tilly sah das gehässige Funkeln in ihren Augen. Was wie ein Kompliment klang, war in Wirklichkeit eine gemeine Spitze, und sie traf Tilly mitten ins Herz. Ganz abgesehen von der vorsintflutlichen Einstellung, dass sie mit einem Partner nicht mehr arbeiten würde, war es auch eine Unverschämtheit, ihr Privatleben derart zu thematisieren. Oder besser gesagt: die Tatsache, dass sie keins hatte.

Sie schluckte. Normalerweise hätte sie über eine solche

Bemerkung gelacht und sie mit einem entsprechenden Kommentar quittiert. Aber ausgerechnet heute, wo eigentlich alles gut lief und sie einen Sieg errungen hatte, den sie sich schon lange wünschte, gelang es ihr nicht, Harriet Beecham das triumphierende Lächeln mit einer schlagfertigen Antwort aus dem Gesicht zu wischen. Stattdessen trank sie noch einen großen Schluck Pimm's und starrte auf den Boden, damit niemand die Tränen sah, gegen die sie plötzlich kämpfen musste.

»Natürlich hat sie jemanden, der ihre Kochkünste zu schätzen weiß.«

Die vertraute Stimme, die plötzlich dicht hinter ihr erklang, ließ Tilly herumfahren. Das konnte doch nicht ...

»Peter!« Fassungslos starrte sie ihn an. Sie hatte sich das nicht eingebildet – er war tatsächlich hier und fixierte Harriet Beecham mit diesem zornigen Ausdruck, den sie so gut an ihm kannte.

»Und allein ist sie auch nicht«, fügte er hinzu und trat einen Schritt an Tilly heran, was ihre Verwirrung noch größer machte. Sie begriff kaum, was er da sagte, weil sie viel zu sehr damit beschäftigt war, ihn anzusehen.

Es war verdammt lang her, dass er das letzte Mal leibhaftig vor ihr gestanden hatte, und sie konnte sich gar nicht sattsehen an ihm. Zwar war sein Haar so verstrubbelt wie immer, aber er hatte sich frisch rasiert und trug sein weißes Hemd offen über einem dunklen T-Shirt. Natürlich war er in Jeans; eine andere Art Hose schien er gar nicht zu besitzen. Das störte Tilly jedoch nicht im Geringsten. Für sie zählte nur eins: Er war hier und stand tatsächlich vor ihr. Aber wie konnte das sein? Und was hatte er gerade gesagt? Ihr Gehirn konnte mit den Ereignissen einfach nicht Schritt halten, und sie musste sich sammeln, um überhaupt ein Wort herauszubringen.

»Wie bist du hergekommen?«, fragte sie und sah sich um, suchte nach Ben. Sicher war Peter wegen seines Freundes hier. Aber warum hatte Kate nichts gesagt?

Peter schien sich über ihre Verwirrung zu amüsieren, denn er grinste und brachte Tillys Herzschlag damit gefährlich aus dem Takt.

»Mit dem Flugzeug und einem Mietwagen«, antwortete er. »Alles kein Problem. Dich zu finden war da schon ein bisschen schwieriger. Ich habe es bei dir zu Hause und im ›Three Crowns‹ versucht, aber da warst du nicht. Zum Glück hat mir dann eine nette Dame auf dem Dorfplatz verraten, wo du bist.« Er blickte die anderen Frauen an, die ihn neugierig musterten. »Das ist der Vorteil des Dorflebens, oder? Da weiß jeder über jeden genau Bescheid.«

Der Satz klang nicht mehr so abwertend wie früher, sondern eher erleichtert. Aber er ergab keinen Sinn, jedenfalls keinen, an den Tilly glauben konnte.

»Du bist meinetwegen gekommen?«, fragte sie und schluckte. »Warum?«

Die Menschen um sie herum begannen zu raunen, und Peter schien erst jetzt klar zu werden, dass sie gerade im Zentrum des Interesses standen. Was ihm nicht gefiel, denn er griff nach Tillys Hand und zog sie ein Stück über die Wiese, weg von den anderen.

»Weil ich dringend etwas klarstellen muss«, beantwortete er ihre Frage. »Du hast nämlich recht: Wir sollten nicht mehr skypen.«

»Nein?« Endgültig völlig durcheinander starrte Tilly ihn an. Und dieser Zustand wurde gleich noch mal um hundert

Prozent schlimmer, als Peter ihre Hände ergriff und festhielt. Sein Gesicht war jetzt dicht vor ihrem, und das Atmen fiel ihr schwer.

»Nein. Das genügt mir nämlich nicht mehr«, sagte er, und in seinen Augen lag etwas, das Tillys Knie ganz weich machte. »Ich habe dir nicht die ganze Wahrheit gesagt, Tilly. Ich will dich nicht nur deswegen sehen, weil du gut erklären kannst oder weil du toll kochst. Ich meine, das kannst du natürlich. Beides. Und ich kann sicher auch noch eine Menge von dir lernen. Das ist nur nicht das, was ich dir hätte sagen müssen, aber das ist mir erst klar geworden, als du nicht mehr mit mir sprechen wolltest. Ich bin so ein verdammter, hirnverbrannter Idiot, dass ich es tatsächlich einfach nicht kapiert habe.«

»Was denn?«, fragte Tilly atemlos.

Peter holte tief Luft. »Dass ich eigentlich nur noch für die Sonntage lebe.« Seine Stimme klang jetzt rau, und er ließ den Blick über ihr Gesicht wandern, als könne er nicht glauben, dass sie wirklich vor ihm stand. »Dass ich mich am wohlsten fühle, wenn ich dich sehe, und jedes Mal traurig bin, wenn wir unser Gespräch beenden. Dass mein Tag viel schöner ist, wenn ich weiß, dass ich dich noch sprechen werde, und dass eine Stunde pro Woche nicht mal ansatzweise genug ist. Dass ich schon seit Langem mehr will und mich nur hinter Kochrezepten und Allgemeinplätzen versteckt habe, weil es sich so ungewohnt angefühlt hat. Das ist mir lange nicht mehr passiert. Sehr lange nicht.« Er brach ab und seufzte tief. »Ich habe keine Übung in diesen Dingen, Tilly, und wahrscheinlich mache ich schon wieder alles falsch. Aber ich dachte, ich sage es dir, auch auf die Gefahr hin, dass du mich jetzt für ziemlich verrückt hältst. Bin ich wahrscheinlich auch. Und chaotisch. Und unordentlich. Und nicht besonders nett. Aber das weißt du ja alles, und wenn du bereit wärst, dich mit meinen vielen Macken anzufreunden, dann könnten wir es doch miteinander versuchen, oder? Ich lerne auch tanzen, wenn du willst. Ehrlich gesagt habe ich sogar schon angefangen, ein bisschen zumindest. Ich war die ganze letzte Woche abends in einer Tanzschule und habe einen Crashkurs gemacht, und ich würde auch noch mehr ...«

Weiter kam er nicht, weil Tilly ihm die Arme um den Hals schlang und ihn küsste. Schon oft hatte sie es sich vorgestellt, aber jetzt, als seine Lippen auf ihren lagen und er ihren Kuss erwiderte, als sie spürte, wie er sie umarmte und fest an sich zog, war es anders. Besser. Es war kein Traum mehr, es war echt. Ihr Herz raste und schickte ein unglaubliches Glücksgefühl durch ihren Körper. Es fühlte sich ... so richtig an, auch wenn sie komplett verschieden waren. Sie liebte Peter einfach. Seine Loyalität und seine Großzügigkeit, die er so perfekt hinter einer knurrigen Maske zu verstecken wusste. Und sie liebte es, ihn zu küssen, das wusste sie jetzt schon. Am liebsten hätte sie gar nicht mehr damit aufgehört. Doch irgendwann – Tilly hätte nicht sagen können, ob nach Minuten oder Stunden – löste er sich von ihr.

»Falls das ein Nein war, solltest du dringend an deiner Vermittlungstechnik arbeiten«, meinte er und grinste so breit, dass Tilly lachen musste.

Dann fiel ihr jedoch plötzlich wieder ein, wo sie waren, und sie blickte erschrocken über ihre Schulter zurück zu den anderen Besuchern des Gemeindefestes. Fast alle sahen zu ihnen herüber, und einige steckten aufgeregt die Köpfe zusammen, besonders natürlich ihre Mitstreiterinnen aus dem Backwettbewerb. Und Tilly konnte sich auch lebhaft vorstellen, was Harriet Beecham über Peter und sie zu sagen hatte.

Sie drehte sich wieder zu ihm um und lächelte zaghaft. »Ich schätze, wir sind jetzt für eine Weile das Dorfgespräch.«

Peter musterte die Neugierigen, und seine Miene verfinsterte sich. »Was für ein Glück, dass mir herzlich egal ist, was die Leute von mir denken«, meinte er grimmig. »Und dich braucht es auch nicht zu kümmern – du bist schließlich nicht da, um dir den Klatsch anzuhören.«

Tillys Herz schlug schneller. »Bin ich nicht?«

»Nein. Ich meine ... na ja ...« Ein unsicherer Ausdruck huschte über sein Gesicht, als ihm klar wurde, dass er ihr die entscheidende Frage noch gar nicht gestellt hatte. »Jedenfalls nicht, wenn du mitkommst. Mit mir. Nach New York. Ich möchte mit dir zusammen sein, Tilly. Wirklich. In meiner Wohnung ist genug Platz, und du würdest sicher schnell einen neuen Job finden. Aber wenn du nicht willst ...«

»Ich will«, sagte Tilly lächelnd und zog ihn noch ein bisschen näher zu sich. Sie wusste nicht mehr, wie oft sie sich nach genau dieser Frage gesehnt hatte, und sie jetzt wirklich zu hören raubte ihr fast den Atem. Falls sie das hier nur träumte, war es der grausamste Traum aller Zeiten. Aber wenn es stimmte ...

Sie dachte kurz an Kate und die Camdens und all die Dinge, die ihr fehlen würden. Und auch daran, was für ein großer Schritt es war, sich aus dem Alltagstrott zu lösen und ein neues, unbekanntes Leben zu beginnen. Aber es schillerte, dieses Leben, und erfüllte sie mit überschäumender Freude.

»Dann kommst du mit?«, fragte Peter, sichtlich erleichtert.

Tilly legte den Kopf ein bisschen schief und zuckte mit den Schultern. »Jetzt, wo du kochen kannst, bist du doch eine gute Partie.«

Peter grinste. »Ich wusste doch, dass es sich lohnt, es zu lernen«, erwiderte er und küsste sie noch mal, bis Tilly alles um sich herum vergessen hatte. Als sie sich voneinander lösten, waren seine Augen dunkel und sein Gesichtsausdruck ernst, und Tilly wusste, was er dachte, denn ihr ging gerade das Gleiche durch den Kopf. Sie wollte allein mit ihm sein. Jetzt sofort. Sie konnte kaum noch atmen und wollte dieses aufregende, prickelnde Gefühl weiter erforschen, das sie schon so lange nicht mehr erlebt hatte.

»Komm«, sagte sie und griff nach seiner Hand. Gemeinsam verließen sie die Festwiese, ohne sich auch nur ein einziges Mal umzudrehen.

17

»Warum hast du denn nie etwas gesagt?«, fragte Kate halb vorwurfsvoll, halb lächelnd, während sie Tilly eine Tasse Tee einschenkte. Sie waren endlich allein in ihrem Wohnzimmer auf Daringham Hall, weil Ben und Peter sich ins Arbeitszimmer zurückgezogen hatten, und Kate wollte unbedingt wissen, wie genau es dazu gekommen war, dass Tilly jetzt mit leuchtenden Augen auf ihrem Sofa saß.

Sie war sicher gewesen, dass ihre Freundin mehr für Peter Adams empfand, und sie hatte auch mitbekommen, dass die Telefonate der beiden immer länger und ausgiebiger geworden waren. Aber wenn sie nachgehakt hatte, war Tilly ihr jedes Mal ausgewichen. »Du hast behauptet, ihr wärt nur Freunde«, sagte sie streng.

Tilly nahm ihre Teetasse entgegen und lächelte schuldbewusst. »Das war ja auch so. Peter hat nie durchblicken lassen, dass ich ihm mehr bedeute. Und ich wollte mich mit meinen Gefühlen für ihn nicht lächerlich machen.« Sie seufzte. »Er ist jünger als ich, Kate, und er lebt in Amerika. Ich schätze, ich hatte einfach Angst, darüber zu sprechen, weil ich dachte, dass ich dann zu hören bekomme, dass eine Liebe zwischen uns sowieso keine Chance hätte.«

Kate schnaubte. »So ein Unsinn. Es gibt doch keine Vorgaben für so etwas. Außerdem fand ich immer, dass ihr gut zusammen passt. Ja, wirklich«, beharrte sie, als Tilly sie ungläubig ansah. »Man hat gespürt, dass da etwas Besonderes zwischen euch war, auch wenn ihr ganz unterschiedlich seid.«

Diese Aussage schien Tilly sehr zu freuen, denn sie strahlte Kate förmlich an. »Dass mir das noch mal passiert, Katie«, sagte sie verträumt. »Das hätte ich nicht gedacht.«

Kate erwiderte ihr Lächeln, auch wenn ihr die Konsequenzen, die Tillys Glück haben würde, weniger gut gefielen. »Und du gehst wirklich mit ihm nach New York?«

Tilly nickte. »Ja. Wir fliegen übermorgen. Ich müsste zwar eigentlich vorher noch eine Menge regeln, aber Peter findet, dafür ist später noch Zeit.« Sie zuckte mit den Schultern. »Ich glaube, wenn es nach ihm ginge, könnte ich mein Haus sofort verkaufen und mit Sack und Pack mitkommen.«

»Und du?« Kate trank einen Schluck Tee und sah ihre Freundin skeptisch an. Sie kannte Tilly lange genug, um zu merken, wenn ihr etwas auf der Seele lag. »Willst du das auch?«

»Oh ja, unbedingt.« Tillys Lächeln wurde weicher. »Es ist das, was ich mir die ganze Zeit gewünscht habe. Aber ...«

»Aber was?«, hakte Kate nach.

Wieder zuckte Tilly mit den Schultern. »Irgendwie ist es fast zu schön, um wahr zu sein. Ich habe immer noch das Gefühl, dass ich träume, aber da ist auch diese Angst, ich könnte plötzlich aufwachen.« Sie seufzte. »Da ist diese lästige kleine Stimme in meinem Kopf, die mir die ganze Zeit einflüstert, dass ich Peter kaum kenne und deshalb darauf vorbereitet sein muss, dass unsere Beziehung scheitern könnte. Dass ich ein Netz und einen doppelten Boden brauche und mich nicht Hals über Kopf auf etwas so Unsicheres einlassen darf.« Sie zuckte mit den Schultern. »Das ist doch verrückt, oder? Da wünsche ich mir seit Monaten nichts mehr, als dass

Peter meine Gefühle erwidert. Und jetzt, wo ich weiß, dass er mich liebt, zögere ich. Dumm, oder?«

»Nein, gar nicht«, widersprach Kate und dachte an ihre eigenen gemischten Gefühle, als sie mit Ben zusammengekommen war. Damals hatte sie auch ständig zwischen grenzenloser Hoffnung und tiefen Zweifeln geschwankt, und selbst heute ging es ihr manchmal noch so. Die Zweifel überwogen im Moment sogar, und sie hätte sich selbst Netz und doppelten Boden gewünscht. Sie seufzte tief. »Es ist immer ein Sprung ins Ungewisse, und ich glaube, davor hat jeder Angst – selbst wenn es das ist, was man sich wünscht.«

Sie lächelte, obwohl ihr nicht danach war. Denn wenn sie fiel, dann sehr tief, und seit dem Brand hatte sie das Gefühl, dass es jederzeit passieren konnte. Die Liebe von Tilly und Peter war jedoch etwas anderes. Die beiden mussten sich noch nicht mit Dingen wie einem fast bankrotten Landsitz, skeptischen Verwandten und feindseligen Dorfbewohnern befassen, und das blieb ihnen hoffentlich auch erspart.

»Du wirst bestimmt sehr glücklich in New York«, versicherte sie ihrer Freundin und dachte an die Tage, die sie mit Ben dort verbracht hatte. »Es ist eine tolle Stadt, und dir wird bestimmt nicht eine Sekunde langweilig sein, vor allem nicht, solange Peter da ist.« Sie seufzte. »Aber ich werde dich schrecklich vermissen.«

»Ach, Katie, sag so etwas nicht.« Tillys Augen glänzten verdächtig. Sie streckte die Arme aus und zog Kate an sich, die plötzlich ebenfalls mit den Tränen kämpfte. »Das ist nämlich der andere Grund, warum ich nicht fahren will«, gestand sie. »Ich kann doch nicht einfach weggehen und dich im Stich lassen. Gerade jetzt, wo es für euch so schwer ist.«

Kate schluckte. Am liebsten hätte sie Tilly erzählt, wie

schwierig es tatsächlich in den letzten Tagen zwischen Ben und ihr war. Schon mehrfach war sie kurz davor gewesen, sich ihrer Freundin anzuvertrauen, aber jetzt war es dafür zu spät. Denn dann hätte Tilly sich Sorgen gemacht, und das wollte Kate nicht. Sie verdiente ihr Glück mit Peter, und wenn sie mit ihm nach New York gehen wollte, dann sollte sie das ohne schlechtes Gewissen tun. Deshalb schüttelte Kate entschieden den Kopf.

»Doch, das kannst du. Du bist in New York schließlich nicht aus der Welt. Wir können jederzeit telefonieren. Oder wir skypen. Damit hast du doch jetzt Erfahrung.« Sie lächelte, und Tilly strahlte sie an, offenbar erleichtert darüber, dass Kate nichts gegen ihren Umzug einzuwenden hatte.

»Ja, das machen wir«, sagte sie und sah sich dann in dem Salon um, den Kate und Ben als Wohnzimmer nutzten. »Ihr seid jetzt endlich ganz fertig mit dem Umbauen, oder? Großartig ist das geworden, das muss ich sagen. Ich mochte dein kleines Cottage zwar auch immer sehr, aber das hier hat wirklich Stil.«

Das Kompliment freute Kate, und sie ließ ihren Blick ebenfalls durch den Raum gleiten. Er lag in dem Teil des Hauses, der früher ungenutzt gewesen war. Ben hatte die Räume renovieren und Kate dann aussuchen lassen, welche sie bewohnen wollte. Dieses Zimmer und das angrenzende, in dem sich ihr gemeinsames Schlafzimmer befand, hatten ihr besonders gefallen, weil sie großzügig geschnitten waren und die Fenster zum Garten lagen. Kate hatte sie liebevoll eingerichtet mit Möbeln, die es im Haus bereits gab, und einigen Dingen, die sie aus dem Cottage mitgebracht hatte. Ben war mit jedem Vorschlag einverstanden gewesen, hatte selbst allerdings fast nichts beigetragen. In der ersten Zeit war er mehrfach in

New York gewesen, um dort alles abzuwickeln, aber er hatte aus seinem Apartment lediglich ein paar persönliche Sachen, Kleidung, Computer und einige Bücher mitgebracht. Sonst nichts. Als Kate ihn danach gefragt hatte, meinte er nur, dass er in England ganz neu anfangen wollte, und bisher hatte sie das auch nicht in Frage gestellt. Aber als sie sich jetzt umsah, kam es ihr plötzlich seltsam vor, dass er sich hier eigentlich gar nicht eingerichtet hatte. Wollte er überhaupt mit ihr zusammenleben? War er glücklich hier? Vielleicht vermisste er New York sehr viel mehr, als er ihr gegenüber zugab, und hatte sich deshalb von ihr zurückgezogen. Hatte sie ihn vielleicht zu sehr gedrängt? Der Gedanke ließ sie beklommen schlucken.

»Weißt du, dass ich schon immer das Gefühl hatte, dass du eigentlich nach Daringham Hall gehörst?«, meinte Tilly nachdenklich und riss Kate aus ihren Überlegungen. »Schon als du ein Kind warst, konnte man spüren, wie viel dir das Haus und die Camdens bedeuten. Und jetzt sieh dich an.« Sie lächelte. »Man könnte meinen, es war Schicksal, dass du Ben begegnet bist. Als hätte es so sein sollen.«

Kate erwiderte ihr Lächeln nur halbherzig und gab keine Antwort. Was hätte sie auch sagen sollen? Auch sie hatte geglaubt, dass Ben hierher gehörte. Aber war das wirklich so? Wollte er das alles hier überhaupt noch? Sie war sich da gar nicht mehr so sicher.

Seit dem Brand hatte er sich verändert. Er war unzugänglicher geworden und entzog sich ihr auf eine Weise, die ihr wehtat. Zwar war er anwesend und lag nachts neben ihr im Bett, aber er nahm sie nicht mehr in die Arme und küsste sie, wie er es früher getan hatte – angeblich aus Rücksicht auf ihre Schulterprellungen. Aber es steckte etwas anderes dahinter, das spürte Kate genau. Sie hatte nur noch nicht herausfinden können, was es war.

»Wollen wir mal nachsehen, wo die Männer bleiben?«, fragte sie, weil sie plötzlich das Bedürfnis hatte, in Bens Nähe zu sein.

»Gute Idee. So langsam müssten sie mit ihrem Gespräch ja fertig sein«, fand Tilly und folgte Kate in den Flur.

»Wie hat Edgar deine Kündigung eigentlich aufgenommen?«, erkundigte sich Kate auf dem Weg zu Bens Arbeitszimmer.

»Ehrlich gesagt weiß er noch gar nicht, dass ich weggehe.« Tilly zuckte mit den Schultern, als sie Kates überraschtes Gesicht sah. »Ich habe versucht, ihn zu erreichen. Er geht allerdings weder an sein Telefon noch an sein Handy, und im ›Three Crowns‹ war er in den letzten Tagen auch nicht. Jazz weiß zwar Bescheid und wollte die Nachricht auch an ihn weitergeben, aber bisher hat er sich noch nicht gemeldet.«

»Und wenn er dich nicht gehen lässt?«, meinte Kate besorgt, doch Tilly winkte ab.

»Ich habe noch so viele Urlaubstage übrig, dass es locker bis zum Ende meiner offiziellen Kündigungsfrist reicht. Und ich habe auch schon mit Rose Ashton gesprochen. Sie hat mich hin und wieder vertreten und hätte großes Interesse, den Job zu übernehmen. Wobei das letztlich natürlich Edgars Entscheidung ist. Ich würde das wirklich gerne so schnell wie möglich mit ihm besprechen, aber wenn er nicht ...«

Ihr Handy klingelte, und sie holte es aus der Tasche. Überrascht starrte sie auf das Display und blickte dann zu Kate auf.

»Es ist Edgar.«

»Wenn man vom Teufel spricht«, meinte Kate lächelnd,

doch Tilly blieb ernst. Offenbar war ihr das Gespräch mit ihrem Noch-Boss trotz ihrer Beteuerungen ein bisschen unangenehm.

»Nun geh schon dran und klär das mit ihm«, drängte Kate sie. »Ich gehe inzwischen schon mal vor, und du kommst nach, wenn du fertig bist, ja?«

Tilly nickte dankbar und wandte sich ab, um das Gespräch entgegenzunehmen. »Edgar?«

Kate hörte nicht mehr, was die beiden besprachen, weil sie schnell weiterging. Edgar tat ihr ein bisschen leid, denn wenn sie sich nicht täuschte, war er selbst schwer verliebt in Tilly und würde die Nachricht, dass sie Salter's End mit einem anderen Mann verließ, sicher nicht gut aufnehmen. Und Kate fiel es auch selbst schwer, sich das »Three Crowns« ohne Tilly vorzustellen. Sie war die Seele des Pubs und würde an allen Ecken und Enden fehlen, so viel stand fest.

Laute Stimmen drangen aus Bens Arbeitszimmer, als Kate die Tür erreichte, und sie blieb überrascht stehen. Damit, dass Ben und Peter sich streiten könnten, hatte sie nicht gerechnet, und sie zögerte, nicht sicher, ob sie die beiden stören sollte. Doch dann siegte ihre Neugier, also klopfte sie kurz an und betrat das Zimmer.

Ben und Peter standen am Fenster und waren in ihre Diskussion vertieft – bis Ben den Kopf in ihre Richtung drehte und sie bemerkte. Sofort verstummte er, aber Peter, der mit dem Rücken zu ihr stand, redete einfach weiter.

»Nein, verdammt! Auf keinen Fall das Apartment! Das kommt nicht infrage. Wenn du es jetzt verkaufst, kannst du nicht mehr …« Als er merkte, dass Ben ihm nicht mehr zuhörte, brach er ab und drehte sich um.

»Oh«, sagte er und verzog schuldbewusst das Gesicht, was

Kates Schock noch ein bisschen größer machte. Denn offenbar wusste Peter sehr genau, dass Kate die Information, die er gerade preisgegeben hatte, vollkommen neu war.

»Du hast das Apartment in New York noch?«, fragte sie und spürte, wie sich ein schweres Gewicht auf ihre Schultern legte, als Ben nickte.

18

Plötzlich war es so still im Zimmer, dass man die Uhr auf dem Kaminsims leise ticken hörte. Kate kam es vor, als liefe die Zeit rückwärts bis zu jenem Tag, an dem sie in Bens Apartment in New York gestanden und ihn gefragt hatte, ob alles in Ordnung war. Ob er mit Peter den Verkauf seines Firmenanteils und des Apartments geregelt hatte. Und sie erinnerte sich, was er darauf geantwortet hatte.

Er hatte sie angelogen. Nie hatte er auch nur mit einem Wort angedeutet, dass er die Wohnung nicht verkauft hatte, obwohl er gewusst haben musste, dass sie davon ausging. Warum hatte er ihr das verschwiegen?

Kate konnte ihre Enttäuschung nicht in Worte fassen, starrte ihn nur an. Ben erwiderte ihren Blick, allerdings nicht schuldbewusst, sondern abwehrend.

»Entschuldigt bitte, ich musste noch kurz etwas klären«, sagte Tilly, die in diesem Moment hinter Kate auftauchte. Sie wirkte in sich gekehrt und schien in Gedanken noch bei dem Gespräch mit Edgar zu sein, denn es dauerte einen Moment, bis ihr die angespannte Stimmung im Raum auffiel. »Was ist denn hier los?«, fragte sie überrascht.

»Nichts«, meinte Peter, dem Kate ansehen konnte, wie unwohl er sich fühlte. Vermutlich war ihm klar, dass er unabsichtlich eine Situation heraufbeschworen hatte, die für seinen Freund sehr unangenehm war. Und obwohl er manchmal wenig einfühlsam wirkte, schien er sehr genau zu spüren, dass Ben und Kate jetzt allein miteinander reden mussten, denn er ging Tilly entgegen und hakte sie unter. »Und weißt du was? Ich denke, wir beide sollten uns jetzt schleunigst auf den Weg machen. Wir haben schließlich vor unserem Abflug noch eine Menge zu tun.«

»Aber wieso denn?« Tilly war sichtlich irritiert über seine plötzliche Aufbruchsstimmung. »Ich wollte mit Kate noch …«

»Dazu hast du bestimmt noch Gelegenheit. Aber jetzt müssen wir wirklich gehen.« Peter zog sie zur Tür.

»Wir sehen uns später«, rief er, und als sie draußen waren, hörte man ihn leise mit Tilly reden. Ihre Stimmen und Schritte verhallten im Flur, und Kate und Ben waren allein. Was auch gut war, denn Kate konnte ihr Wut kaum noch im Zaum halten.

»Du hast die Wohnung also behalten?«, fragte sie. »Ich dachte, du brauchtest das Geld, um das Gut zu übernehmen.«

Bens Gesicht blieb unbewegt und wurde wieder zu dieser Maske, die sie so abgrundtief hasste.

»Peter hat mir einen sehr fairen Preis für meinen Anteil an der Firma gezahlt, deshalb brauchte ich es nicht. Er wollte, dass ich nicht sofort alle Brücken hinter mir abbreche, und ich habe dieses Angebot angenommen.«

»Und warum hast du mir das nicht erzählt?«

Ben zuckte mit den Schultern. »Das ist doch meine Sache.«

Kate schnaubte. »So siehst du das also?«

»Ja, verdammt, so sehe ich das«, gab er scharf zurück. »Es ist mein Geld, Kate. Mein Vermögen, das ich einsetzen kann, wie ich es für richtig halte. Darüber bin ich dir keine Rechenschaft schuldig.«

»Darum geht es doch auch gar nicht«, widersprach Kate ihm heftig. »Sondern darum, dass du dir die ganze Zeit eine Hintertür offengehalten hast. Eine, von der ich nichts wissen sollte.«

»Mein Gott, jetzt bausch das doch nicht so auf.« Ben fuhr sich mit der Hand durch die Haare. »Ich habe mich abgesichert und nicht sofort alles auf eine Karte gesetzt, ja. Ist das so falsch? Und außerdem überlege ich ja gerade, die Wohnung zu verkaufen. Darum ging es doch bei meinem Gespräch mit Peter. Jetzt brauche ich das Geld nämlich, sonst hat Daringham Hall vielleicht keine Zukunft mehr – jedenfalls nicht so, wie ich es geplant hatte.«

Kate trat dicht vor ihn und sah ihm in die Augen, suchte darin nach der Antwort auf die Frage, die plötzlich über allem stand, was sie in den letzten Monaten mit ihm erlebt und worauf sie gehofft hatte.

»Willst du denn überhaupt weitermachen?«

Er wich ihrem Blick aus, und Kate spürte, wie ihre Wut verrauchte und einem anderen, dunkleren Gefühl wich, das sie wie betäubt zurückließ. Plötzlich ergab alles einen Sinn – die fehlenden persönlichen Dinge und sein Zögern, wann immer sie von der Zukunft sprach. Die Tatsache, dass er nie antwortete, wenn sie ihm sagte, dass sie ihn liebte ...

»Du warst nie wirklich hier, oder?«, sagte sie leise. »Du hattest nie vor, Daringham Hall zu deinem neuen Zuhause zu machen.«

»Was zur Hölle willst du von mir, Kate? Ich bin doch hier, oder nicht?« Bens Augen funkelten zornig, aber Kate erkannte, was es in Wirklichkeit war: Abwehr. Er fühlte sich in die Enge gedrängt und ging zum Angriff über. »Ich habe dafür gesorgt, dass Daringham Hall nicht zwangsversteigert wird. Nur meinetwegen ist es noch der Stammsitz der Camdens, so wie ihr alle es wolltet. So wie du es wolltest. Und was bekomme ich zurück? Nichts als Kritik. Von den Leuten im Dorf, von meinen lieben Verwandten und jetzt sogar von dir. Ich kann es niemandem recht machen, muss ständig nur Steine aus dem Weg räumen. Und mir dazu auch noch Verleumdungen anhören.«

Als Kate ihn überrascht anblickte, schnaubte er. »Denkst du, ich weiß nicht, was die Leute im Dorf reden? Dass sie behaupten, ich hätte das Feuer selbst gelegt, um die Versicherungssumme zu kassieren? Und dass ich nur auf eine Gelegenheit warte, Daringham wieder teuer abzustoßen? Sie trauen mir das allen Ernstes zu, Kate.« Er schüttelte den Kopf. »Und du hast recht. Ich weiß tatsächlich nicht, ob ich Lust habe, auch noch den letzten Rest meines Vermögens für eine Sache zu verschleudern, die mir eigentlich nichts als Ärger bringt. Aber das erwartest du von mir, oder? Ich muss es tun, um dir zu beweisen, dass ich es ernst meine.«

»Nein.« Kate ballte die Hände zu Fäusten, weil er ganz offenbar nicht sehen wollte, wo das eigentliche Problem lag. »Ich erwarte lediglich, dass du ehrlich bist. Mir gegenüber und dir selbst gegenüber. Es geht ums Prinzip, verstehst du? Du hast behauptet, du willst alles daran setzen, Daringham Hall zu retten. Aber wirklich alles gibst du nie, oder, Ben? Du gehst nie den letzten Schritt. Du hältst dir immer einen Fluchtweg offen und verschwindest, wenn es dir zu viel wird. Genau wie du es bei deinen Pflegefamilien gemacht hast. Daran hat sich nichts geändert.«

In Bens Blick flackerte etwas auf, etwas Rohes, Verletztes, dessen Intensität Kate erschreckte.

»Das ist genau der Grund, warum ich niemandem vertraue.« Er spuckte die Worte förmlich aus. »Weil die Leute alles, was ich ihnen erzähle, gegen mich verwenden, wenn es ihnen passt.«

Seine Augen glühten jetzt, und Kate spürte einen heftigen Stich in der Brust, weil ihr plötzlich klar wurde, wie tief seine seelischen Verletzungen gingen. Sie hatte gedacht, dass er alles hinter sich lassen und einen neuen Anfang mit ihr wagen wollte. Und vermutlich hatte er das sogar vorgehabt. Aber bei Ben gab es Grenzen, die weder sie noch irgendwer sonst überschreiten durfte. Das würde sie akzeptieren müssen, ganz gleich, wie weh es tat.

»Mag sein, dass du mir nicht vertraust«, sagte sie leise. »Aber ich habe dir vertraut, Ben Sterling. Ich hätte meine Hand für dich ins Feuer gelegt. Ich dachte, wir gehören zusammen. Ich dachte, wir …«

Lieben uns, hatte sie sagen wollen, aber sie brachte es plötzlich nicht mehr über die Lippen. Stattdessen wandte sie sich ab, weil ihr Tränen in den Augen brannten. Hastig entfernte sie sich einige Schritte von ihm, ehe sie sich wieder umdrehte.

Ben hatte die Hände zu Fäusten geballt und starrte sie an.

»Du vertraust mir, ja?«, fragte er. »Und wieso hörst du dann nicht auf mich, wenn ich dich bitte, nicht zu diesem verdammten Hengst zu gehen? Du machst doch auch, was du willst, ganz egal, was ich denke.«

»Das ist doch etwas völlig anderes«, rechtfertigte sich Kate erschrocken und auch ein bisschen schuldbewusst.

»Nein, verdammt, das ist genau das Gleiche!«

Für einen Moment standen sie schweigend voreinander, dann hielt Kate es nicht mehr aus und machte einen Schritt auf ihn zu. »Ben …«

»Nein.« Er wich ihr aus, schüttelte den Kopf. »Ich habe gegeben, was ich konnte, Kate. Wenn das nicht reicht, dann …« Er zuckte mit den Schultern. »Dann geht es eben nicht.«

Eine eisige Faust legte sich um Kates Herz, drückte unbarmherzig zu, als ihr klar wurde, dass er es ernst meinte. Er konnte nicht weiter gehen.

»Du willst hier weg, oder?« Ihre Stimme zitterte, als sie aussprach, was sie schon die ganze Zeit befürchtet hatte, und die Tatsache, dass Ben ihr nicht widersprach, riss ihr das Herz heraus. Sie nickte. »Aber dann tu es auch«, sagte sie. »Du musst nicht bleiben und in eine Sache investieren, an die du nicht mehr glaubst. Damit tust du uns allen keinen Gefallen.« Eine Träne lief über Kates Wange, aber sie wischte sie nicht weg. »Daringham Hall braucht jemanden, der mit dem ganzen Herzen dabei ist, Ben. Und ich auch. Für halbherzige Experimente sind wir nicht zu haben. Das funktioniert nicht.«

Sie starrte ihn an und hoffte auf Widerspruch. Hoffte, er würde ihr sagen, dass sie sich täuschte und dass er noch an ihre Liebe glaubte. Sie wünschte es sich so sehr, dass sie für einen Moment glaubte, etwas in seinen Augen aufflackern zu sehen, das ihr Hoffnung gab. Doch es verschwand sofort wieder, und seine Miene wurde unlesbar für Kate.

Nur mit Mühe konnte sie ein Schluchzen unterdrücken, und der Schmerz in ihrer Brust wurde so schlimm, dass sie ihn kaum noch aushielt. Hastig wandte sie sich ab und lief aus dem Zimmer.

»Kate!«, rief Ben hinter ihr her. Aber sie blieb nicht stehen.

* * *

Ben griff nach der gläsernen Schale, die auf dem Tisch zwischen den beiden Sesseln am Fenster stand, und schleuderte sie mit voller Wucht in den Kamin, wo sie mit einem lauten Klirren in tausend Stücke zersprang. Aber es linderte nicht den kaum erträglichen Schmerz, der in seinem Innern tobte.

»Verdammt!«, fluchte er und verschränkte die Arme vor der Brust, um nicht ganz die Kontrolle zu verlieren.

Er wusste, dass es falsch gewesen war, Kate zu verschweigen, dass er das Apartment behalten hatte. Aber es war auch falsch von ihr, ihm zu unterstellen, er hätte es gar nicht ernsthaft versuchen wollen.

Sein Blick fiel auf Ralphs Porträt über dem Kamin, und er versuchte, irgendein Gefühl in sich zu finden, das den Gedanken an die Sinnlosigkeit seiner Mühe vertrieb. Aber es gelang ihm nicht. Er war einfach nicht gemacht für die Aufgabe, die sein Vater ihm anvertraut hatte. Verband ihn überhaupt etwas mit dem Mann, der ihn gezeugt hatte? Oder mit diesem Haus, mit den Menschen, die hier lebten? War das alles nicht nur Wunschdenken gewesen? Er war kein Camden, und er hatte es so satt, darum zu kämpfen, einer zu sein.

Enttäuschung stieg ihm bitter in die Kehle. Er hatte wirklich geglaubt, dass er hier etwas finden würde, das ihm gefehlt hatte. Etwas, das seinem Leben einen neuen Sinn gab. Aber der Aufenthalt auf Daringham Hall war kein Gewinn für ihn. Im Gegenteil. Er kostete ihn nur viel, nicht nur in finanzieller Hinsicht. Und er schmerzte. War es da ein Wunder, wenn er zögerte, auch noch das Letzte zu geben, das ihn mit seinem alten Leben verband?

Ben schloss die Augen und sah Kates Gesicht vor sich, den Zorn und die Enttäuschung in ihren Augen. Sie gehörte hierher, aber er nicht, und sie würden immer wieder daran scheitern, dass sich dieser Graben nicht schließen ließ. Also war es vielleicht besser, jetzt auszusteigen. Keine Gefühle mehr zu investieren. So hatte er es sein Leben lang gemacht, und vielleicht war das auch jetzt seine einzige Rettung.

»Ben?« Sir Rupert stand im Türrahmen und klopfte vorsichtig an die Tür, die Kate nicht geschlossen hatte. Sein Blick fiel auf die Scherben im Kamin. »Ist alles in Ordnung?«

Sorge zeichnete sich auf seinem Gesicht ab, aber Ben konnte den alten Baronet nicht schonen. Denn auch in diesem Punkt hatte Kate recht: Er musste ehrlich sein. Alles andere funktionierte nicht.

»Ich muss mit dir reden«, sagte er und deutete auf den Stuhl vor dem Schreibtisch, auf den Rupert sich nach kurzem Zögern setzte, während Ben selbst den Schreibtisch umrundete und dahinter Platz nahm.

Er hätte seinen Großvater auch einladen können, sich in einen der beiden Sessel am Fenster zu setzen, aber das, was er mit ihm zu besprechen hatte, würde kein gemütlicher Plausch werden. Und es fiel ihm leichter mit dem Schreibtisch zwischen ihnen, der deutlich machte, was sie verband. Ein Geschäft. Mehr nicht.

Bens Blick fiel noch einmal auf Ralphs Porträt über dem Kamin, und er spürte einen Stich, als ihm klar wurde, dass er das milde Lächeln seines Vaters niemals wirklich würde deuten können. Aber das spielte jetzt auch keine Rolle mehr.

Er wandte sich Sir Rupert zu und holte tief Luft.

»Ich gebe auf«, sagte er ohne Umschweife. »Ich kann nicht mehr.«

19

»Ben ist schon abgereist?« Ivy setzte sich neben Kate an den großen Esstisch in der Küche des Herrenhauses. Auf ihrem Gesicht stand ein fassungsloser Ausdruck, und Kate kämpfte erneut mit den Tränen.

»Vor einer guten Stunde«, bestätigte sie und überlegte, ob Ivy ihm auf der Autobahn vielleicht sogar begegnet war. Sie mussten aneinander vorbeigefahren sein – die eine auf dem Weg von London nach Daringham Hall, der andere im Bentley und mit Kirkby am Steuer unterwegs in die entgegengesetzte Richtung. Dabei war Ivy extra gekommen, weil sie von Bens Plänen gehört hatte und zwischen ihm und der Familie vermitteln wollte. Aber dafür war es schon zu spät. Ben hatte fast überhastet seine Sachen gepackt und war Peter und Tilly nach New York gefolgt.

»Er gibt also auf?«, fragte Ivy.

Kate nickte beklommen, immer noch schockiert über die Tatsache, wie schnell das alles gegangen war.

»Und jetzt?« Ivy lehnte sich auf ihrem Stuhl zurück. »Was passiert mit Daringham Hall?«

Kate zuckte mit den Schultern. »Ben hat Sir Rupert gesagt, dass es ein Kaufangebot für das Gut gibt und dass er überlegt, es anzunehmen. Aber er wartet noch, um der Familie Gelegenheit zu geben, nach einer anderen Lösung zu suchen. Er möchte, dass die Camdens Daringham Hall behalten können, sagt er.«

Ivy schnaubte. »Und wie soll das gehen? Wir haben doch kein Geld, um es von Ben zurückzukaufen. Oder?«

»Nein«, bestätigte Kate müde. »Aber vielleicht gibt es ja noch irgendeine andere Möglichkeit.«

Ihr fiel jedoch keine ein, weil ihr Kopf wie leergefegt war. Sie schaffte es nicht, weiter zu denken als bis zu dem Punkt, dass Ben nicht mehr da war. Und zum ersten Mal wurde ihr klar, dass das Haus, das ihr immer so viel bedeutet hatte, gar nicht wichtig war, wenn darin die Menschen fehlten, die sie liebte. Es zerbrach alles um sie herum, und sie fand keinen Halt mehr. Ohne Ben ergab das alles keinen Sinn. Was sollte sie hier, wenn er nicht bei ihr war?

»Vielleicht kommt er zurück«, meinte Ivy hoffnungsvoll. »Er ist so überstürzt gegangen, es kann doch sein, dass er es sich noch mal anders überlegt.«

Kate dachte an den Gesichtsausdruck, mit dem Ben sich von ihr verabschiedet hatte, und schüttelte traurig den Kopf. »Das glaube ich nicht«, sagte sie.

»Nicht weinen, Katie. Das wird sich bestimmt alles finden.« Ivy legte ihre Hand auf Kates Arm, und Kate merkte erst durch den besorgten Blick ihrer Freundin, dass sie schon wieder Tränen in den Augen hatte. Sie hätte sich gerne fallen und von Ivy trösten lassen, doch in diesem Moment stürmte Olivia in die Küche.

»Ist es wahr, dass Kirkby Ben zum Flughafen fährt?«, fragte sie. Ihre Stimme klang jedoch nicht triumphierend, wie Kate es eigentlich erwartet hatte, sondern eher panisch. Als Kate nickte, ließ sie sich sichtlich erschüttert auf einen Stuhl sinken.

»Aber ... Das geht nicht. Ich wollte ihm doch noch ...« Sie brach ab.

»Was?«, fragte Ivy.

»Ach nichts«, erwiderte Olivia ausweichend. »Ich … wundere mich nur, dass er es plötzlich so eilig hatte.«

Kate schluckte gegen den Kloß an, der immer noch in ihrem Hals saß. Ja, dachte sie, immer noch nicht sicher, wie sie Bens überstürzte Abreise deuten sollte. Einerseits passte es zu ihm. Wenn er einen Entschluss fasste, dann fackelte er nicht lange, sondern setzte ihn um. Aber diesmal hatte sein Aufbruch sehr überhastet gewirkt. Selbst Tilly und Peter, die kurz vor Ben abgeflogen waren, hatte sein Sinneswandel überrascht. Es wirkte fast wie eine Flucht, und vielleicht war es das ja auch. Kate spürte, wie ihr Herz sich erneut zusammenzog. Hastig senkte sie den Kopf und starrte auf die Tischplatte, um sich wieder zu fassen. Als sie aufblickte, betrat gerade Claire die Küche.

»Ivy! Du bist ja schon zurück!«, begrüßte sie ihre Tochter und strich Kate tröstend über den Arm, weil sie ihr vermutlich ansah, wie schlecht es ihr ging. »Ich mache uns einen Tee, ja? Ich denke, den können wir jetzt alle gebrauchen.«

»Wo ist Dad?«, wollte Ivy wissen.

»Er hat eine Besprechung mit deinem Grandpa und Timothy«, berichtete Claire, während sie die Teekanne vorbereitete. »Sie überlegen, was wir jetzt tun sollen. Aber James sagt, es sieht nicht gut aus.«

»Von wem kommt denn das Kaufangebot, das Ben erhalten hat?«, erkundigte sich Ivy.

»Das wollte Ben mir nicht sagen«, antwortete Sir Rupert, der in diesem Moment zusammen mit James und Timothy ebenfalls in die Küche kam. Er ließ sich schwer auf einen der Küchenstühle fallen. »Ich fürchte allerdings, dass es Lewis Barton ist.«

»Barton?«, kreischte Ivy schockiert und blickte von einem zum anderen. »Aber Ben kann Daringham Hall doch nicht an diesen Kerl verkaufen!«

»Das möchte er ja offenbar auch nicht. Deshalb gibt er uns Zeit, eine andere Lösung zu finden«, erwiderte Sir Rupert, doch er klang niedergeschlagen.

Er suchte Kates Blick, und sie hielt der Trauer, die sie in seinen Augen sah, nur mühsam stand. Sie wusste, dass der alte Baronet in den letzten zwei Tagen alles versucht hatte, um Ben zum Bleiben zu bewegen. Er war sogar bei ihr gewesen und hatte sie gebeten, noch einmal mit seinem Enkel zu sprechen, doch das hatte Kate abgelehnt. Es war Bens Entscheidung, und sie wollte keinen Einfluss mehr auf ihn nehmen. Das stand ihr nicht zu, jedenfalls nicht mehr, und deshalb konnte sie auch nichts tun, um zu verhindern, was Daringham Hall jetzt vielleicht drohte.

Bei Timothy, der sich ebenfalls an den Tisch setzte, schien die Freude über Bens Abreise auch längst nicht so groß zu sein, wie man es hätte vermuten können. Kate fand, dass er eher grimmig aussah, und auch James wirkte niedergeschlagen und bedrückt.

»Und ist euch schon eine Lösung eingefallen?«, fragte Claire, während sie das kochende Wasser aus dem Wasserkessel in die Teekanne laufen ließ. »Was können wir denn tun?«

Die drei Männer schwiegen für einen langen Moment, weil die Antwort auf die Frage offenbar nicht leicht war.

»Die Bank leiht uns definitiv kein Geld mehr«, meinte Timothy schließlich. »Also werden wir versuchen müssen, private Geldgeber zu gewinnen.«

Er sah Olivia an, doch sie hob die Hände, weil sie die Frage hinter seinem Blick erahnte. »Mein gesamtes Erbe steckt bereits in Daringham Hall«, sagte sie. »Und mein Bruder hat Ralph schon vor Jahren erklärt, dass er uns finanziell nicht unterstützen kann.«

»Dann denk darüber nach, wen wir noch fragen können«, meinte Timothy. Der Gedanke, Freunde und Bekannte anpumpen zu müssen, war ihm sichtlich zuwider, aber er gab sich kämpferisch. »Wenn wir Glück haben, reicht es für eine Art Zwischenfinanzierung. Wir könnten Ben einen Teil zurückzahlen und erst mal weitermachen, und sobald Daringham Hall sich erholt hat und wieder Geld reinkommt, erhält er den Rest.«

Sein Vorschlag löste keine Begeisterungsstürme aus, denn Kate sah nur Ratlosigkeit auf den Gesichtern.

»Funktioniert es denn überhaupt ohne Ben?«, fragte Olivia in die entstandene Stille, und als alle sie anstarrten, zuckte sie mit den Schultern. »Ich meine ja nur. Wie soll Daringham Hall sich denn erholen, wenn er nicht da ist, um das Ganze zu organisieren? Ohne ihn kommt das Gut doch niemals auf die Beine.«

»Aber wir müssen seine Entscheidung akzeptieren«, meinte Sir Rupert. »Er hat unglaublich viel für uns getan. Dafür sollten wir dankbar sein, anstatt uns zu beklagen.«

Timothy schnalzte unzufrieden. »Dankbarkeit löst unser Problem aber nicht«, sagte er, und Kate war seine Selbstgerechtigkeit plötzlich so zuwider, dass ihr der Kragen platzte.

»Aber ein bisschen mehr Dankbarkeit hätte das Problem vielleicht verhindert!«, fuhr sie ihn an, weil der Schmerz in ihrem Innern plötzlich ein Ventil brauchte. »Du warst doch bis jetzt nicht eine Sekunde dankbar für das, was Ben für euch getan hat, sondern hast ihm ständig nur Vorhaltungen gemacht. Du wusstest alles besser und warst mit keiner seiner Ideen zufrieden. Du wolltest doch gar nicht, dass er es schafft. Und du auch nicht!« Sie blickte Olivia an. »Ihr habt ihn bekämpft, anstatt ihn zu unterstützen. Er hat versucht zu helfen, und er hat unglaublich viel für das Gut und für euch riskiert. Und statt das anzuerkennen, habt ihr ihn ständig nur angegriffen. Eigentlich ist es ein Wunder, dass er nicht schon viel früher gegangen ist!«

Ihre Worte wirkten, denn Timothy blickte sie betroffen an, und auch Olivia sah plötzlich sehr schuldbewusst aus. Aber es verschaffte Kate keine Befriedigung. Es gab nichts, was sie trösten konnte, und sie hielt es plötzlich nicht mehr aus, hier zu sein. Olivia hatte nämlich tatsächlich recht gehabt mit dem, was sie Kate bei ihrem Streit in der großen Halle an den Kopf geworfen hatte. Wenn Ben nicht mehr da war, dann gab es für Kate keinen Grund, auf Daringham Hall zu bleiben.

»Ich werde auch gehen«, sagte sie. »Ich packe nur schnell meine Sachen.«

»Kate!«, rief Claire ihr hinterher, aber Kate war schon aufgesprungen und aus der Küche gelaufen. Der Schmerz, der sie seit ihrem Streit mit Ben quälte, fraß sich weiter unbarmherzig durch ihre Brust, trennte sie von den Camdens. Für die Familie war Bens Weggang nicht leicht, aber sie würden damit zurechtkommen. In Kates Leben dagegen riss er eine riesige Wunde, die jetzt erst wirklich zu bluten begann.

Tränenblind stürzte sie die Treppe hinauf bis in ihr Schlafzimmer – und blieb abrupt stehen, als sie Bens leeren Nachttisch sah. Der Laptop, mit dem er immer im Bett noch gearbeitet hatte, fehlte, genau wie seine Bücher, und es hing auch kein Hemd mehr am Schrank, so wie sonst immer. Alle seine Sachen waren weg, und selbst wenn es nicht viele gewesen waren, konnte Kate die Lücken, die sie hinterlassen hatten, deutlich spüren. Hilflos sank sie aufs Bett und starrte ins Leere.

Sie hatte Ben seit ihrem Streit kaum noch gesehen. Nur einmal war er zu ihr gekommen, aber nicht, wie sie gehofft hatte, um ihr zu versichern, dass er ihre Beziehung nicht aufgeben wollte. Nein, er hatte ihr lediglich mitgeteilt, dass er tatsächlich abreisen würde. Fast emotionslos hatte er es gesagt, als sei er froh darüber, etwas zu beenden, das ihn offenbar nur noch belastete. Er hatte auch nicht mehr bei ihr geschlafen, sondern in einem der Gästezimmer, was die Trennung für Kate schon fühlbar gemacht hatte.

Es tut mir leid. Mit diesen Worten hatte er sich eben von ihr verabschiedet. Ohne Umarmung und ohne ihr auch nur die Hand zu schütteln. Kate schloss die Augen, und die Tränen flossen über, liefen heiß ihre Wangen hinunter. Es ist besser so, sagte sie sich zum hunderttausendsten Mal. Es hatte keinen Zweck, eine Beziehung zu führen, wenn sie nicht beide bereit waren, sich voll und ganz darauf einzulassen. Ihrem Herzen waren die Gründe allerdings vollkommen egal, es vermisste Ben einfach nur und wollte ihn zurückhaben. Dabei war er gerade erst eine Stunde weg …

»Katie?« Beim Klang von Ivys Stimme fuhr Kate herum. Ivy setzte sich neben sie auf das Bett. »Du musst nicht gehen«, sagte sie und blickte Kate fast flehend an. »Du kannst sehr gerne bleiben.«

Kate schüttelte den Kopf. Sie wusste, dass Ivy es ehrlich meinte und sicher auch im Namen ihrer Mutter sprach. Für Claire war Kate immer mehr als nur die Freundin ihrer Tochter gewesen, deshalb war dieser Vorschlag kein höflicher Trost. Aber es ging trotzdem nicht.

»Ich kann nicht, Ivy«, sagte sie traurig und blickte sich im Zimmer um. »Das würde ich nicht aushalten.«

»Und wo willst du hin?«

Das hatte Kate sich auch gefragt, aber die Lösung war vermutlich ganz einfach. »Ich ziehe erst mal zurück ins Cottage. Dr. Sandhurst hat bestimmt nichts dagegen.«

Der alte Tierarzt, dem das Häuschen gehörte, hatte nach Kates Auszug noch keinen neuen Mieter gefunden und würde sich sicher freuen, wenn sie wieder einzog, zumal ein Großteil ihrer Sachen ohnehin noch dort stand. Dann würde sie wieder direkt neben der Praxis wohnen und konnte sich in die Arbeit stürzen, um sich abzulenken.

»Ach, Katie«, sagte Ivy und öffnete die Arme, schloss sie um Kate. »Ich hätte mir so gewünscht, dass es gut geht mit euch.«

Ich auch, dachte Kate verzweifelt und hielt die Tränen nicht mehr auf, während sie den Kopf an Ivys Schulter lehnte.

* * *

»Wir sind da«, verkündete Kirkby, als er den Bentley auf den Kurzzeitparkplätzen direkt vor dem Abflugterminal zum Stehen brachte. Es war das Erste, was er sagte, seit sie in Daringham Hall losgefahren waren, und Ben begegnete dem Blick des Butlers im Rückspiegel. »Soll ich Ihr Gepäck ausladen?«

Es war eine merkwürdige Frage, schließlich waren sie gekommen, weil Ben abreisen wollte. Aber er verstand, worauf der Butler anspielte. Als er kurz nach Ralphs Tod mit Kirkby hier gestanden hatte, war er im letzten Moment wieder umgekehrt. Doch das würde er dieses Mal nicht tun.

»Ja, bitte«, bestätigte er. Kirkby nickte und stieg aus, ohne eine Miene zu verziehen. Wie immer.

Nachdem Ben jedoch sein Gepäck an sich genommen hatte, entglitt dem Butler für einen kurzem Moment die stets perfekt kontrollierte Mimik, und Ben konnte Bedauern auf seinem Gesicht erkennen.

»Ich wünsche Ihnen eine gute Reise, Sir«, sagte er etwas steif. Aus einem Impuls heraus reichte Ben ihm die Hand, die Kirkby nach kurzem Zögern ergriff. Für einen Moment sahen sie sich an, und Ben spürte ein seltsames Ziehen im Magen, als ihm klar wurde, dass es möglicherweise ein Abschied für immer war.

»Danke«, presste er hervor. Dann ließ er Kirkbys Hand abrupt wieder los, nahm seine Tasche und seinen Koffer und ging in Richtung Eingang.

»Sir?« Kirkbys Ruf ließ ihn innehalten.

Er drehte sich noch einmal um und blickte zurück zu dem großen, bulligen Mann neben dem eleganten alten Wagen.

»Ich hole Sie gerne wieder ab, wenn Sie zurückkommen, Sir.«

Ben wusste nicht, was er darauf antworten sollte, doch offenbar erwartete der Butler auch gar keine Reaktion, sondern nickte ihm nur noch einmal zu und stieg wieder in den Wagen.

Wie versteinert stand Ben da und blickte dem Bentley nach, der sich in den Verkehr einfädelte und nach kurzer Zeit aus seinem Blickfeld verschwand. Dann drehte er sich um, ging in die Abflughalle und hielt zielstrebig auf die Schalter der Airline zu.

Sein Entschluss war richtig, auch wenn es sich jetzt gerade komplett falsch anfühlte. Er hatte alles versucht, aber es hatte nicht gereicht. Was er machte, war deshalb nur konsequent. Warum sollte er bleiben, wenn er wusste, dass es keinen Zweck hatte? Es war besser, zu gehen und in die Welt zurückzukehren, in der er sich auskannte und nach seinen Regeln spielen konnte. Wenn er erst wieder in New York war, dann würde es vielleicht auch nicht mehr so wehtun. Er konnte dort neu anfangen, sobald die Sache mit Daringham Hall abgewickelt war. Es würde sich eine Lösung finden, so oder so, und dann konnte er das alles hier hinter sich lassen und vergessen.

Er dachte an Kates Gesicht, an den verzweifelten Ausdruck in ihren Augen, als er sich von ihr verabschiedet hatte.

Vergessen, erinnerte er sich. Er musste das einfach vergessen. Und wenn er erst in New York war, gelang ihm das sicher auch.

20

»Hey, hörst du mir überhaupt zu?«, fragte Drake mit etwas lauterer Stimme als zuvor, und David merkte jetzt erst, dass sein Vater mit ihm sprach.

»Entschuldige, ich dachte, du telefonierst«, sagte er, und das hätte auch durchaus sein können. Drake nahm gefühlt alle zwei Minuten ein Gespräch entgegen oder musste irgendjemanden anrufen. Und weil er für David einen zweiten Schreibtisch in sein Büro gestellt hatte, um die Kommunikation zu erleichtern und damit David möglichst viel über die Führung eines Spielhallen-Imperiums wie »Drake's Den« lernen konnte, hörte David zwangsläufig die ganze Zeit mit. Oder auch nicht, denn heute blendete er die Gespräche meistens aus. »Was hast du gesagt?«

Drake runzelte die Stirn. »Ich habe dich gefragt, ob du dir die Unterlagen für die nächste Werbeaktion schon angesehen hast.«

»Die Werbeaktion, ja, genau«, wiederholte David und nahm die entsprechende Mappe aus einem der Ablagefächer. »Hier ist die Kalkulation.«

Das schien Drake als Antwort jedoch nicht zu reichen, denn er hob fragend die Augenbrauen. »Und? Denkst du, es lohnt sich?«

Hastig überflog David noch einmal die einzelnen Punkte. Es war keine besonders teure Maßnahme, und die Vergleichszahlen, die er dazu gesehen hatte, deuteten darauf hin, dass sie durchaus Wirkung zeigte. Deshalb nickte er. »Ja, auf jeden Fall. Du solltest überlegen, diese Art von Aktion regelmäßig zu buchen. Alle paar Wochen. Ich denke, das würde sich auszahlen.«

»Genau das hatte ich vor«, meinte Drake, sichtlich zufrieden, aber es fiel David schwer, sein Lächeln zu erwidern – eine Tatsache, die seinem Vater nicht entging. »Alles in Ordnung mit dir?«

»Was? Ja, ja. Ich ... hab nur letzte Nacht nicht so gut geschlafen«, erklärte David. Er schlief in letzter Zeit selten gut, wälzte sich stattdessen stundenlang im Bett und versuchte, nicht an Anna zu denken. Aber das brauchte Drake nicht zu wissen.

»Ach so.« Drake schien von Davids Erklärung nicht ganz überzeugt zu sein. Er ließ das Thema zwar ruhen, aber er betrachtete David nachdenklich, und wie schon häufig in den vergangenen vier Wochen hatte David das Gefühl, in einen Spiegel zu schauen.

Sein Vater war zwar immer förmlicher gekleidet als er selbst und trug im Büro grundsätzlich einen Anzug, während David es bei Jeans und Hemd beließ. Aber ansonsten machte alles – ihr Lachen, ihre Mimik und sogar ihre Gangart – ihr Verwandtschaftsverhältnis mehr als deutlich. Sie wurden auch häufig darauf angesprochen, und wenn Drake den Leuten erklärte, dass David sein Sohn war, dann schwang Stolz in seiner Stimme mit. Er war zufrieden damit, wie ihr Experiment bis jetzt verlief, das sagte er David immer wieder, und David kam auch gut klar mit den Aufgaben, die er zu erledigen hatte. Und trotzdem ...

David wusste selbst nicht, wieso er sich so unwohl fühlte. Er verstand sich gut mit Drake, und ihr Verhältnis wurde langsam vertrauter. In einigen Dingen, die typisch für Drake waren, fand David sich sogar wieder. Ihre Ordnungsliebe zum Beispiel teilten sie, genauso wie die Verlässlichkeit, mit der sie Dinge erledigten. Außerdem bewunderte er, wie weitsichtig und geschickt Drake sein Unternehmen leitete. Er war ein Geschäftsmann mit Leib und Seele und liebte seine Arbeit, steckte seine gesamte Energie in jedes Detail, in jede Überlegung. Aber er lebte eben auch nur dafür, vielleicht weil er keine Familie hatte. Seine Eltern waren schon seit einigen Jahren tot, Geschwister hatte er keine, und die Leute, die er zu seinen Freunden zählte, waren alle mehr oder weniger eng mit der Firma verbunden. Auch bei privaten Treffen ging es daher fast immer ums Geschäft, doch das reichte Drake offenbar, er schien nichts zu vermissen.

David dagegen vermisste alles. Seine Familie. Daringham Hall. Und Anna. Vor allem Anna. Ständig musste er an sie denken, und seit dem Telefonat heute kam er überhaupt nicht mehr zur Ruhe …

»Was ist mit dem Schreiben an *Shepard Constructions*? Das Angebot, das sie uns für die Bestuhlung des neuen Ladens in Southampton geschickt haben, war ziemlich gut«, meinte Drake und hob fragend die Augenbrauen. »Hast du es schon bestätigt?«

»Oh, verdammt!« Hitze schoss in Davids Wangen, als ihm einfiel, dass er das heute Morgen hatte erledigen wollen. »Ich kümmere mich sofort darum«, versprach er und suchte bereits nach den entsprechenden Unterlagen.

»Du hast es vergessen?« Drake schüttelte den Kopf. »Du hast wirklich nicht gut geschlafen, oder?«

David wand sich unter seinem irritierten Blick und war dankbar, als Drakes Handy klingelte und ihn ablenkte.

Pflichtbewusst versuchte er, sich auf das Bestätigungsschreiben zu konzentrieren, doch seine Gedanken schweiften schon nach ein paar Minuten wieder ab, und er starrte auf den Computerbildschirm, ohne wirklich etwas zu sehen.

Er hätte nicht auf Daringham Hall anrufen sollen. Das war ein Fehler gewesen. Normalerweise tat er das bewusst nicht, sondern telefonierte direkt mit seiner Mutter, wenn er sich erkundigen wollte, was auf dem Gut los war. So fühlte er sich sicherer, weil dann nicht die Gefahr bestand, dass er Claire oder James am Apparat hatte und in Versuchung geriet, sich nach Anna zu erkundigen. Diese Fragen hatte er sich selbst verboten, schließlich war das der Sinn ihrer Trennung gewesen: dass Anna wieder tun konnte, was sie wollte, und er auch. Dass sie sich nichts mehr schuldig waren. Und das schien Anna auch so zu sehen, denn seit ihrem Streit hatte sie sich nicht mehr bei ihm gemeldet. Kein Anruf, keine Nachricht. Nichts. Sie hatte ihn aus ihrem Leben gestrichen, und er versuchte, das zu respektieren.

Aber nur zu wissen, dass sie in Frankreich war, und nicht, wie es ihr ging, trieb ihn langsam, aber sicher in den Wahnsinn. Und heute hatte er es einfach nicht mehr ausgehalten und doch die Nummer des Herrenhauses gewählt. Annas ältere Schwester Zoe hatte sich gemeldet, und das hatte David wirklich erstaunt. In den letzten Monaten war Zoe nämlich kaum auf Daringham Hall gewesen. Sie studierte nach einem längeren Ferienkurs an der Pariser Sorbonne im letzten Sommer zwar eigentlich in Manchester, aber Frankreich hatte es ihr so angetan, dass sie noch ein Gastsemester in Toulouse dazwischengeschoben hatte. Es war jedoch gerade beendet, wie sie David erzählte, und auf dem Rückweg nach England war sie in Annas französischem Internat vorbeigefahren.

Anna geht es großartig. Sie hat jede Menge neue Freunde gefunden und überlegt sogar, noch etwas länger zu bleiben. Ich kann sie gut verstehen.

Schon seit Stunden drehten sich Zoes Worte als Endlosschleife in Davids Kopf, und er wurde die Bilder nicht los, die er mit der Information verknüpfte. Anna im Kreis ihrer französischen Freunde. Anna Hand in Hand mit einem Franzosen, den sie strahlend anlächelte …

»David? Was ist jetzt mit dem Schreiben? Bist du fertig?«

Drakes Stimme riss David aus seinen Gedanken. Sein Vater telefonierte nicht mehr, sondern musterte ihn aufmerksam.

»Du bist heute nicht bei der Sache«, stellte er fest und runzelte die Stirn. »Geht es um die Kleine? Anna heißt sie, oder?«

David schluckte und ärgerte sich einen Moment darüber, dass er seine Gefühle für Anna seinem Vater gegenüber überhaupt erwähnt hatte. Er hatte die ganze komplizierte Geschichte eigentlich für sich behalten wollen, aber irgendwann war er schwach geworden, weil es so gutgetan hatte, Annas Namen auszusprechen. Und auf den zweiten Blick war es vielleicht auch gar keine schlechte Idee gewesen. Es fühlte sich zwar immer noch komisch an, etwas so Privates mit jemandem zu teilen, der ihm eigentlich noch sehr fremd war. Aber es ist auch ein Anfang, dachte er. Und weh tat es ohnehin, egal ob er darüber sprach oder nicht. Deshalb zuckte er mit den Schultern.

»Ich glaube, sie will endgültig nichts mehr von mir wissen.«

»Hm. Das … tut mir leid.« Drake schien nicht recht zu wissen, was er dazu sagen sollte, aber das war David lieber als irgendein guter Ratschlag. Davon hatte sein Vater als überzeugter Single vermutlich auch nicht viele parat. Zumindest gab er sich Mühe, Verständnis zu zeigen, und das wusste David zu schätzen.

Für einen Moment schwiegen sie beide, dann erhob sich Drake.

»Na los, du kannst mich auf meiner Runde begleiten. Das Schreiben an Shepard Constructions hat auch noch ein bisschen Zeit.«

Ehrlich überrascht und erleichtert folgte David ihm zur Tür und die Treppe hinunter in die Spielhalle. Er ging gerne mit auf diese Inspektionsgänge durch den Laden, die Drake mehrmals am Tag machte. »Am Kunden dran bleiben«, nannte sein Vater das, und es war nicht nur sehr viel interessanter als der nicht enden wollende Papierkram, sondern David heute auch als Ablenkung besonders willkommen. Alles war besser, als weiter am Schreibtisch zu sitzen und zu versuchen, nicht an Anna zu denken.

Die Treppe endete an einer Tür, von der aus man hinter die Bar gelangte. Die Bedienung, eine rothaarige Frau mit einem Nasenpiercing, nickte ihnen zu, als sie herauskamen.

»Na, Anita, wie sieht es aus?«, erkundigte sich Drake und ließ wie David den Blick durch den Laden gleiten.

Der weitläufige Raum war – wie für einen Montagnachmittag üblich – zwar gut besucht, aber nicht so gerammelt voll wie manchmal an den Wochenenden. Die Plätze an der Bar waren gefüllt, und auch vor den Automaten und an den Billardtischen und Dartspielen standen Leute, teilweise in Gruppen. Die immer gleichen Melodien der Automaten übertönten das Stimmengewirr und die Musik, die halblaut im Hintergrund lief, und David beneidete Anita nicht, die das stundenlang ertragen musste. Es nervte sie, das hatte sie ihm gegenüber schon mal zugegeben, aber jetzt achtete sie gar nicht darauf, sondern starrte aufmerksam zu einigen Männern hinüber, die etwas weiter entfernt bei Carl standen und offenbar mit ihm stritten.

»Ich weiß nicht, Mr Sullivan«, sagte sie und deutete mit dem Kinn auf die Gruppe. »Ich glaube, da vorne gibt es Ärger.«

David sah jetzt genauer hin und erkannte, dass es drei Männer waren, die sich drohend vor Drakes breitschultrigem Sicherheitschef aufgebaut hatten.

»Die Kerle sind schon seit mehr als zwei Stunden hier und haben die ganze Zeit an der Bar gesessen und getrunken. Unangenehme Typen, Sie kennen das ja«, meinte Anita zu Drake. »Am Ende wurden sie laut und den anderen Gästen gegenüber ausfallend. Also habe ich Carl gerufen. Er hat sie aufgefordert zu gehen, aber sie weigern sich. Ich glaube, sie suchen Streit.«

Drake war um die Bar herumgegangen, um einen besseren Blick auf die Männer zu haben. David folgte ihm und bemerkte, dass einer von ihnen stark schwankte.

»Die sind ja ziemlich betrunken«, meinte er und fand sie gleich ein bisschen weniger bedrohlich. Doch da täuschte er sich, denn einer der Männer stieß Carl plötzlich heftig gegen den Brustkorb.

»Ruf die Polizei«, meinte Drake zu Anita und ging noch ein Stück auf die Gruppe zu. Nach ein paar Schritten blieb er jedoch wieder stehen und hielt David am Arm fest, hinderte ihn daran weiterzugehen.

»Was ist?« Irritiert sah David ihn an. »Wir müssen zu Carl und ihm helfen.«

»Nein, es schafft das allein«, versicherte ihm Drake. »Wir stören ihn nur, wenn wir uns einmischen.«

David starrte ihn an. Er wusste zwar, dass der durchtrainierte Carl Armeeveteran war und lange als Personenschützer gearbeitet hatte. Aber reichte das aus gegen so eine Übermacht?

»Die Typen sind zu dritt!«, wandte er ein, doch auch das Argument ließ Drake nicht gelten.

»Er ist schon mit mehr fertiggeworden, glaub mir.«

»Und wieso hast du dann die Polizei gerufen?«, fragte David anklagend.

»Weil es besser ist, wenn sie die Kerle anschließend gleich mitnehmen«, erklärte Drake. »Das ist weniger störend für die Gäst... David, nein!«

David hatte sich von Drake losgemacht und ging weiter. Ganz egal, was sein Vater für Argumente hatte, er konnte nicht tatenlos zusehen, wie die Männer Carl jetzt immer mehr einkreisten. Sie stritten lautstark mit ihm, was inzwischen auch die Aufmerksamkeit der anderen Gäste erregt hatte.

Als David näher kam, erkannte er jedoch, dass Carl nicht ganz so hilflos war, wie es von der Bar aus gewirkt hatte. Er hatte einen der drei, einen bärtigen, stark tätowierten Muskelmann, am Arm gepackt und hielt die anderen beiden Streithähne mit scharfen Blicken in Schach.

»Nein, das kriegen Sie ganz sicher nicht«, sagte er gerade mit eisiger Stimme zu dem Bärtigen. »Und jetzt verlassen Sie unseren Laden. Und zwar ein bisschen plötzlich.«

»'n Scheiß werden wir tun. Wir wollen unser Geld zurück!«, erwiderte der Bärtige schwankend. Er war wirklich sehr betrunken, und seine beiden Kumpel, ein Rothaariger und einer, der höchstens so alt war wie David, standen ihm in dieser Hinsicht in nichts nach. Lauthals stimmten sie in den Protest des Bärtigen mit ein.

»Ihr habt uns betrogen.«

»Ja. Und wir gehen nicht, bevor wir die Kohle nicht wiederha'm.«

Drohend traten sie noch weiter auf Carl zu, aber Carl war schneller. Er drehte dem Bärtigen den Arm auf den Rücken, und zwar so blitzartig, dass David die Bewegung kaum wahrnahm. Der Bärtige schrie auf und ging zu Boden, was die beiden anderen veranlasste, sich sofort auf Carl zu stürzen. Er wich ihren Schlägen jedoch geschickt aus, und es gelang ihm, den jungen Kerl mit einem gezielten Handkantenschlag zu Boden zu schicken. Dann versetzte er dem Rothaarigen einen Kinnhaken. Der war jedoch härter im Nehmen als sein Kumpel und blieb auf den Beinen.

»Na warte, du Schwein!«, schrie der Mann, und David sah voller Entsetzen, wie er in seine Gesäßtasche griff und ein Klappmesser herauszog. Die Klinge blitzte im Licht auf.

»Carl, pass auf!«, schrie er, weil Carl gerade wieder mit dem Bärtigen beschäftigt war, der sich aufgerappelt hatte und wieder angriff.

»David, nein! Halt dich da raus!«, rief Drake, der David gefolgt war. Er wollte ihn festhalten, doch David schüttelte ihn erneut ab. Mit wenigen Schritten war er bei den Männern und stellte sich dem Rothaarigen in den Weg.

»Legen Sie das Messer weg, Sir!«, sagte er mit fester Stimme. Der Mann fixierte ihn jedoch nur mit einem wütenden, sehr glasigen Blick – und ging dann ohne Vorwarnung auf David los.

»Aus dem Weg, du kleiner Wichser!«, schrie er und packte David am Arm, riss die Hand mit dem Messer hoch.

David war vor Schreck wie gelähmt, sah die Klinge aufblitzen.

»David!« Carl tauchte plötzlich neben ihm auf und warf

sich zwischen ihn und den Rothaarigen. Er versetzte David einen kräftigen Stoß, brachte ihn außer Reichweite des Messers.

Noch völlig schockiert stolperte David nach hinten und sah, wie Carl jetzt versuchte, dem Angriff des Rothaarigen auszuweichen. Er drehte sich weg, doch er schaffte es nicht ganz, denn die Klinge streifte seinen Arm, zerschnitt den Stoff seines Hemdes. Carl hielt jedoch nicht inne, sondern entwand dem Mann das Messer und versetzte ihm einen Kinnhaken, der ihn endgültig zu Boden gehen ließ. Dann schaltete er auch noch den Bärtigen mit einem gezielten Treffer in den Bauch aus. Erst dann griff er sich an den Arm, und David, der gehofft hatte, es wäre vielleicht nicht so schlimm, sah das viele Blut, das den Hemdstoff durchtränkte.

»Carl!«, rief er und wollte zu ihm laufen, doch Drake kam ihm zuvor, führte Carl zu einem Sofa. Draußen war Sirenengeheul zu hören.

»Geh den Beamten entgegen«, befahl Drake David barsch. »Und falls noch kein Krankenwagen da ist, sag ihnen, sie sollen einen schicken!«

David starrte immer noch auf Carls blutenden Arm und sein schmerzverzerrtes Gesicht. »Es tut mir leid«, sagte er, aber Drake machte nur eine ungeduldige Handbewegung.

»Nun geh schon«, knurrte er, und David sah den Vorwurf in seinem Blick, der sein schlechtes Gewissen noch verstärkte.

Bestürzt wandte er sich ab und lief den Polizisten entgegen, die gerade vor der Spielhalle eingetroffen waren.

21

Drake lenkte den schwarzen Hummer mit dem orangefarbenen »Drake's Den«-Logo auf den Türen direkt in die geöffnete Garage der Villa in Hampstead und schloss mithilfe der Fernbedienung alle Tore wieder. Dann stieg er aus und ging um das Auto herum, um Carl die Tür zu öffnen. David, der auf dem Rücksitz gesessen hatte, sprang ebenfalls aus dem Wagen, aber Carl, dem die viele Hilfe unangenehm war, winkte mit seinem gesunden Arm ab.

»Es geht schon«, versicherte er und verzog das Gesicht zu einem schiefen Lächeln. Er hatte Schmerzmittel bekommen im Krankenhaus, wo seine Wunde genäht worden war, und es schien ihm so weit wieder ganz gut zu gehen. Er hatte Glück gehabt, dass durch den Schnitt keine größeren Gefäße verletzt worden waren. Aber das änderte nichts daran, dass David sich furchtbar fühlte.

»Kann ich nicht noch irgendetwas tun?«, fragte er, während er den beiden anderen durch den Durchgang ins Haus folgte.

Carl schüttelte den Kopf und blieb im Flur an der Treppe stehen. »Ich würde mich gerne hinlegen, wenn es Sie nicht stört.«

»Machst du Witze! Natürlich legst du dich hin!«, erklärte Drake empört. »Und du wirst auch erst wieder arbeiten, wenn der Arzt sein Okay gibt. Verstanden?«

Carl nickte und stieg die Stufen hinunter in den Keller, wo sich sein kleines Einlieger-Apartment befand.

»Und wenn Sie irgendetwas brauchen, sagen Sie einfach Bescheid«, rief David ihm nach. Er war nicht sicher, ob Carl ihn gehört hatte, denn er antwortete nicht, sondern verschwand am Ende der Treppe.

»Carl kommt klar, David«, meinte Drake, und als David ihn ansah, erkannte er, dass der Vorwurf noch nicht ganz aus seinem Blick gewichen war. »Er braucht kein Kindermädchen.«

David schluckte und folgte Drake ins Wohnzimmer.

»Ich brauche jetzt erst mal einen Drink«, meinte sein Vater und hielt zielstrebig auf die Hausbar zu. Statt seines üblichen Gin Tonic schenkte er sich einen Cognac ein und kippte ihn pur.

David blieb unschlüssig in der Tür stehen. »Es tut mir leid«, sagte er noch mal. Er hatte es schon ungefähr hundert Mal im Krankenhaus gesagt, aber das hohle Gefühl wich trotzdem nicht aus seinem Bauch. »Ich hätte auf dich hören sollen.«

»Ja, verdammt, das hättest du«, erwiderte Drake scharf. »Das war dumm und leichtsinnig von dir!«

»Aber ich wollte helfen«, rechtfertigte David sich. »Ich konnte doch nicht wissen, dass …«

»Eben«, unterbrach ihn Drake. »Du konntest es nicht wissen. Du hast solche Situationen noch nicht erlebt. Ich schon und Carl auch. Er wäre allein mit den Männern fertiggeworden. Hättest du dich nicht eingemischt, wäre nichts passiert.«

David senkte schuldbewusst den Kopf. Diesen Tadel hatte er wirklich verdient, denn allein der Gedanke daran, dass das Messer Carl auch an einer anderen, vielleicht sogar lebenswichtigen Stelle hätte treffen können, verursachte ihm Übelkeit. Ganz davon abgesehen, dass David ganz sicher verletzt worden wäre, wenn Carl nicht eingegriffen hätte. Dann wäre er derjenige, der jetzt mit einem Verband im Bett lag. Oder Schlimmeres …

Und das alles nur, weil er geglaubt hatte, einem Mann zu Hilfe kommen zu müssen, der drei Angreifer gleichzeitig abwehren konnte. Carl hatte mit dem Messerangriff gerechnet. Er hatte David im Krankenhaus erzählt, dass er das Klappmesser schon in der Tasche des Rothaarigen bemerkt hatte, als er auf die Männer zugegangen war. Er war vorbereitet gewesen und hätte den Mann direkt entwaffnen können, wenn David nicht dazwischengegangen wäre.

Aber das war es nicht allein, was David fertigmachte, sondern auch die Tatsache, dass es überhaupt zu der Prügelei gekommen war. Diese plötzliche Explosion der Gewalt hatte ihn aufgewühlt und verunsichert, während Drake und Carl das ganz normal zu finden schienen.

Er atmete tief durch und stellte die Frage, die ihm schon die ganze Zeit im Kopf herumging. »Kommt so etwas oft vor?«

Drake zuckte mit den Schultern. »Nicht oft. Aber es kommt vor. Deshalb gibt es in allen anderen ›Drake's Den‹-Filialen ein mindestens drei Mann starkes Sicherheitsteam. Nur Carl arbeitet lieber allein, deshalb habe ich ihm niemanden zur Seite gestellt.« Er seufzte. »Möchtest du etwas essen? Ich kann uns was bestellen«, meinte er, jetzt weit weniger streng. Aber David lagen die Ereignisse des Nachmittags noch viel zu schwer im Magen, deshalb lehnte er dankend ab.

»Ich glaube, ich gehe nach oben. Wenn es dir nichts ausmacht?«

»Nein, geh nur«, versicherte ihm Drake und ließ sich mit seinem Glas in der Hand auf dem orangenen Sofa nieder.

Ohne ein weiteres Wort verließ David das Wohnzimmer und stieg die Treppe hoch in das Zimmer, das Drake ihm zur Verfügung gestellt hatte. Es lag unter dem Dach und war eigentlich eine abgeschlossene Wohnung, die aus einem großen Raum mit Bett, Schreibtisch und Sitzgruppe sowie einer Küchenzeile und einem angrenzenden Bad bestand.

Die Einrichtung war so modern wie der Rest des Hauses und der Raum meist lichtdurchflutet, aber während David auf das Bett zuging, gestand er sich ein, dass er es eigentlich nicht mochte. Das ganze Haus mit seiner kühlen, irgendwie distanzierten Atmosphäre gefiel ihm nicht, und das orangefarbene Couch-Monstrum unten im Wohnraum hasste er regelrecht. Ohne orange ging bei Drake gar nichts, die Farbe fand sich überall, und David fand sie einfach viel zu schrill. Er mochte es gedeckter. Stilvoller. Ihm lag dieser ganze coole Designerkram nicht. Und nicht nur das. Eigentlich lag ihm das alles generell überhaupt nicht.

Mit einem Stöhnen ließ er sich auf das Bett sinken und starrte auf das Dachfenster über ihm, das den Blick auf den Abendhimmel freigab. Vielleicht war es der Schock über die Ereignisse des Nachmittags, aber er hatte plötzlich das Gefühl, völlig fehl am Platz zu sein. Vielleicht war er das schon die ganze Zeit und hatte es nur verdrängt?

Er dachte an die Tage in der Spielhalle, die immer gleichen Bestellungen und Werbeaktionen, die Personalprobleme, die Standortprobleme, die Überlegungen zu Neuanschaffungen und zur Umgestaltung der Läden. Seit Wochen ging er das jeden Tag mit Drake durch und erledigte, was sein Vater ihm auftrug. Aber er tat es lustlos. Es machte ihm keinen Spaß, und das war eigentlich von Anfang an so gewesen. Ihm fehlte die Leidenschaft, die man bei Drake zu jeder Sekunde spürte, er konnte der Welt der Spielautomaten einfach nichts abgewinnen, im Gegenteil – es langweilte ihn. Ihm fehlte das, was immer schon *seine* Leidenschaft gewesen war: alte Dinge. Schöne Dinge. Antiquitäten und Bilder, die eine Geschichte hatten, die es zu entdecken galt.

Hier in dieser modernen Umgebung fühlte er sich fremd. Wie ein Fisch auf dem Trockenen. Er gehörte nicht hierher, und als er sich das endlich eingestehen konnte, sah er plötzlich, was er so lange nicht hatte sehen wollen.

Er war schon wieder dabei, in die Fußstapfen von jemand anderem zu treten, und diesmal führten sie auch noch in die falsche Richtung.

Er wollte keine Spielhallen-Kette leiten. Dann schon eher ein Gut wie Daringham Hall, weil er da wenigstens mit dem Herzen beteiligt war. Aber auch das war eigentlich nicht sein Ding. Seine Stärken lagen ganz woanders. Er blühte auf, wenn er sich mit der Herkunft von Sachen befassen konnte, mit ihrer historischen Bedeutung, ihrem Wert. Und er war gut darin, dieses Wissen zu vermitteln. Das war es, was ihm Spaß machte, und er musste endlich dazu stehen und sich selbst Ziele für sein Leben setzen, anstatt zu versuchen, die fertigen Ziele von anderen zu verfolgen. Nur dann hatte er die Chance, sein Glück zu finden.

Du bist doch nicht plötzlich ein anderer, David.

Das hatte Anna bei ihrem letzten Streit gesagt. Und es stimmte. Nicht er hatte sich verändert, sondern die Umstände … und das war sogar ein Glück, denn dadurch eröffnete sich ihm die Möglichkeit, etwas Eigenes mit seinem Leben anzufangen. Er brauchte keine Erwartungen mehr zu erfüllen, sondern konnte tun, was er wollte. Etwas, das wirklich zu ihm passte.

David spürte, wie ein schweres Gewicht von seiner Brust schwand – nur um ihn gleich darauf wieder niederzudrücken, als ihm klar wurde, wie teuer diese Erkenntnis erkauft war. Denn Anna, die er mehr liebte, als er ihr jemals würde sagen können, hatte er auf dem Weg hierher verloren. Wie hatte er sie nur wegschicken können?

Aber das lässt sich ja ändern, dachte David und setzte sich entschlossen wieder auf. Er würde sie zurückholen, jetzt gleich. Mit dem Auto konnte er in ein paar Stunden in Frankreich sein. Er würde mit Anna reden und ihr sagen, dass er sie dringender brauchte als die Luft zum Atmen. Dass er sie zurückhaben und nie mehr gehen lassen wollte. Und vielleicht, wenn er ganz viel Glück hatte, würde sie …

Es klopfte an der Tür, und Drake kam herein. Gut, dachte David. Dann konnte er seinem Vater seine Entscheidung gleich mitteilen.

»Drake, ich …«

»Da ist Besuch für dich«, unterbrach ihn Drake und trat zur Seite, um Anna durchzulassen.

»Hi«, sagte sie ein bisschen unsicherer, als David es von ihr kannte, und kam auf ihn zu.

22

»Anna!« David sprang auf und starrte ihr entgegen, für einen Moment sprachlos. Erst, als sie direkt vor ihm stand, konnte er wieder halbwegs denken und deutete auf das Sofa.

»Setz dich doch«, forderte er sie auf und nahm zögernd neben ihr Platz. »Was machst du hier?«

Er war immer noch so erschüttert, sie zu sehen, dass er den Blick unmöglich von ihr lösen konnte. Ihr Haar war ein Stück kürzer, ihr Gesicht blasser als sonst, und unter ihren Augen lagen Schatten. Doch er hatte sie nie schöner gefunden als in diesem Augenblick. Er schluckte hart. »Ich dachte, du bist in Frankreich.«

»Da war ich auch«, sagte Anna. »Aber ich bin vor zwei Tagen zurückgekommen.«

»Was?« David runzelte die Stirn. »Zoe hat mir heute Morgen am Telefon erzählt, du wärst noch dort.«

Anna zuckte mit den Schultern. »Sie war diejenige, die mich abgeholt hat«, erklärte sie, und als David verwirrt und auch ein bisschen verärgert über die Lüge die Stirn runzelte, fügte sie hinzu: »Ich glaube, sie dachte, es wäre mir nicht recht, wenn sie es dir erzählt.« Sie lächelte, aber nur ein ganz kleines bisschen. »Ich hatte ihr nämlich gesagt, dass ich dich nicht mehr sehen will.«

Davids Herz schlug schneller. »Und jetzt hast du deine Meinung geändert?«

Sie antwortete nicht sofort, sah ihn nur lange an. »Nur in

dem Punkt. Ich finde immer noch, dass es eine Schnapsidee von dir ist, in einer Spielhölle zu arbeiten – auch wenn sie deinem Vater gehört. Und eigentlich wollte ich dir auch weiter böse sein. Aber als du heute Mittag angerufen hast, da ...«

Sie brach ab, und David sah das Funkeln in ihren Augen, hörte die verzweifelte Entschlossenheit, die jetzt in ihrer Stimme mitschwang.

»Ich kann nicht mehr, David. Ich halte das einfach nicht mehr aus. Wenn ich von dir getrennt bin, dann geht es mir schlecht. Ich habe es versucht, ehrlich, aber in diesem Internat fand ich es einfach nur furchtbar. Der Gedanke, dass du nicht mehr da bist, wenn ich zurückkomme, hat mich die ganze Zeit gequält. Ich wusste nicht, was du machst und wie es dir geht, und das habe ich nicht ausgehalten. Richtig krank hat mich das gemacht, und irgendwann hat Mummy das gemerkt und Zoe gebeten, mich da rauszuholen.«

»Anna ...«, setzte David an, aber sie unterbrach ihn.

»Es ist mir egal, ob das unvernünftig ist. Und ich will auch nichts mehr davon hören, dass wir zu jung sind oder sonst irgendeinen Schwachsinn. Ich liebe dich, und ich weiß, dass wir zusammengehören. Wenn du das mit uns also tatsächlich nicht mehr willst, dann sag mir hier und jetzt, dass du ohne mich viel glücklicher bist. Sonst werde ich nämlich nicht wieder gehen.«

Herausfordernd blickte sie ihn an, und David fand sie so hinreißend, dass es ihm das Herz zusammenzog. Ein Lächeln breitete sich auf seinem Gesicht aus.

»Ich bin nicht glücklich ohne dich.« Er legte die Hand an ihre Wange und fuhr mit dem Daumen die Schatten unter ihren Augen nach, an denen er schuld war. Dann beugte er sich vor und küsste ihre Lippen, die er so vermisst hatte, dass es jetzt fast schmerzte, sie wieder zu spüren. Aber es war ein guter, heilender Schmerz, der ihren Streit ausradierte und nur noch Platz ließ für das Gefühl, dass sie wirklich zusammengehörten.

»Dich zu verlassen war die dümmste Idee, die mir je gekommen ist, und ich hatte gerade beschlossen, zu dir nach Frankreich zu fahren und mich dafür zu entschuldigen, dass ich mich wie ein Vollidiot benommen habe«, gestand er, als er sie einen Augenblick später wieder freigab. Er schüttelte den Kopf. »Ich weiß auch nicht, wieso ich dachte, dass es besser ist, wenn wir uns trennen. Ich war so verwirrt, und ich hatte mich total verrannt. Aber das hat sich geändert. Ich weiß jetzt, was ich will.«

»Ja?«, fragte Anna hoffnungsvoll. »Und was ist das?«

David atmete tief durch und fand zum ersten Mal Worte für den Entschluss, den er eben gefasst hatte. »Ich werde mein Studium wieder aufnehmen, aber ich wechsle das Fach. Betriebswirtschaft ist überhaupt nicht mein Ding. Ich möchte Kunstgeschichte studieren. Dafür interessiere ich mich, und auf diesem Gebiet möchte ich eines Tages arbeiten. Als Kurator zum Beispiel. Aber es gibt sicher noch viele andere Möglichkeiten. Und außerdem ...« Er seufzte und umfasste Annas Hand. »Außerdem will ich vor allem dich, Anna. Wenn du mich wieder zurücknimmst.«

»Ach, David.« Anna küsste ihn noch einmal. »Ich wollte doch nie weg von dir.« Sie runzelte die Stirn. »Was wird denn dein Vater dazu sagen, dass du wieder gehen willst?«

David seufzte. »Er wird wahrscheinlich enttäuscht sein, aber ich glaube, letztlich wird er es verstehen. Er hängt sehr an seiner Firma und würde nicht wollen, dass sie jemand übernimmt, der daran so wenig Interesse hat wie ich. Außerdem bedeutet die Tatsache, dass ich nicht mehr für ihn arbeite, ja nicht, dass ich ihn nicht mehr sehen will. Wir werden weiter in Kontakt bleiben, er ist nämlich wirklich ganz in Ordnung.«

Anna strahlte bei seiner Antwort wieder, und David fragte sich, wie er es überhaupt so lang ohne sie ausgehalten hatte. Nie wieder, schwor er sich, würde er ihre Beziehung so mutwillig aufs Spiel setzen. Er zog sie zurück in seine Arme und küsste sie, genoss das Gefühl, sie wieder zu spüren.

»Kannst du bleiben?«, fragte er irgendwann atemlos, weil er ganz vergessen hatte, sie zu fragen, wie sie hergekommen war. Statt einer Antwort erhob Anna sich und zog ihn auf die Beine, ging mit ihm hinüber zum Bett.

Sie legte sich darauf und streckte die Arme nach ihm aus. »Komm her«, flüsterte sie lockend, und David folgte ihrer Aufforderung nur zu gerne.

* * *

»David?« Drakes gedämpftes Rufen riss David aus dem Schlaf. Er blinzelte gegen das helle Sonnenlicht, das durch das Dachfenster hereinfiel, und lächelte, als er Annas warmen Körper dicht an seinem spürte. Sie regte sich ebenfalls, und David musste sie noch mal an sich ziehen und ihre Lippen und ihre hübschen, verschlafenen Augen küssen, bevor er aufstand und schnell in seine Hose schlüpfte.

Drake klopfte immer noch leise an die Tür. »David, bist du wach?«

Als David einen Augenblick später öffnete, reichte sein Vater ihm den Hörer des Festnetztelefons.

»Deine Mutter will dich sprechen«, sagte er und fügte mit einem entschuldigenden Schulterzucken noch ein lautloses »Tut mir leid« hinzu. Dann drehte er sich um und verschwand wieder nach unten.

Verdutzt hielt David sich den Hörer ans Ohr und meldete sich.

»Wieso gehst du nicht an dein Handy?« Olivias Stimme klang aufgeregt und vorwurfsvoll. »Ich habe dir schon zig Nachrichten hinterlassen!«

Erst jetzt fiel David wieder ein, dass er sein Smartphone gestern im Krankenhaus ausgeschaltet hatte.

»Was ist denn?«, fragte er, ein bisschen genervt. Er wollte zurück zu Anna und hatte keine Lust, sich wieder ihre Beschwerden darüber anzuhören, dass die anderen noch keinen Geldgeber gefunden hatten. Oder dass das Personal nicht gut arbeitete oder was sonst noch Olivias Meinung nach schieflief auf Daringham Hall. Doch tatsächlich wollte sie etwas ganz anderes von ihm.

»Könntest du bitte nach Hause kommen?« Sie wartete nicht auf seine Antwort, sondern sprach hastig weiter. »Du musst mir helfen, David. Bitte! Ich habe etwas sehr Dummes getan.«

23

Als Kate auf das Cottage zuging, hörte sie schon das aufgeregte Fiepen der Hunde und lächelte ein bisschen. Wie erwartet hatte Dr. Sandhurst nichts gegen ihre Rückkehr einzuwenden gehabt, und es fühlte sich schon fast wieder vertraut an, die wenigen Schritte von der Praxis über den Hof zu gehen. Aber die gleiche Freude wie früher konnte sie nicht empfinden, wenn sie die Tür aufschloss, auch wenn Blackbeard, Archie und Digger sie wie immer stürmisch begrüßten.

»Na, ihr? Habt ihr schon auf mich gewartet?« Sie beugte sich zu den dreien herunter und streichelte sie ausgiebig, bevor sie den großen Wohnraum betrat.

Im Grunde war er noch genauso eingerichtet wie vorher. Aber es fehlten Dinge. Der alte Vitrinenschrank zum Beispiel, ein Erbstück von ihren Eltern, stand immer noch drüben auf Daringham Hall, genauso wie zwei kleinere Regale. Kate hatte sie sich damals von ihrem ersten selbstverdienten Geld gekauft, deshalb hing sie daran und hatte sie bei ihrem Umzug ins Herrenhaus mitgenommen. Die Lücken fielen auf, aber sie brachte es einfach nicht fertig, die Sachen wieder zurückzuholen. Das hätte die Trennung von Ben endgültig besiegelt, und dafür war sie noch nicht stark genug.

Seit fast einem Monat hatte Kate jetzt nichts mehr von Ben gehört, jedenfalls nicht persönlich. Nur Tilly erzählte von ihm, wenn sie aus New York anrief, aber viel hatte sie nicht zu berichten. Offenbar hielt er im Moment kaum Kontakt zu Peter, der sich auch fragte, was sein Freund eigentlich trieb. Das Gleiche galt für die Camdens, denn offenbar meldete Ben sich dort auch nur sehr sporadisch und äußerte sich auch nicht dazu, was er mit Daringham Hall vorhatte. Solange nichts entschieden war, versuchten alle, einfach weiterzumachen. Doch die Verunsicherung, die Bens Weggang ausgelöst hatte, spürte man überall. Sie lag wie eine Schockstarre über dem gesamten Gut, und Kate fühlte sich im Grunde genauso: innerlich wie erstarrt. Sie funktionierte und ging zur Arbeit, kümmerte sich um alles, was nötig war. Aber nachts lag sie im Bett und kämpfte gegen die Erinnerungen, die sie heimsuchten wie eine Folter. Deshalb beschränkte sie ihre Besuche auf Daringham Hall meist auf die Ställe und ging kaum noch ins Herrenhaus. Es tat einfach noch zu weh, wenn sie dort war.

Damals, bei ihrem Streit, hatte sie das alles nur aus ihrer Sicht betrachtet. Sie war wütend darüber gewesen, dass Ben sie angelogen hatte, und enttäuscht, dass er offenbar den Willen nicht mehr aufbrachte, weiter für Daringham Hall zu kämpfen. Aber war sie nicht viel zu hart mit ihm gewesen? Er hatte so viele Schritte auf sie zu gemacht, er hatte so viel eingesetzt – hätte sie ihm das nicht höher anrechnen müssen? Wäre es dann anders gekommen?

Sie hätte so gerne gewusst, wie es ihm jetzt ging und ob er überhaupt noch über ihre Beziehung nachdachte, so wie sie es tat. Vielleicht hatte er sich längst neu orientiert. Bestimmt war er glücklich in New York. Er kannte die Stadt viel besser als das englische Landleben, und sie hatte selbst erlebt, wie wohl er sich dort fühlte. Sie wünschte sich, dass es ihm gut ging. Aber sie wünschte sich auch, er wäre wieder hier ...

Die Hunde, die Kate gerade in den Garten lassen wollte, schlugen plötzlich an und liefen zurück zur Haustür. Offenbar kam Besuch, was Kate innerlich aufstöhnen ließ. Sie hätte nach ihrem langen Arbeitstag viel lieber ihre Ruhe gehabt. Trotzdem ging sie zur Tür und erschrak, als sie ihren Onkel und ihre Tante auf ihrer Schwelle stehen sah.

»Oh, hallo.« Sie musste sich zwingen zu lächeln, und nur, weil Bill auch dabei war, gab sie die Tür frei und ließ die beiden eintreten. Nancy allein hätte sie nach allem, was in den letzten Wochen und Monaten passiert war, nicht hereingelassen.

»Entschuldige, dass wir dich so überfallen, Kate«, meinte Bill, während er etwas unschlüssig im Wohnraum stand, »aber es gibt Neuigkeiten, und Nancy hat darauf bestanden, dass wir sie dir gleich persönlich überbringen.«

Nancy, die sich gewohnt kritisch umgesehen hatte, konzentrierte sich wieder auf ihren Mann und nickte vehement.

»Sag es ihr, Bill«, forderte sie ihn auf, doch dann schaffte sie es nicht, sich im Zaum zu halten, sondern platzte gleich selbst mit der Nachricht heraus: »Sie haben den Brandstifter, stell dir vor!«

»Wirklich?«, fragte Kate, gleichzeitig erleichtert und besorgt. »Wer ist es?«

»Ein junger Mann aus Fakenham namens Stuart Mills«, erklärte Bill. »Wie es aussieht, hat er etwas mit den Mädchen zu tun, die Ben damals überfallen haben. Er ist der Freund der Anführerin, dieser Gail Foster.«

»Mein Gott!« Erschrocken blickte Kate ihn an, als ihr klar wurde, was das bedeutete. »Ein Racheakt?«

Bill nickte. »Offenbar hat er sich die Scheune gezielt ausgesucht, weil er Ben damit schaden wollte.«

Kate stieß die Luft aus und versuchte, das alles zusammenzubringen. »Und wie habt ihr ihn überführt?«

Bill grinste zufrieden. »Der Typ konnte die Klappe nicht halten. Er hat in seiner Stammkneipe damit geprahlt, dass er sich an dem Kerl gerächt hat, der seine Freundin in den Knast gebracht hat. Im Verhör hat er sich dann schnell in Widersprüche verstrickt. Außerdem ist er kurz vor dem Brand ein paar Mal im Dorf gesehen worden. Der alte Henderson konnte sich sogar daran erinnern, dass Mills ihm Fragen gestellt hat, zu Ben und seinen Plänen für das Herrenhaus. Als wir ihn damit konfrontiert haben, ist er eingeknickt.« Bill war sichtlich stolz auf den Ermittlungserfolg, doch Kate gingen gerade andere Dinge im Kopf herum.

»Wissen die Camdens es schon?«

»Natürlich«, versicherte ihr Bill. Er wollte noch etwas hinzufügen, doch Nancy war schneller, schob sich vor ihren Mann und sah Kate sehr ernst und fast eindringlich an.

»Und Mr Sterling weiß es sicher auch schon. Sonst musst du es ihm sagen, Kate. Du sprichst ihn doch sicher manchmal, oder? Richte ihm aus, dass der Fall aufgeklärt ist und er jetzt wieder zurückkommen kann.«

Für einen Moment war Kate so perplex, dass ihr die Worte fehlten.

»Deswegen ist er nicht gegangen«, erwiderte sie schließlich, auch wenn sie eigentlich keine Lust hatte, das ausgerechnet mit Nancy zu diskutieren. »Und ich glaube nicht, dass er wiederkommt.«

»Aber das muss er!«, beharrte ihre Tante. »Die Touristen bleiben weg, Kate, und die Leute machen sich Sorgen.« Sie hob die Arme. »Mary Bonnet, die die kleine Boutique in der Nähe vom ›Three Crowns‹ führt, hat mir heute noch erzählt, dass ihr Umsatz eingebrochen ist, weil die Besucherzahlen im Herrenhaus stagnieren. Und es weiß ja auch niemand, wie es jetzt weitergehen soll. Die Bauern, die das Besuchercafé mit ihren Produkten versorgen sollten, hängen in der Luft, ganz zu schweigen von den Leuten, die auf Jobs als Kellner oder Aushilfen gehofft hatten. Sie wollen, dass Mr Sterling endlich zurückkommt und sich wieder um das Gut kümmert!«

Sie erwiderte Kates überraschten Blick ungerührt und schien nicht den Hauch eines schlechten Gewissens zu haben. Im Gegenteil. Sie fühlte sich im Recht, so wie immer, und daran würde sich vermutlich auch nichts ändern, selbst wenn Kate sie daran erinnerte, dass sie es gewesen war, die das Gerücht um Bens angebliche Verwicklung in den Brand genüsslich verbreitet hatte. Sie hatte zu seinen Hauptkritikern im Dorf gehört und kein gutes Haar an ihm und seinen Plänen gelassen – aber auch das würde Nancy leugnen. Die Frau war nicht zu bekehren, und Kate hatte mittlerweile auch gar keine Lust mehr, Energien darauf zu verschwenden. Interessant an den Bemerkungen ihrer Tante war eigentlich nur, dass die Stimmung im Dorf offenbar gekippt war. Viele schienen jetzt zu erkennen, wie wichtig und richtig Bens Pläne für Daringham Hall gewesen waren, und auch wenn das zu spät kam, empfand Kate eine gewisse Genugtuung.

»Du sagst es ihm doch, oder?«, hakte Nancy nach, doch Kate kam nicht mehr dazu, ihr zu antworten, weil die Hunde erneut bellten und einen weiteren Besucher ankündigten.

Schnell ging sie zur Tür, dankbar dafür, Nancy nicht erklären zu müssen, dass sie im Moment überhaupt nicht mit Ben sprach. Ihr Beziehungsstatus ging das alte Klatschweib nun wirklich nichts an.

»David!«, rief sie, ehrlich erstaunt, als sie sah, wer gekommen war. »Ich dachte, du bist in London.«

»Das war ich auch«, erwiderte David und strahlte für einen Moment richtig, so als würde er sich über seine Rückkehr oder etwas anderes sehr freuen. Dann wurde er jedoch wieder ernst. »Kann ich dich sprechen?«

Kate begriff sofort, dass etwas passiert sein musste, und er wollte das offenbar mit ihr unter vier Augen besprechen, denn er erschrak sichtlich, als er Bill und Nancy entdeckte.

»Oh, du hast schon Besuch. Dann komme ich später vielleicht noch mal vorbei, wenn ...«

»Nein, schon gut. Wir wollten ohnehin gerade gehen«, unterbrach ihn Bill, der es auf einmal eilig hatte. Wahrscheinlich spürte er, dass zwischen Kate und seiner Frau Streit in der Luft lag, und den wollte er – wie immer – lieber vermeiden. Aber heute war es Kate ausnahmsweise sehr recht, dass er so konfliktscheu war. Deshalb nötigte sie die beiden nicht zu bleiben, sondern schob sie beinahe aus dem Haus.

Nancy konnte es sich nicht verkneifen, David neugierig anzustarren, während sie mit Bill das Cottage verließ, und auf dem Weg über den Hof drehte sie sich noch ein paar Mal um. Um ihr nicht noch mehr Gesprächsstoff zu liefern, bat Kate David schnell ins Haus, wo sie ungestört waren.

»Setz dich doch«, lud sie ihn ein und deutete auf die beiden alten blauen Sofas, die um den Ofen herum standen.

David folgte ihrer Aufforderung, lehnte den Tee, den sie ihm anbot, jedoch dankend ab.

»Also, raus mit der Sprache«, meinte Kate. »Was musst du mir so dringend sagen?«

David seufzte. »Ich bin nicht meinetwegen hier, sondern

im Auftrag meiner Mutter. Oder anders formuliert – ich bin hier, weil sie sich nicht traut zu kommen.«

Diese Nachricht überraschte Kate. Sie hatte Olivia seit Bens Weggang zwar kaum noch gesehen, aber bei ihren wenigen Gelegenheiten war Olivia deutlich freundlicher zu ihr gewesen als früher.

»Habe ich irgendetwas Schlimmes gemacht?«

David schüttelte den Kopf. »Du nicht, aber sie. Etwas, für das sie sich sehr schämt und das sie gerne wiedergutmachen will.«

»Aha.« Kate runzelte die Stirn. »Und um was geht es?«

»Um das hier.« David reichte ihr das kleine Päckchen, das er bei sich trug.

Es war ein verschlossener gepolsterter Umschlag, auf dem vorne etwas stand, und als Kate ihn näher betrachtete, schlug ihr Herz schneller. Denn sie erkannte die geschwungene Handschrift. Es war die von Ralph Camden, und er hatte nur zwei Worte geschrieben.

Für Ben.

24

»Was ist da drin?« Kate tastete den Umschlag ab. Er fühlte sich schwer an, so als wäre ein Buch oder etwas Ähnliches darin enthalten.

»Das weiß ich nicht.« Mit einem tiefen Seufzen lehnte David sich auf dem Sofa zurück. »Den Umschlag hat meine Mutter nach Dads Tod in einer der Schreibtischschubladen gefunden. Offensichtlich war er für Ben bestimmt.«

»Aber …«, begann Kate.

Er nickte. »Aber da du ihn jetzt in der Hand hältst, ist genauso offensichtlich, dass sie ihn Ben nicht gegeben hat.« Er schüttelte den Kopf, so als könnte er diese Tatsache selbst noch nicht fassen. »Mummy hat mich heute Morgen angerufen und gebeten, sofort zu kommen. Sie war total aufgelöst, und ich habe eine Weile gebraucht, um sie zu beruhigen und aus ihr herauszukriegen, was das Problem ist. Offenbar hatte sie schon mehrmals schlimme Alpträume wegen dieser Sache mit dem unterschlagenen Päckchen, und jetzt glaubt sie, dass Dad ihr aus dem Grab heraus böse ist, weil sie seinen letzten Willen nicht respektiert hat. Ich habe ihr gesagt, sie soll …«

»Sie hat das Päckchen unterschlagen?«, fiel Kate ihm ins Wort, weil ihr die volle Bedeutung dessen, was David gesagt hatte, jetzt erst wirklich klar wurde. »Warum?«

»Genau das habe ich sie auch gefragt«, meinte David. »Zuerst hat sie behauptet, dass sie so durcheinander war nach Dads Tod, dass sie es einfach vergessen hat. Aber das habe ich ihr nicht abgekauft, und schließlich hat sie gestanden, wie eifersüchtig sie war. Sie konnte den Gedanken nicht ertragen, dass Ralphs letzte Gedanken nicht ihr gegolten hatten. Außerdem macht sie Ben – zu Unrecht – für alles verantwortlich, was passiert ist, und ich denke, ihm den Umschlag vorzuenthalten, war ihre Form der Rache.«

Kates Gedanken überschlugen sich. Was enthielt das Päckchen? Es war vielleicht etwas Wichtiges, aber Ben hatte es nicht bekommen. Hätte es etwas geändert, wenn Olivia es nicht behalten hätte? Würde es jetzt noch etwas ändern, wenn Ben den Inhalt kannte? Ein Teil von ihr wollte das glauben, doch sie verbot sich die Hoffnung, die sofort in ihr aufstieg. Ben war gegangen, und eine Nachricht seines verstorbenen Vaters würde ihn nicht zurückbringen. Sie konzentrierte sich auf die andere wichtige Frage.

»Und was jetzt?«

»Das haben Mummy und ich uns auch gefragt – und deshalb bin ich hier«, erklärte David. »Du kennst Ben am besten, Kate, und kannst am ehesten einschätzen, wie er reagieren wird. Mummy will ihren Fehler wiedergutmachen, aber sie hat auch Angst, dass sich die Situation zwischen Ben und uns wieder verschärfen könnte, wenn er erfährt, dass sie das Päckchen unterschlagen hat. Was denkst du? Wäre es ihm überhaupt noch wichtig, etwas von Ralph zu bekommen – oder spielt das gar keine Rolle mehr für ihn?«

»Natürlich spielt es eine Rolle«, erwiderte Kate sofort. »Er muss es bekommen, ganz egal, was er damit anfängt. Er hat ein Recht darauf.« Das stand völlig außer Frage.

David schien das genauso zu sehen, denn er nickte. »Dann bringe ich es am besten sofort zur Post«, meinte er und wollte aufstehen. Doch Kate hielt ihn zurück.

»Nein, das wäre nicht gut.« Etwas so Wichtiges der Post anzuvertrauen, widerstrebte ihr, und selbst wenn David es per Einschreiben schickte und es wirklich heil bei Ben ankam, gab es da noch das Problem, das David bereits angesprochen hatte: Es war eine sensible Angelegenheit. Deshalb blieb eigentlich nur eine Möglichkeit. »Wir müssen es ihm persönlich geben und ihm erklären, wie es zu dieser langen Verzögerung gekommen ist.«

David nickte, nachdem sie ihm die Gründe für ihren Vorschlag noch einmal erläutert hatte. »Stimmt, du hast recht. Ich schätze, Mummy würde das auch sofort übernehmen, so schlecht, wie sie sich wegen dieser Sache fühlt. Aber das wäre vermutlich keine gute Idee. Du kennst sie ja, sie ist ... nicht besonders diplomatisch. Fraglich, ob sie die richtige Botin wäre, zumal ihr Verhältnis zu Ben sowieso nicht das beste ist. Sie macht es wahrscheinlich nur schlimmer.«

Kate nickte, denn da konnte sie ihm nur voll zustimmen. Und sie hatte auch eine viel bessere Idee. »Es wäre besser, wenn ich das mache.«

»Du?« Überrascht sah David sie an. »Das ... wäre natürlich großartig, Kate. Aber ...« Er runzelte die Stirn. »Geht das denn?«

Kate nickte entschlossen. »Ich fliege gleich morgen.«

Dieser Vorschlag freute David sichtlich. »Das wäre toll, Kate. Ich könnte nämlich erst nächste Woche, weil ich dringend noch mal zurück nach London muss, um ein paar Sachen zu regeln. Und irgendwie fände ich es nicht fair, Ben noch länger warten zu lassen.« Er runzelte die Stirn. »Aber was ist mit deiner Praxis? Kannst du denn überhaupt so spontan weg?«

Das war zwar tatsächlich ein Problem, aber nur ein kleines.

»Ich bitte einfach Dr. Sandhurst, für mich einzuspringen. Das macht er sicher.«

»Hm.« Davids Blick blieb skeptisch. »Und du willst das wirklich machen, Kate? Bist du sicher? Ich meine ... weil du und Ben doch ...« Er rang nach den richtigen Worten. »Ist das wirklich in Ordnung für dich?«

»Ja.« Sie nickte vehement, auch, um sich selbst davon zu überzeugen, dass ihre Entscheidung richtig war. »Ben muss den Umschlag so schnell wie möglich bekommen. Und ... ich wollte sowieso noch mal mit ihm reden.«

David atmete sichtlich auf, aber er schien nicht nur wegen des Umschlags erleichtert zu sein. »Ja. Ich glaube, das wäre wirklich das Beste.« Er beugte sich vor und küsste sie auf die Wange. »Danke! Du weißt gar nicht, wie sehr mir das gerade hilft.« Er erhob sich wieder. »Tut mir leid, ich muss wieder los. Im Moment ist es wirklich etwas hektisch. Du hältst mich auf dem Laufenden, ja?«

Kate versprach es ihm. Als er gegangen war, lehnte sie sich gegen die Haustür und atmete einmal tief durch.

Es war vielleicht keine gute Idee gewesen, sich als Botin anzubieten. Es war sogar ziemlich verrückt, schließlich hatte sie keine Ahnung, wie Ben es aufnehmen würde, wenn sie plötzlich vor ihm stand. Aber der Gedanke, ihn zu sehen, bald sogar, ließ ihr Herz schneller schlagen, und die Sehnsucht, gegen die sie schon seit Wochen vergeblich ankämpfte, machte ihr die Knie ganz weich.

Seufzend stieß sie sich von der Tür ab und ging zum Couchtisch. Sie hob den Umschlag hoch, wog ihn in der Hand und zögerte einen Augenblick. Dann ging sie zu ihrem Computer und fuhr ihn hoch, um die Abflugzeiten der Maschinen zu checken, die morgen von London aus nach New York flogen.

25

»Noch einen.« Ben schob sein leeres Glas über den Tresen und wartete darauf, dass der Barkeeper es ihm noch einmal mit Bourbon füllte. Es war sein drittes, und er war noch nicht sicher, ob er danach aufhören würde.

Früher hätte er an einem Mittwochabend um diese Zeit noch im Büro gesessen und gearbeitet. Er wäre überhaupt nicht auf die Idee gekommen, in die Bar gegenüber von seinem Apartmentgebäude zu gehen und am Tresen trübselig in ein Glas Whiskey zu starren. Aber damals hatte er ja auch noch genau gewusst, was er machen wollte. Er hatte nicht ständig gegrübelt. Oder versucht, eine Frau zu vergessen, deren Bild ihn überallhin verfolgte.

Bei seiner Rückkehr nach New York hatte er noch geglaubt, dass es ihm leichtfallen würde, in sein altes Leben zurückzufinden. Natürlich musste er die Sache mit Daringham Hall regeln, aber das war ihm nicht so kompliziert erschienen. Außerdem war er fest davon ausgegangen, dass die Stadt ihm genug Ablenkungsmöglichkeiten bieten würde, um die Zeit in East Anglia schnell zu vergessen. Aber es war alles noch da, und mit jedem Tag, der verging, wurde es schlimmer, sodass er jetzt, gut vier Wochen später, kurz davor war, sich geschlagen zu geben.

Er steckte fest, kam nicht vor und nicht zurück. Er wollte Daringham Hall wieder loswerden, am liebsten an die Camdens. Doch sie hatten noch keinen Weg gefunden, wie sie ihn auszahlen konnten. Also blieb ihm im Prinzip nur, das Angebot anzunehmen, das Lewis Barton ihm schon direkt nach dem Scheunenbrand gemacht hatte. Der Nachbar der Camdens schien fest entschlossen, Daringham Hall zu übernehmen, und er hatte den Kaufpreis jetzt sogar noch mal deutlich erhöht, wahrscheinlich weil Ben bisher nicht darauf eingegangen war. Die Summe hätte ausgereicht, um alles auszugleichen, was Ben bisher in das Herrenhaus gesteckt hatte, und es wäre sogar noch ein kleiner Gewinn übrig geblieben. Ein gutes Geschäft also, mit dessen Hilfe ihm eine Rückkehr in seine Firma oder ein Neuanfang in New York möglich gewesen wäre.

Nur konnte Ben es nicht. Er hatte es bis jetzt nicht mal über sich gebracht, den Camdens zu sagen, dass es sich bei dem Kaufinteressenten um Barton handelte, weil er wusste, was es für die Familie bedeuten würde, das Gut ausgerechnet an ihren Erzfeind zu verlieren. Barton wollte nämlich sehr wahrscheinlich das tun, weshalb Ben ursprünglich nach England gekommen war. Für ihn ging es um Rache, er wollte den Camdens schaden, und so ironisch das war: Genau deshalb wollte Ben ihm das Gut nicht verkaufen. Behalten konnte er es allerdings auch nicht, sonst kam er von dieser Sache niemals los. Und deshalb saß er fest.

Ben verzog das Gesicht und trank noch einen Schluck Bourbon, spürte, wie ihm der Alkohol heiß in der Kehle brannte. Es gab natürlich noch die Möglichkeit, den Camdens das Gut einfach wieder zu überschreiben, und tatsächlich hatte er darüber auch schon nachgedacht. Dann hätte er sein Vermögen jedoch abschreiben müssen, und auch wenn er sich aus Geld nicht viel machte, war das ein gewaltiger Schritt. Außerdem war auch das kein Garant dafür, dass die Camdens es am Ende schafften, Daringham Hall zu halten. Nur eins stand fest: Wenn Ben das Gut an Barton verkaufte, würde seine Familie ihn hassen. Und Kate auch. Aber das tat sie ja ohnehin schon …

»Na, einen schlechten Tag gehabt?«

Ben blickte auf und sah das einladende Lächeln der Frau auf dem Barhocker neben seinem. Sie war irgendwann in den letzten Minuten gekommen, das war ihm nicht entgangen, aber er hatte nicht weiter auf sie geachtet. Jetzt betrachtete er sie etwas genauer. Ende zwanzig, brünett und verdammt hübsch – lange Beine, top Figur und ein Gesicht, das auch ein Magazin-Cover hätte zieren können. Ihr Lächeln vertiefte sich noch ein bisschen, und in ihren blauen Augen lag ein herausforderndes Glitzern.

»Sie sehen aus, als könnten Sie ein bisschen Gesellschaft gebrauchen«, meinte sie. »Oder trinken Sie lieber allein?«

Ben starrte sie an. Es war eindeutig, was sie wollte: Ihre Körpersprache, ihr Lächeln, alles deutete darauf hin, dass sie auf einen Flirt aus war. Erst mal. Und was dann folgen würde, war auch klar. Er kannte das Spiel, hatte es oft genug gespielt, um zu wissen, dass er jetzt nur noch zurücklächeln und der Frau einen Drink bezahlen musste. Sie würden eine Weile reden und trinken und am Ende rüber in seine Wohnung gehen. Und er hätte wenigstens für eine Nacht lang so tun können, als wäre alles wieder beim Alten.

Aber er hatte kein Interesse. Die Frau weckte einfach nichts in ihm.

»So schweigsam?« Die Tatsache, dass er noch nicht auf ihren Kontaktversuch reagiert hatte, schien die Frau nervös zu machen, denn ihr Lächeln wirkte jetzt ein bisschen angespannt. »Ich bin übrigens Natasha«, stellte sie sich vor.

Ben nannte ihr auch seinen Namen, und ihr Lächeln wurde jetzt breiter, siegesgewisser. Hübsche Augen hat sie, dachte er. Sie hatten nur die falsche Farbe. Und selbst wenn sie braun gewesen wären, hätte Natasha das gefehlt, was Ben automatisch suchte in den Gesichtern der Frauen, die er traf. Es gab unzählige davon in New York, aber keine hielt dem Vergleich stand, den er jedes Mal unwillkürlich anstellte.

»Sind Sie hier aus der Gegend?«, fragte Natasha weiter, und er wollte nicken. Aber dann zögerte er und starrte an ihr vorbei durch die große Glasfront der Bar hinaus auf die Straße. Ein Taxi hatte gerade vor seinem Apartmentgebäude angehalten, und die Frau, die ausstieg, sah von hinten aus wie Kate. Wirklich, er hätte schwören können, dass ...

Jetzt reiß dich endlich zusammen, schalt er sich. Das war nicht Kate. Sie konnte es nicht sein, und er hatte sich während der letzten Wochen schon oft genug lächerlich gemacht, weil er Frauen, die ihr ähnlich sahen, auf der Straße angehalten hatte. Er bildete sich das ein. Kate war in England. Und sie wollte nicht kommen, sonst hätte sie es längst getan. Also würde sie ganz sicher nicht plötzlich aus einem Taxi steigen.

Aber diese Frau ging auch wie Kate. Und die Haare ...

»Okay, schon gut. Ich hab's verstanden.« Mit einem säuerlichen Gesichtsausdruck ließ sich Natasha von ihrem Barhocker gleiten. Eindeutig beleidigt wechselte sie den Platz, setzte sich an das andere Ende der Bar und würdigte Ben keines Blickes mehr.

So viel dazu, dachte er erleichtert und sah wieder zum Eingang seines Apartmentgebäudes hinüber. Das Taxi war nicht mehr da, und die Frau, die Kate so verdammt ähnlich gesehen hatte, konnte er jetzt auch nirgends mehr entdecken.

Ein ekelhaftes, aber leider schon sehr vertrautes Gefühl

der Leere breitete sich in ihm aus, und er stürzte hastig den Rest seines Bourbons herunter. Für einen Moment überlegte er, sich noch einen zu bestellen, doch er ließ es, weil ihm nicht mehr nach der Gesellschaft von Fremden war. Wenn überhaupt, dann hätte er jetzt gerne mit Peter weitergetrunken, aber seit Tilly Fletcher bei seinem Freund wohnte, war das nicht mehr so einfach.

Nicht, dass Ben Tilly nicht gemocht hätte, im Gegenteil. Es gab nichts an der patenten Engländerin auszusetzen, und sie tat Peter eindeutig gut. Er war richtig aufgeblüht, seit er mit ihr zusammen war, und das freute Ben sehr für seinen Freund. Tillys englischer Akzent und die Tatsache, dass sie eng mit Kate befreundet war, machten es Ben allerdings schwer, mit ihr umzugehen. Sie war wie eine Mahnung, eine ständige Erinnerung an seine Zeit in England, und daran wollte er nicht denken, deshalb meldete er sich im Moment nur selten bei Peter. Es nützte nur nichts. Er konnte Kates Bild trotzdem nicht entfliehen, wenn er sie ständig in irgendwelchen Frauen auf den Straßen wiederzuerkennen glaubte …

Natürlich hätte er auch Sienna Walker anrufen können. Seine ehemalige Assistentin wäre sicher bereit gewesen, ihm Gesellschaft zu leisten, denn sie hatte während der vergangenen Wochen ein ziemliches Interesse an ihm entwickelt. Sie rief oft an, jedes Mal unter einem neuen Vorwand. Entweder wollte sie ihm irgendeine liegengebliebene Kleinigkeit aus seinem längst ausgeräumten Büro zurückgeben, die er gar nicht brauchte. Oder sie informierte ihn über den Anruf eines Geschäftspartners, der ihn sprechen wollte. Es kam vor, dass sich Leute meldeten, die lange nichts mit der Firma zu tun hatten und noch nichts von Bens Ausstieg wussten. Oder sie suchten über Sienna den Kontakt zu Ben, weil sie seine

Handynummer nicht kannten. Bis auf wenige Ausnahmen ging es dabei meist um irgendwelche unwichtigen Dinge, die Ben nicht interessierten. Aber Sienna hielt ihn trotzdem über alles genau auf dem Laufenden – und Ben kannte auch den Grund dafür.

Sienna war sehr ehrgeizig und hatte jetzt schon mehrfach angedeutet, dass sie sich beruflich weiterentwickeln wollte. Ihr Ziel war eine aussichtsreiche Stelle bei einem Global Player, und Ben sollte ihre Eintrittskarte dafür sein. Sie wusste, dass ihm seit seiner Rückkehr schon mehrere Headhunter auf den Fersen waren. Es ging um Top-Stellen in den Führungsetagen, und da Sienna genau dorthin wollte, hoffte sie wohl, dass Ben sie mitnehmen würde, falls er eines der Angebote annahm. Deswegen die vielen Gespräche – sie nutzte jede Gelegenheit, um ihre Fühler auszustrecken und ihn daran zu erinnern, dass sie wirklich eine sehr zuverlässige und kompetente Mitarbeiterin war. Aber da kannte sie Ben schlecht. Wenn er neu anfing, dann ganz sicher nicht als Angestellter, daran hatte er überhaupt kein Interesse. Und selbst wenn, würde er Peter nicht die Assistentin wegnehmen.

Ben seufzte. Nein, Sienna anzurufen war im Moment keine gute Idee. Und er würde wohl auch für eine Weile nicht mehr in Bars gehen, wo ihn irgendwelche Natashas ansprachen. Im Moment kam für ihn nur eine Frau in Frage – und die war weit weg in England …

Ben machte dem Barkeeper ein Zeichen, dass er zahlen wollte. Als er etwas später wieder in seinem Apartmentgebäude war und durch die schwarz-weiß geflieste Halle auf die Fahrstühle zuhielt, überlegte er kurz, ob er den Portier – einen älteren Mann mit schwarzen Locken namens Alfredo – danach fragen sollte, ob sich vielleicht ein Besucher angemeldet hatte. Aber dann ließ er es, weil Alfredo telefonierte und weil er sich albern vorkam. In dem Taxi hatte nicht Kate gesessen, und er musste endlich aufhören, Gespenster zu sehen.

Die Fahrstuhltüren öffneten sich in Bens Etage, und er betrat den Flur. In wenigen Schritten war er vor seiner Wohnungstür und schloss auf. Achtlos warf er den Schlüssel in die Schale auf dem Sideboard und hängte sein Jackett an die Garderobe. Dann ging er ins Wohnzimmer und trat an die breite Fensterfront. Der großartige Ausblick, den man von hier auf den Central Park hatte, war der Hauptgrund gewesen, warum er damals die Wohnung gekauft hatte. Aber jetzt achtete er gar nicht auf das abendliche Treiben unter ihm, sondern starrte auf sein Spiegelbild in der Fensterscheibe. Sein Gesicht wirkte fahl, und der Ausdruck darauf war grimmig. Unzufrieden. Auf was wartest du eigentlich, fragte er sich und ärgerte sich erneut über seine Unfähigkeit, endlich eine Entscheidung zu treffen. So ging es nicht weiter. Er musste endlich …

Ein Klingeln zerriss die Stille und ließ Ben überrascht zusammenzucken. Es war das Haustelefon an der Wohnungstür, über das ihn der Portier unten am Empfang erreichen konnte.

»Ja?«, meldete Ben sich barsch, als er den Hörer abnahm.

»Hier ist eine Miss Huckley für Sie, Mr Sterling«, kündigte Alfredo gut gelaunt an.

Ben schluckte hart. »Kate Huckley?«, fragte er, weil er befürchtete, dass er sich vielleicht verhört hatte.

»Ja, genau«, bestätigte Alfredo. »Sie war vorhin schon mal hier, aber da waren Sie noch nicht zurück, und Sie wissen ja, dass wir niemanden reinlassen dürfen, der nicht vorher …«

»Schicken Sie sie rauf«, unterbrach Ben ihn knapp und hängte den Telefonhörer wieder ein. Dann riss er die Wohnungstür auf und blickte über den Flur zum Fahrstuhl. Die rot leuchtenden Ziffern auf der Anzeigetafel darüber nahmen ab, was bedeutete, dass die Kabine auf dem Weg nach unten war. Wie hypnotisiert starrte Ben auf die Zahlen und verfolgte den Weg des Fahrstuhls, sah, dass er bis ins Erdgeschoss fuhr und dort kurz verweilte. Dann stiegen die Etagennummern in schneller Folge wieder an, bis ein leises Ping die Ankunft der Kabine in Bens Stockwerk akustisch ankündigte.

Die Türen glitten auf, und Kate betrat den Flur. Als sie ihn in der Wohnungstür stehen sah, zögerte sie ganz kurz. Dann kam sie auf ihn zu.

Ben spürte, wie sein gesamter Körper sich anspannte, während er jedes Detail an ihr in sich einsaugte. Ihre dunklen Locken, ihr blasses Gesicht, ihre warmen braunen Augen, die seinen Blick festhielten. Sie trug den schwingenden grünen Rock, den er so an ihr mochte, und eine schwarze Bluse. Zusammen mit den schwarzen Stiefeln, dem kurzen Trenchcoat und der kleinen Reisetasche war es ein Outfit, mit dem sie den New Yorker Fashionistas locker Konkurrenz machen konnte. Aber Ben hätte sie vermutlich auch in Jeans und einem alten T-Shirt schöner gefunden als alle Natashas und Siennas der Welt.

Kurz vor ihm blieb sie stehen, und es kostete ihn seine gesamte Selbstbeherrschung, sie nicht zu berühren. Das durfte er nicht, das wusste er, denn er hatte keine Ahnung, was dann passieren würde.

»Kann ich reinkommen?« Der Klang ihrer Stimme, die er viel zu lange nicht gehört hatte, brach etwas in ihm auf, das er verzweifelt unter Verschluss gehalten hatte, und er konnte nur mühsam ein Seufzen unterdrücken. Er trat zur Seite und ließ sie eintreten, bevor er die Tür wieder schloss und ihr ins Wohnzimmer folgte.

Stumm standen sie sich dort gegenüber, nur wenige Schritte voneinander entfernt. Schließlich räusperte sich Ben.

»Was machst du hier?«, fragte er heiser und wusste nicht, auf welche Antwort er hoffte.

Kate stellte die Reisetasche ab und holte einen gepolsterten Umschlag heraus.

»Ich wollte dir das hier geben«, sagte sie und legte ihn beinahe hastig auf den Couchtisch, als wollte sie verhindern, dass Ben näher kommen musste, um ihn ihr abzunehmen. Im hellen Schein der Deckenlampe konnte er den unsicheren Ausdruck in ihren Augen erkennen. »Das Päckchen ist von Olivia«, fügte sie hinzu. »Nein, eigentlich ist es von Ralph. Er wollte es dir geben, aber er ist nicht mehr dazu gekommen. Wir ... wir fanden, dass du es haben musst.«

Sie schüttelte den Kopf und wirkte unzufrieden mit sich, so als hätte sie diese etwas wirre Erklärung eigentlich ganz anders anfangen wollen. Aber Ben interessierte der Umschlag im Moment sowieso nicht.

Er ging auf sie zu, weil er in ihren Augen etwas aufflackern sah, das ihn unwiderstehlich anzog. Dicht vor ihr blieb er stehen und betrachtete sie, senkte seinen Blick in ihren.

»Bist du nur deshalb gekommen?«, fragte er leise.

26

Kates Herz schlug ihr bis zum Hals, während sie zu Ben aufblickte. Er stand jetzt so dicht vor ihr, dass sie die Wärme seines Körpers spürte, und das Atmen fiel ihr plötzlich schwer.

Sie hatte den ganzen langen Flug über Zeit gehabt, sich ihre Begegnung mit Ben auszumalen, aber in keinem Szenario war er ihr so nah gekommen. Sie hatte eher erwartet, dass er sich abweisend verhalten würde, so wie zuletzt auf Daringham Hall. Oder dass er wütend sein würde. Sie hatte sogar große Angst davor gehabt.

Doch nichts davon sah sie jetzt in seinen Augen, in denen sich ihre Sehnsucht und ihr Schmerz zu spiegeln schienen. Verwirrt schüttelte sie den Kopf.

»Nein, ich …«, setzte sie an, brach jedoch ab, weil sie ihm die anderen Gründe, warum sie gekommen war, nicht sagen konnte. Dass sie es nicht mehr aushielt ohne ihn. Dass sie wissen musste, wie es ihm ging und ob sich in der Zwischenzeit irgendetwas verändert hatte. Ob er sie vielleicht doch noch wollte …

Ben legte seine Hand an ihre Wange und strich mit dem Daumen über ihre Lippen, was einen prickelnden Schauer durch ihren Körper rieseln ließ.

»Ich habe dich vermisst.«

Sein Geständnis entwaffnete Kate völlig. Hilflos versank sie in seinen grauen Augen und wusste plötzlich nicht mehr, wieso sie sich gestritten hatten. Sie konnte sich an keinen einzigen Grund erinnern, warum sie nicht bei ihm sein durfte, und als er sich zu ihr herunterbeugte, ließ sie die Sekunde verstreichen, in der sie ihn noch hätte aufhalten können. Sie kam ihm sogar entgegen, und als ihre Lippen sich trafen, durchzuckte sie die Berührung wie ein elektrischer Schlag. Mit einem Aufstöhnen fuhr sie zurück und sah Ben in die Augen, erkannte das Verlangen darin. Dann strebte sie wie von selbst wieder auf ihn zu, schlang die Arme um seinen Hals und spürte, wie seine sich fest um sie schlossen. Sein Kuss schmeckte vertraut und aufregend zugleich, und sie brauchte seine Berührungen plötzlich mehr als die Luft zum Atmen.

Sie gehörte Ben. Immer noch. Daran würde sich vermutlich nie etwas ändern, und jetzt gerade war es Kate vollkommen egal, ob sie es schaffen würden, ihre Beziehung zu retten. Selbst wenn sich nichts geändert hatte, hätte sie jetzt nicht aufhören können, ihn zu küssen. Sie wollte ihn, auch wenn sie morgen aufwachen und feststellen würde, dass es immer noch tausend Gründe gab, warum sie nicht zusammen sein konnten.

Ben streifte ihr den Trenchcoat ab und hob sie hoch, trug sie ins Schlafzimmer. Das hatte er sonst auch schon häufig getan, doch als er sich diesmal zu ihr auf das Bett legte, war es anders. Seine Berührungen waren zärtlich und fordernd, fiebrig und behutsam zugleich, und jede davon entflammte Kate auf so intensive Weise, dass es ihr die Tränen in die Augen trieb. Es war, als hätte die Sehnsucht, die sich während der vergangenen Wochen in ihr aufgestaut hatte, ganz plötzlich ein Ventil. Alle ihre Sinne waren nur noch auf Ben konzentriert, auf seine Lippen und seine Hände, die ihren Körper erkundeten, ihn zurückeroberten nach der langen Zeit ihrer Trennung.

Und sie wollte ihn auch spüren, knöpfte mit zitternden Fingern sein Hemd auf und schob es zurück, küsste seine breite Brust und atmete seinen Duft ein, der ihr so gefehlt hatte. Worte waren nicht mehr nötig zwischen ihnen, ihre Körper verstanden sich blind, fanden wie selbstverständlich zueinander, während sie sich entkleideten. Als sie beide nackt waren, lagen sie für einen Moment dicht beieinander und sahen sich in die Augen. Kate war ganz schwach vor Glück und Verlangen. Sie wollte Ben so sehr, und er wollte sie auch. Nichts sonst zählte.

Langsam begann er wieder, sie zu küssen und zu streicheln. Er wusste, was ihr gefiel, ließ seine Lippen an ihrem Hals verweilen und schloss sie warm um ihre Brustspitzen, reizte sie, bis Kate die Hände um seinen Kopf schloss und sich schluchzend aufbäumte. Sie war bereit für ihn, wollte ihn in sich spüren, deshalb öffnete sie die Schenkel und stöhnte lustvoll auf, als er in sie eindrang.

Es füllte sie ganz aus, und für einen Moment genoss sie einfach nur das Gefühl, eins mit ihm zu sein.

Ich liebe dich, Ben Sterling, dachte sie, und eine Träne löste sich aus ihrem Augenwinkel, als ihr klar wurde, dass sie ihm das nicht sagen durfte. Es gab keine Garantie, dass sie nicht zum letzten Mal in seinen Armen lag und dieses unstillbare Verlangen spürte, das durch ihre Adern toste, und es machte diesen Moment nur noch bittersüßer, ließ sie noch stärker erbeben.

Ben begann sich zu bewegen, und Kate schlang die Arme um ihn, kam ihm entgegen. Jeder seiner Stöße schickte einen Schauer durch ihren Körper, und sie spürte, wie sich diese atemlose Spannung in ihr aufbaute, sie immer höher trug, auf einen steilen Gipfel zu.

»Sieh mich an«, verlangte Ben, und sie versank in seinen Augen, die dunkel waren vor Lust und noch etwas anderem, Besitzergreifendem, das sie noch nie darin gesehen hatte. Er schien zu wollen, dass sie ganz bei ihm war, forderte mehr von ihr als sonst. »Sag meinen Namen«, flüsterte er heiser und nahm sie weiter in diesem unwiderstehlichen Rhythmus, der ihr Untergang sein würde.

»Ben«, schrie sie, als sie es nicht mehr aushielt, und klammerte sich an ihn. Alles in ihr konzentrierte sich auf einen einzigen, gleißenden, alles verzehrenden Punkt. Und dann atmete sie aus und ließ sich fallen, spürte, wie heiße Wellen der Erlösung sie überrollten. »Oh Gott, Ben.« Sie zitterte unkontrolliert, und Tränen liefen über ihre Wangen, weil es fast zu viel war.

Ben folgte ihr einen Augenblick später und erschauderte wieder und wieder in ihr, und Kate hielt ihn ganz fest, bis die Beben langsam abebbten. Sie atmeten beide schwer, und es dauerte lange, bis sie sich schließlich voneinander lösten. Doch Ben zog Kate sofort wieder an sich, bettete ihren Kopf auf seine Brust und küsste ihr Haar, was Kate glücklich seufzen ließ.

Sie wollte nicht nachdenken und nur den intimen Moment in seinen Armen genießen. Doch irgendwann, als ihr Atem wieder ruhiger ging, drängte die Realität zurück in ihr Bewusstsein und mit ihr die Erkenntnis, dass noch nichts gut war. Es war jetzt nur viel schwerer zu akzeptieren, dass sie vielleicht immer noch keine gemeinsame Zukunft hatten.

»Ist es wahr, dass sie den Brandstifter gefunden haben?«, fragte Ben irgendwann in die Stille.

Kate hob den Kopf. »Ja«, bestätigte sie, und während sie ihm weitergab, was sie von Bill erfahren hatte, versuchte sie, in seinem Gesicht zu lesen. War es ein gutes Zeichen, dass er sich dafür interessierte? »Ich glaube, die Leute, die dir das in die Schuhe schieben wollten, sind jetzt ziemlich zerknirscht.«

Ben schnaubte, sagte jedoch nichts.

»Doch«, beharrte Kate. »Sie haben alle gemerkt, was du für das Gut geleistet hast. Du fehlst auf Daringham Hall, Ben. An allen Ecken und Enden.« Sie wollte, dass er das wusste, selbst wenn es nichts änderte.

Und er musste noch etwas wissen. Sie schluckte.

»Und mir fehlst du auch«, fügte sie leise hinzu.

* * *

Ben sah die vorsichtige Hoffnung in Kates Blick und spürte, wie etwas in ihm nachgab. Es war ein beängstigendes Gefühl, wie ein Erdrutsch in seiner Brust, der ihm den Atem nahm.

Verdammt, sie fehlte ihm auch, mehr als er sich bis jetzt eingestanden hatte. Er wollte sie im Arm halten, er wollte sie spüren, und der Gedanke, dass sie wieder gehen könnte, machte ihn fertig. Das war der Preis dafür, dass er zugelassen hatte, dass sie ihm unter die Haut ging wie noch keine Frau vor ihr. Er hatte versucht, sie zu vergessen, aber das war unmöglich, und er hatte keine Ahnung, was er jetzt tun sollte.

Denn er konnte ihr den Wunsch nicht erfüllen, den er in ihren Augen sah. Er konnte nicht zurückgehen nach Daringham Hall. Dann würde das alles von vorn beginnen, und er würde vermutlich erneut scheitern. Nur würde es ihn viel härter treffen, weil er sich nicht mehr vorgaukeln konnte, dass er nur die geschäftliche Herausforderung suchte. Oder den Kick brauchte. Nein, er würde es tun, weil er wirklich hoffte, dort einen Platz zu finden, an den er gehörte. Und wenn er es zuließ, dieses Gefühl, das seine Brust jetzt gerade beinahe sprengte, dann konnte er nicht mehr weglaufen. Dann musste er bleiben und es aushalten, und der Gedanke erfüllte ihn mit einer namenlosen Angst.

»Ben?«, fragte Kate, und die Unsicherheit in ihrer Stimme schmerzte ihn.

Morgen, dachte er. Morgen würde er überlegen, was als Nächstes passieren musste. Jetzt wollte er nur, dass Kate wieder lächelte. Er wollte sich noch einmal in ihrer Weichheit und ihrem Duft verlieren, solange sie hier bei ihm war. Deshalb beugte er sich zu ihr herunter und eroberte ihre Lippen erneut, weckte die Leidenschaft zwischen ihnen, die machtvoll wieder aufflammte und ihn aufhören ließ zu denken.

27

Kate schlug die Augen auf, nicht sicher, was sie geweckt hatte. Sonnenlicht fiel bereits durch das Fenster herein, und sie räkelte sich zufrieden auf dem breiten Bett, dachte an die aufregende Nacht mit Ben. Sie roch seinen Duft an sich, und obwohl sie nur wenig geschlafen hatte, fühlte sie sich glücklich und voller Energie – bis sie sich umdrehte und feststellte, dass seine Seite des Bettes leer war.

Überrascht richtete sie sich auf und blickte sich im Schlafzimmer um. Doch er war nicht da, und sie spürte einen enttäuschten Stich, als sie bemerkte, dass seine Hose und sein Hemd nicht mehr auf dem Boden neben dem Bett lagen. Also hatte er sich schon angezogen. Kate ließ sich zurücksinken und seufzte. Sie wäre gerne neben ihm aufgewacht, hätte gerne in seinen Augen gelesen, dass ihm die letzte Nacht auch so viel bedeutet hatte.

Schnell stand sie ebenfalls auf, schlüpfte in ein Hemd von Ben, das an einem Bügel am Schrank hing, und ging ins Wohnzimmer.

»Ben?«, fragte sie vorsichtig, weil sie hoffte, dass er vielleicht noch da war. Doch er antwortete nicht. Er musste die Wohnung verlassen haben, und er hatte ihr auch keine Nachricht hingelegt, wo er hingegangen war.

Das Gefühl der Enttäuschung kehrte zurück, aber Kate beschloss, es pragmatisch zu sehen. Die große Wanduhr zeigte an, dass es schon nach neun war. Vielleicht hatte Ben einen Termin und nur vergessen, es zu erwähnen. Oder er besorgte etwas. Er kam sicher bald zurück, deshalb konnte sie die Zeit genauso gut nutzen, um sich frisch zu machen.

Doch als sie eine Weile später geduscht und angezogen wieder in den Wohnraum zurückkehrte, war sie immer noch allein im Apartment.

Wo konnte Ben denn nur sein?

Ratlos ließ Kate sich auf die breite Couch sinken. Ihr war plötzlich kalt, und die Unsicherheit, die sie bis jetzt erfolgreich verdrängt hatte, kehrte mit Macht zurück.

Ben hatte sie doch nicht etwa in der Wohnung allein gelassen, um ihr Zeit zu geben, wieder zu gehen – oder? Der Gedanke drang wie eine eisige Spitze in die angenehmen Erinnerungen an die letzte Nacht, ließ sie plötzlich alles hinterfragen, was sie gerade noch glücklich gemacht hatte. Sie war so sicher gewesen, in Bens Augen etwas entdeckt zu haben, das sie dort vorher noch nie gesehen hatte. Und die Art, wie er sie geliebt und später im Arm gehalten hatte, die Zärtlichkeiten, die Küsse: War das nicht ein Eingeständnis gewesen, dass er genauso wenig von ihr loskam wie sie von ihm? Hatte es nicht bedeutet, dass er es noch einmal versuchen wollte?

Kate erhob sich wieder und begann, unruhig im Wohnzimmer auf und ab zu laufen, während ihr schlimmer Streit noch einmal vor ihrem geistigen Auge ablief. Was, wenn Ben seine Meinung nicht geändert hatte? Wenn er nicht mehr nach Daringham Hall zurückkehren wollte? Vielleicht würde er wollen, dass sie zu ihm nach New York kam? Sie schluckte. Es war vielleicht die einzige Möglichkeit, und so schwer ihr der Gedanke fiel – schuldete sie ihm nicht wenigstens den Versuch, nach allem, was er für sie getan hatte?

Ein lautes Summen holte Kate aus ihren Gedanken. Sie sah sich um und entdeckte, dass es Bens Handy war. Es vibrierte und rutschte dabei über die Glasoberfläche des Couchtischs. Er hatte es nicht mitgenommen, und sie fragte sich unwillkürlich, ob das nicht ein gutes Zeichen war. Wenn er länger wegbleiben würde, hätte er es doch sicher mitgenommen, tröstete sie sich.

Ihr Blick fiel auf den Umschlag, den sie aus England mitgebracht hatte. Er lag neben dem Handy, aber er war noch geschlossen, und Kate fiel siedend heiß wieder ein, dass sie das, weshalb sie eigentlich gekommen war, noch gar nicht zu Ende gebracht hatte. Sie musste Ben noch erklären, wieso er diese Nachricht von Ralph erst jetzt bekam, und ihre Unsicherheit wuchs erneut. Der Inhalt konnte Ben versöhnen oder erneut gegen die Camdens aufbringen, und sie hatte Angst vor dem Moment, wenn er ihn öffnete. Aber noch schlimmer war das Warten. Egal, was am Ende dabei herauskam, er sollte endlich wiederkommen, damit sie darüber reden konnten, was zwischen ihnen passiert war und wie es jetzt weiterging. Sie brauchte endlich Gewissheit ...

Kate zuckte zusammen, als ein melodiöses Klingeln die Stille im Apartment zerriss. Sie brauchte einen Moment, bis sie begriff, dass es das Telefon war, das auf dem Beistelltisch neben dem Sofa stand. Der Hörer hatte ein schlankes, minimalistisches Design und stand schräg in der schwarzen Station. Angespannt starrte Kate darauf und war für einen kurzen Moment versucht dranzugehen, weil sie hoffte, dass es Ben war. Aber das war absurd – warum sollte er seine eigene Nummer wählen, noch dazu, wenn er gar kein Handy dabeihatte? Und wer ihn sonst sprechen wollte, ging sie nichts an. Deshalb verschränkte sie die Arme vor der Brust und ließ das

Telefon klingeln. Nach dem sechsten Mal schaltete sich der Anrufbeantworter ein, und Sienna Walkers Stimme erklang aus dem Lautsprecher der Station.

»Hallo, Ben. Ich hoffe, ich störe dich nicht, aber ich dachte, du willst vielleicht wissen, dass dieser Lewis Barton eben schon wieder hier angerufen hat. Er sagt, du gehst nicht an dein Handy, deshalb hat er es bei uns versucht.« Sie schnaubte. »Ganz schön hartnäckig, der Kerl. Und extrem unfreundlich. Er sagt, noch höher würde er mit seinem Angebot nicht gehen und dass er jetzt endlich eine Antwort von dir will. Richtig böse ist er geworden und hat behauptet, du würdest ihn absichtlich zappeln lassen. Machst du das, Ben?« Sie lachte, während Kates Gesicht zu einer ernsten Maske erstarrte. »Zutrauen würde ich es dir zumindest, du kennst ja die Tricks. Jedenfalls ist er erst wieder ein bisschen runtergekommen, als ich ihn daran erinnert habe, dass ich seine Nachricht nicht ausrichten würde, wenn er nicht …«

Kate hörte nicht mehr zu, spürte nur, wie ihre Kehle sich zuschnürte. Dann war es also tatsächlich Barton, der Daringham Hall kaufen wollte?

»… melden, wenn du magst. Du weißt ja, wo du mich erreichen kannst.« Sienna wollte offenbar wieder auflegen, deshalb riss Kate den Hörer aus der Station. Natürlich stand es ihr nicht zu, sich in diese Sache einzumischen. Aber sie musste es einfach wissen.

»Miss Walker, hier spricht Kate Huckley«, sagte sie und lauschte in die Stille, die ihrer Ankündigung folgte. Offenbar musste Sienna ihre Überraschung erst verarbeiten. Kate sah sie vor sich: Schlank, blond und immer auf den Punkt durchgestylt war Bens ehemalige Sekretärin der Inbegriff einer attraktiven Karrierefrau, die genau wusste, was sie wollte. Es hatte Zeiten gegeben, da war Kate eifersüchtig auf Sienna gewesen. Aber jetzt interessierte sie nur eins. »Was haben Sie da eben gesagt?«

»Entschuldigen Sie, aber ich glaube nicht, dass Sie das etwas angeht«, erklärte Sienna kühl. Offenbar hatte sie sich von ihrem Schock erholt. »Was tun Sie überhaupt in Bens Apartment?«

Kate fand nicht, dass sie Sienna dafür eine Erklärung schuldete. »Hat Lewis Barton Ben ein Kaufangebot für Daringham Hall gemacht?« Sie konnte nicht verhindern, dass ihre Stimme zitterte.

Erneut schwieg Sienna und schien mit sich zu ringen, ob sie überhaupt mit Kate reden sollte. Sie entschied sich jedoch dafür, und die Färbung ihrer Stimme wechselte von entrüstet zu spitz.

»Ja, allerdings. Und er wirkte sehr zuversichtlich, dass Ben es annimmt.« Sie gab einen Laut von sich, der wie ein ziemlich undamenhaftes Schnauben klang. »Sie müssen sich keine Hoffnungen machen, dass er zurückkommt, Miss Huckley. Er hat hier schon mehrere sehr lukrative Jobangebote, er überlegt nur noch, welches davon er annimmt. Es sind Spitzenpositionen, gar nicht zu vergleichen mit der Leitung eines maroden englischen Landguts. Dieses Herrenhaus ist für ihn nur ein Klotz am Bein, den er jetzt möglichst schnell loswerden will.«

Sienna hatte zwar nur Daringham Hall erwähnt, aber Kate war sich ziemlich sicher, dass »Klotz am Bein« sich auch auf sie bezog. In der Vergangenheit hatte Sienna nie einen Hehl aus ihrer Abneigung Kate gegenüber gemacht. Wenn es nach ihr gegangen wäre, hätte Ben New York niemals verlassen dürfen, und sie schien auch jetzt – aus was für Gründen auch immer – sehr großes Interesse daran zu haben, dass er blieb.

»Was hat Barton noch gesagt?«, wollte Kate wissen, aber Sienna erinnerte sich jetzt offenbar wieder daran, dass sie Informationen, die nur für Ben bestimmt waren, nicht an Dritte weitergeben durfte.

»Ich fürchte, das geht Sie nichts an, Miss Huckley. Nicht mehr jedenfalls. Einen schönen Tag noch.«

Damit legte sie auf und ließ Kate keine Gelegenheit, etwas zu erwidern. Langsam stellte Kate den Hörer zurück auf die Station, während Siennas Worte durch ihren Kopf hallten.

Dann stimmte es also: Barton wollte Daringham Hall kaufen – und Ben würde das Angebot annehmen. Natürlich. Er hatte längst wieder Fuß gefasst in New York, trat demnächst eine neue Stelle irgendwo weit oben in einem Unternehmen an, setzte seine Karriere fort – was sollte er da noch mit einem englischen Gut? Hatte er den Camdens deshalb verschwiegen, wer hinter dem Kaufangebot steckte? Hielt er sie vielleicht nur hin und ließ sie hoffen, während er längst mit Barton um den Preis schacherte?

Kate schluckte und sah zu Bens Arbeitszimmer hinüber, das vom Wohnraum abging. Die Tür stand einen Spalt weit offen, und sie ging hin, schob sie zögernd weiter auf.

Der relativ kleine Raum bestand im Grunde nur aus Regalen voller Bücher und Ordner und einem großen Schreibtisch mit Desktop. Das Fenster lag zur Parkseite, deshalb hatte man von hier ebenfalls eine wunderbare Aussicht. Doch Kate interessierte im Moment nur das, womit Ben sich gerade beschäftigte. Hastig und mit einem schlechten Gewissen ließ sie den Blick über die Papiere auf dem Schreibtisch wandern. Sie wusste, dass sie damit in seine Privatsphäre eindrang, aber sie wollte Gewissheit. Und sie brauchte auch nicht lange zu suchen. Das Angebot von Barton lag direkt obenauf, als sie eine der Schubladen aufzog. Es waren sogar zwei – ein älteres Schreiben und eine neuere Version von letzter Woche, in der Barton noch mal deutlich mehr Geld bot als zuvor.

Zitternd legte Kate beide Schriftstücke wieder zurück und schloss die Schublade. Sie fühlte sich wie betäubt, hatte nicht mal Tränen. Alles in ihr war kalt.

Ben hatte das erste Angebot von Barton schon direkt nach dem Brand bekommen – und er hatte ihr nichts davon gesagt.

Vielleicht weil er da schon wusste, dass er es annehmen und dass Kate sehr große Schwierigkeiten mit dieser Entscheidung haben würde? War das der Anfang vom Ende gewesen, der Grund, warum er so merkwürdig distanziert geworden war und sie nicht mehr an sich herangelassen hatte?

Verzweifelt schloss Kate die Augen, weil es sich anfühlte wie Verrat. Sie wollte ihm böse sein, dass er es ihr verschwiegen hatte, wollte sich an den Zorn darüber klammern, dass Ben einen Verkauf an Barton überhaupt in Erwägung zog. Aber so einfach war das nicht.

Ben hatte jedes Recht, Daringham Hall zu verkaufen. Es war sein Geld, das in Haus und Hof steckte, und es stand ihm zu, sich seine Investition wiederzuholen. Außerdem war er vielleicht gar nicht so hinterhältig, wie Siennas Worte sie hatten glauben lassen. Es war bestimmt kein Trick, er hatte den Preis nicht absichtlich in die Höhe getrieben, sondern zögerte, weil er wirklich auf eine andere Lösung hoffte. Aber es gab keine, die Camdens kamen aus eigener Kraft nicht raus aus der Schuldenfalle, in der sie sich befanden. Sie hatten kein Geld, um Ben auszubezahlen. Und da Ben nicht zurückkommen wollte, blieb ihm nur die Möglichkeit, auf Bartons Angebot einzugehen. Es war auch viel zu gut, um es auszuschlagen, und so sehr Kate das Herz blutete: Ben musste es annehmen.

Deshalb hatte er gestern Abend nicht geantwortet, als Kate ihm gesagt hatte, dass ihn auf Daringham Hall alle vermissten. Dass sie ihn vermisste. Weil er nicht zurückkehren würde. Er hatte mit East Anglia und den Camdens abgeschlossen, und Kate durfte ihm das nicht vorwerfen und schon gar nicht ausreden. Sie konnte nicht noch einmal verlangen, dass er alles aufgab, was ihm wichtig war.

Doch genau das würde sie tun. Sie würde es nicht schaffen zuzusehen, wie er Daringham Hall an Barton verkaufte, sie würde ihn anflehen, es nicht zu tun. Und deshalb konnte sie nicht bleiben.

Kate drehte auf dem Absatz um und ging zurück ins Wohnzimmer. Es war falsch von ihr gewesen zu kommen, es lief am Ende wieder auf das hinaus, was ihr Streit zutage gefördert hatte: dass sie keinen Kompromiss fanden. Dass sie zusammen nicht glücklich werden konnten.

Plötzlich wollte sie nur noch weg von hier, bevor Ben zurückkam. Ihn zu sehen und zu wissen, dass es nicht ging, würde ihr zu wehtun. Sie konnte nicht mal bleiben, um ihm zu erklären, was es mit dem Umschlag auf sich hatte – es machte ja ohnehin keinen Unterschied mehr.

Ohne noch eine Sekunde zu zögern, griff sie nach Tasche und Trenchcoat, verließ hastig die Wohnung und nahm den Fahrstuhl nach unten in die Lobby.

»Auf Wiedersehen«, rief der Portier ihr lächelnd zu, während sie vorbeiging. Es war derselbe Mann wie gestern Abend, und er lächelte viel freundlicher, wahrscheinlich weil er sie jetzt kannte. Kate nickte ihm jedoch nur zu, weil ihre Kehle wie zugeschnürt war. Es würde nämlich kein Wiedersehen geben. Wenn sie jetzt ging, dann sah sie Ben nie mehr, und obwohl sie wusste, dass es richtig war, riss es ihr auch das Herz heraus.

Ein gelbes Taxi stand direkt vor dem Eingang, und der Mann, der es benutzt hatte, bezahlte gerade den Fahrer. Kate nutzte diese Gelegenheit und stieg ein.

Der Taxifahrer drehte sich zu ihr um. »Wohin soll's denn gehen, Miss?«, wollte er wissen.

Kate dachte an Tilly, die mit Peter gar nicht weit entfernt von hier wohnte. Ihre Freundin wusste nicht, dass sie in New York war, und Kate hätte sie gerne gesehen. Aber sie würde Tilly vermutlich nur etwas vorheulen.

»Zum JFK, bitte«, sagte sie mit brüchiger Stimme und setzte sich ihre Sonnenbrille auf, damit man nicht sah, wie nah sie den Tränen war.

28

Im Apartment war es still, als Ben die Tür aufschloss. Zu still.

»Kate?«, rief er, obwohl er wusste, dass er keine Antwort bekommen würde. Alfredo hatte Ben schon unten in der Lobby mitgeteilt, dass sie vor ein paar Minuten gegangen war, ohne eine Nachricht zu hinterlassen. Und jetzt sah er mit einem Blick, dass ihre Tasche und ihr Mantel fehlten. Nur der Umschlag, den sie ihm gestern gebracht hatte, lag noch auf dem Couchtisch.

Mit einem hohlen Gefühl im Magen stellte Ben die Tüte mit den Lebensmitteln ab und griff nach seinem Handy, das auf dem Couchtisch lag.

Er hatte vorhin vergessen, es mitzunehmen, denn eigentlich hatte er nur in dem Deli zwei Blocks weiter etwas für das Frühstück mit Kate besorgen wollen, weil er viel zu wenig und vor allem nichts Besonderes mehr im Kühlschrank hatte. Aber der Ladenbesitzer, ein älterer Herr mit deutsch-polnischen Wurzeln namens Paul Wischnewsky, war gestern überfallen worden. Und weil Ben ihn schon eine Weile kannte und sehr schätzte, hatte er es nicht übers Herz gebracht, Pauls aufgeregte Erzählung zu unterbrechen. Erst nach über einer halben Stunde hatte Ben seinen Weg fortsetzen können, nur um ein paar Meter weiter ausgerechnet mit Linda Burke zusammenzustoßen, einer ehemaligen Mitarbeiterin. Sie war die Vorgängerin von Sienna Walker gewesen, und Ben hatte mit Fragen über die Firma gerechnet. Stattdessen hatte Linda ihn jedoch nur über einen Geschäftsfreund ausgefragt, in dessen Unternehmen sie sich beworben hatte, und sie war dabei so hartnäckig gewesen, dass Ben sich nur mit Mühe von ihr hatte loseisen können. Er hatte sich darauf gefreut, Kate zu sehen. Aber sie war weg und er hatte keine Ahnung, wieso.

Ben strich über sein Handydisplay, um es zu entsperren, dann rief er Kates Handynummer an. Es klingelte einmal, doch schon vor dem zweiten Mal erklärte eine Ansage, dass der Teilnehmer vorübergehend nicht zu erreichen sei. Stimmte das? Oder hatte Kate seinen Anruf weggedrückt?

Er warf das Handy zurück auf den Couchtisch und konnte seinen Frust kaum noch verbergen. Was zur Hölle war denn bloß passiert? Die einzige Erklärung, die ihm überhaupt einfiel, war Tilly. War es möglich, dass Kate ihre Freundin besuchte? Sie hatte Ben gegenüber nichts davon erwähnt, aber besonders viel zum Reden waren sie gestern auch nicht gekommen. Das hatte Ben jetzt tun wollen, und er hoffte immer noch, dass er dazu Gelegenheit haben würde.

Schnell ging er zum Telefon und wählte die Nummer von Peters Apartment. Peter würde jetzt nicht dort sein, er saß um diese Zeit im Büro, aber Ben wollte ja auch mit Tilly sprechen, überfiel sie regelrecht mit seiner Frage, als er sie erreichte.

»Hat Kate sich bei dir gemeldet?«

»Nein«, erwiderte Tilly ehrlich überrascht. »Wieso? Ist was passiert?«

Ben spürte Enttäuschung in sich aufsteigen. Also hatte Kate ihre Freundin offenbar nicht über ihren Besuch in New York informiert. Was bedeutete, dass sie jetzt vermutlich auch nicht auf dem Weg zu Peters Wohnung war.

»Was ist denn mit Kate?«, erkundigte sich Tilly besorgt, weil Ben ihr keine Antwort gegeben hatte.

»Nichts.« Er atmete tief durch. »Es ist nichts. Ich … dachte nur.«

»Ben …«

»Tut mir leid, Tilly. Ich muss auflegen. Grüß Peter von mir«, sagte er hastig, bevor sie ihm Fragen stellen konnte, die er nicht beantworten wollte, und unterbrach das Gespräch.

Für einen Moment starrte er ratlos ins Leere, dann stellte er den Hörer wieder auf die Station zurück. Erst jetzt sah er, dass die rote Leuchte des Anrufbeantworters blinkte. Noch ganz in Gedanken drückte er auf die Abspieltaste, und gleich darauf erklang Sienna Millers Stimme.

»Scheiße«, murmelte Ben, während er der Nachricht lauschte. Er wusste, dass der Anrufbeantworter auf Lautsprecher stellte, wenn ein Anruf kam. Also hatte Kate das hier vielleicht gehört. Die Bestätigung bekam er einen Augenblick später, denn Siennas Stimme brach plötzlich ab, früher, als die Nachrichten sonst endeten. Also hatte Kate wahrscheinlich den Hörer abgenommen und direkt mit Sienna gesprochen.

Ben stöhnte auf, denn was immer die beiden sich gesagt hatten, es war sicher keine entspannte Plauderei gewesen. Wenn Kate wegen dieses Telefonats gegangen war, dann befand sie sich vermutlich auf dem Weg zum Flughafen. Konnte er sie dort noch abfangen?

Er war schon fast an der Wohnungstür, als ihm einfiel, dass er etwas sehr Wichtiges außer Acht gelassen hatte. Abrupt blieb er stehen. Was sollte er ihr sagen, wenn er sie wirklich noch erwischte? Dass es ihm leidtat? Und dass er mit ihr wieder zurück nach England gehen würde?

Langsam schleppte Ben sich zurück in den Wohnraum und

ließ sich schwer auf das Sofa fallen, lehnte den Kopf gegen die Polster und schloss die Augen. Sofort sah er Kate vor sich, wie sie ihn angelächelt hatte, gestern Abend, nachdem sie sich auf diese erschütternde Weise geliebt hatten.

Du fehlst auf Daringham Hall, Ben. Und mir fehlst du auch.

Aber wie konnte er dort fehlen? Er war kein Teil der Familie, er war dort immer ein Fremdkörper gewesen. Er hatte nicht dazugehört, jedenfalls nicht richtig, und vielleicht hatte er das auch gar nicht wirklich gewollt. Er hatte es zwar versucht, aber nicht aus vollem Herzen – genau wie Kate es ihm vorgeworfen hatte. Weil er eben so war. Er gab nie sein ganzes Herz. Immer nur so viel, wie er musste. Abwägen und Zurückziehen, das waren seine beiden Methoden, wenn es um Frauen ging, und anders als im Geschäftsleben war er im zwischenmenschlichen Bereich alles andere als risikofreudig. Warum auch? Es brachte nur Schmerz und Enttäuschung, wenn man Menschen zu nah an sich heranließ, und nach dem Tod seiner Mutter war er vorsichtig geworden und geblieben. Vielleicht hatte er es einfach verlernt, diese Sache mit dem bedingungslosen Vertrauen. Oder er hatte sie nie beherrscht.

Und selbst wenn er Kate während der letzten Wochen gefehlt hatte – jetzt sah sie das bestimmt anders. Vielleicht hätte es eine Chance auf eine Versöhnung zwischen ihnen gegeben, aber Ben hatte sie vertan, weil er nicht ehrlich zu ihr gewesen war. Weil er ihr nicht vertraut hatte, wie er es vielleicht hätte tun sollen.

Mit einem tiefen Seufzen blickte Ben sich in seinem Apartment um, das er plötzlich schrecklich steril und unpersönlich fand, und wünschte zum ersten Mal in seinem Leben sein Misstrauen zum Teufel. Warum war er nicht wie andere

Menschen in der Lage, sich auf Gefühle einzulassen? Warum wagte er da so wenig?

Sein Blick fiel auf den Umschlag, den Kate gestern mitgebracht hatte. Er war der eigentliche Anlass für ihren Besuch gewesen. Was hatte sie noch dazu gesagt? Irgendetwas darüber, dass er von Olivia war und dass er ihm unbedingt haben sollte.

Ohne großes Interesse zog Ben den Umschlag zu sich heran, doch das änderte sich sofort, als er das *Für Ben* sah, das darauf stand. Es war Ralphs Handschrift, er hatte sie auf Daringham Hall in alten Dokumenten und Aufzeichnungen oft genug gesehen und erkannte sie sofort. Richtig, dachte er. Kate hatte auch Ralph erwähnt. Aber was konnte sein Vater ihm jetzt noch schicken?

Mit einem nervösen Gefühl im Magen öffnete Ben den Umschlag und zog zwei schmale, in Leder gebundene Büchlein heraus. Sie waren schlicht, und der Einband des einen Buches wirkte sehr viel älter und abgegriffener als der andere. Zuerst glaubte Ben, dass es Bücher waren, doch als er sie durchblätterte, erkannte er beschriebene Seiten – es waren Tagebücher, wurde ihm klar, und zwischen den Daten, die darin angegeben waren, lagen über dreißig Jahre. Das ältere enthielt Einträge aus dem Jahr vor Bens Geburt, das neuere dagegen schien Ralph kurz vor seinem Tod beendet zu haben. In dem neueren Band lag außerdem eine Karte, die an Ben gerichtet war. Laut Datum hatte Ralph sie zwei Tage vor seinem Tod geschrieben.

Mein lieber Ben,

diese beiden Büchlein sind für dich. Sie können dir sagen, wozu ich persönlich vielleicht nicht mehr imstande sein werde. Ich hoffe, du kannst mir eines Tages verzeihen und findest dein Glück.

In Liebe
Ralph

Ben starrte auf die wenigen Zeilen und spürte, wie ihm die Kehle eng wurde. Die Worte berührten etwas in ihm, das er verdrängt hatte, holten das Bedauern und den Schmerz über Ralphs Verlust zurück an die Oberfläche. Wirklich weit weg waren sie nie gewesen, Ben hatte ihnen nur keinen Raum geben wollen. Doch jetzt, wo er durch Kates plötzliches Auftauchen ohnehin schon angeschlagen war, schaffte er es nicht mehr, das alles wegzuschieben. Deshalb schlug er das erste Büchlein auf und begann zu lesen.

Ralphs Stimme klang ihm in jeder Zeile entgegen, und Ben verschlang die Worte, die ein Bild in seinem Kopf erzeugten von dem Mann, den er viel zu wenig gekannt hatte. Dem Mann, dessen Sohn er war und dem er sich plötzlich näher fühlte als jemals zuvor. Näher als er es nach all dieser Zeit noch erwartet hätte.

Als er fertig war, legte er beide Bände zurück auf den Couchtisch und versuchte, das Gelesene zu verarbeiten.

Ralph hatte ihm sehr persönliche Aufzeichnungen anvertraut, und Ben war tief eingetaucht in das Seelenleben seines damals neunzehnjährigen Vaters, der im ersten der beiden Tagebücher festgehalten hatte, wie er sich in Jane Sterling verliebt hatte.

Ich liebe ihr Lachen und ich liebe es, mit dem Kopf in ihrem Schoß zu liegen, ihre Finger in meinem Haar zu spüren und ihr zuzuhören, wenn sie mit ihrer warmen Stimme singt, hatte er geschrieben, und seine Worte hatten Ben mitten ins Herz getroffen. Denn auch er wusste noch, wie ansteckend das Lachen seiner Mutter gewesen war. Und dass sie ihm abends Gute-Nacht-Lieder gesungen und ihn dabei sanft gestreichelt hatte, gehörte zu seinen schönsten Kindheitserinnerungen.

Aber das Glück von Ralph und Jane war nur von kurzer Dauer gewesen, und Ralph hatte auf den Seiten danach festgehalten, wie es ihm nach der Trennung ergangen war. Anders als Ben lange geglaubt hatte, war sein Vater tatsächlich am Boden zerstört gewesen und hatte Janes plötzliches Verschwinden kaum verwunden. Wochenlang hatte Ralph über die Gründe spekuliert und war anfangs fest entschlossen gewesen, nach ihr zu suchen. Doch Lady Eliza hatte ihn immer wieder davon abgebracht, hatte ihm eingeredet, dass Jane flatterhaft und oberflächlich war und sich nicht genug für ihn interessierte – etwas, das den jungen Ralph sehr gekränkt hatte. Trotzdem waren immer wieder Zweifel in ihm aufgeflammt, nur nie stark genug, um sich gegen seine dominante Mutter durchzusetzen. Irgendwann hatte er sich dann in die Einsicht gefügt, dass Jane nichts mit ihm zu tun haben wollte, und beschlossen, sie zu vergessen. Er hatte nichts von Lady Elizas böser Intrige geahnt, und wenn man ihm einen Vorwurf machen konnte, dann nur den, dass er nicht hartnäckig genug gewesen war.

Er wusste es wirklich nicht, dachte Ben. Ralph hatte das ihm gegenüber immer behauptet, aber erst jetzt, wo er diesen eindeutigen Beleg in den Händen hielt, konnte er es wirklich glauben. Und es erleichterte ihn, nahm ihm ein schweres Gewicht von den Schultern.

Aber noch stärker beschäftigten ihn Ralphs Einträge in das

aktuelle Tagebuch, das ebenfalls in dem Umschlag gelegen hatte. Die Seiten waren nicht alle gefüllt, ein Viertel war am Ende noch frei, und bei einigen Aufzeichnungen, vor allem denen kurz nach der schlimmen Krebsdiagnose, hatte Ralphs Hand beim Schreiben gezittert. Man konnte zwischen den Zeilen spüren, wie verzweifelt er darüber gewesen war, dass ihm die Zeit so erbarmungslos durch die Finger rann und wie rapide sein körperlicher Zustand sich verschlechtert hatte. Nichts davon hatte er sich in den Gesprächen mit Ben anmerken lassen, und Bens Respekt vor seinem Vater war mit jedem Wort gewachsen. Was ihm jedoch wirklich nachging, war einer der letzten Einträge, kurz bevor die Aufzeichnungen abbrachen. Er hatte die Formulierungen nicht mehr genau vor Augen, deshalb schlug er die Seite erneut auf.

Es ist so furchtbar ungerecht, stand dort, und Ben sah Ralphs Gesicht vor sich, während er die Zeilen noch einmal las. *Als ich David damals das erste Mal in meinen Armen hielt, wusste ich gar nicht wohin mit all der Liebe in mir. Er war so klein und schutzlos, und es war klar, was meine Aufgabe sein würde: ihn zu lieben und zu behüten und dafür zu sorgen, dass er voller Vertrauen die Herausforderungen annehmen kann, die das Leben für uns alle bereithält. Ich kenne David, ich weiß, was er erlebt hat, und auch wenn ich ihn nicht vor allem Negativen bewahren konnte, war ich für ihn da, wenn er mich brauchte.*

Für Ben war ich nie da, und es gibt nichts, was mich mehr schmerzt als die Erkenntnis, dass er all das, was ich David geben konnte, vermissen musste. Er hätte ebenso ein Recht darauf gehabt, aber er musste für sich alleine streiten, und das kann ich nie wiedergutmachen. Ich kann nicht mehr ungeschehen machen, was ihm widerfahren ist – und wir werden uns auch niemals so nah sein, wie David und ich es sind. Manche Dinge lassen sich nicht rückgängig machen, aber wir hätten in den nächsten Jahren vielleicht wenigstens ein wenig von dem aufholen können, was wir verpasst haben. Das wird mir jedoch nicht vergönnt sein, und das macht meinen Schmerz noch größer.

Ich hätte Ben gerne besser gekannt. Ich hätte gerne den Moment erlebt, in dem er mich ansieht wie einen Freund und nicht mehr wie den Mann, der ihn im Stich gelassen hat. Ich hätte es so gerne wiedergutgemacht, wenigstens ein bisschen.

Stattdessen muss ich ihn bitten, mir zu helfen – und das fällt mir schwer, weil es das Unrecht, das ich durch mein Versagen verursacht habe, eigentlich nur noch größer macht. Ich gebe meiner Mutter nicht die Schuld an dem, was geschehen ist, sondern nur mir selbst. Ich habe meine Liebe zu Jane viel zu früh aufgegeben, deshalb bin ich dafür verantwortlich, dass Ben all das erleiden musste, was ihn geprägt hat. Und doch ist er, gerade weil er ist, wie er ist, jetzt vielleicht die Rettung für die Familie.

Wenn ich ihn ansehe, dann sehe ich jemanden, der weiß, was er will und wie er es bekommen kann. Jemanden, der viel stärker ist, als ich es jemals war. Er hat bewiesen, was er erreichen kann, und ich bin stolz auf ihn. Er hätte jeden Grund gehabt, sein Leben wegzuwerfen und einfach aufzugeben. Er hätte jeden Grund gehabt, nicht stark zu sein. Aber er ist da durchgekommen, er hat gekämpft, und das zeichnet ihn aus, macht ihn zu etwas Besonderem. Wenn er das Gut weiterführt, dann wird er nicht zögern, so wie ich es oft getan habe. Mit ihm hätte Daringham Hall eine Chance, das weiß ich. Aber wie soll ich ihn darum bitten, nach allem, was war? Ich muss es tun, und ich kann nur beten, dass er es nicht falsch versteht – und uns und dem Gut eine Chance gibt, die wir nach allem, was war, nicht mehr verdient haben.

Ben klappte das Tagebuch zu und legte es zurück auf den Couchtisch.

Jetzt weißt du es, dachte er und fragte sich, wieso seine Brust ihm so wehtat, wenn er sich doch eigentlich leicht fühlte. Leichter als jemals zuvor. Vielleicht schmerzte es so, weil in ihm auf einmal Dinge an ihren Platz rückten, die sehr lange verschoben gewesen waren.

Nur warum bekam er diese Nachricht von seinem Vater erst nach dieser ganzen Zeit? Wieso hatte er das nicht viel früher erfahren? Der Verdacht keimte in ihm auf, dass Olivia etwas damit zu tun haben musste. Hatte Kate nicht auch irgendetwas in der Richtung gesagt, als sie ihm den Umschlag gegeben hatte? Er hätte sie das fragen können. Aber sie war ja nicht mehr da …

Das Klingeln der Türglocke ließ ihn zusammenzucken. Jemand stand vor der Wohnungstür, was bedeutete, dass es jemand sein musste, den der Portier kannte. Jemand, der auf der Liste der Personen stand, die direkt zu Ben nach oben fahren durften. Oder jemand, an den Alfredo sich noch erinnern konnte, weil sie bis vor kurzem noch hier gewesen war.

Ben lief zur Tür, riss sie mit einem Ruck auf und hoffte, nein, wollte unbedingt, dass es Kates braune Augen waren, in die er blickte. Doch es war Tilly, die sich – eine Hand in die Hüfte gestützt – wütend vor ihm aufbaute.

»Sag mal, spinnst du?«, fuhr sie an. »Wie kannst du Kate das antun?«

29

Ben schluckte die Enttäuschung herunter, dass es nicht Kate war, die vor seiner Tür stand.

»Wo ist sie?«, wollte er wissen, doch Tilly drängte sich schon an ihm vorbei in die Wohnung.

»Das besprechen wir besser drin«, zischte sie, und Ben hielt sie nicht auf. So wütend, wie sie aussah, war es vermutlich wirklich besser, wenn ihr Gespräch nicht im Flur stattfand.

Tilly drehte sich im Wohnzimmer zu Ben um, und an ihrer angriffslustigen Haltung und dem vorwurfsvollen Funkeln in ihren Augen hatte sich nichts geändert.

»Wieso hast du mir nicht gleich gesagt, dass Kate hier bei dir war?«, wollte sie wissen.

Ben zuckte mit den Schultern und fühlte einen scharfen Schmerz in der Brust, der ihn aggressiver antworten ließ, als er eigentlich wollte.

»Wenn sie es dir nicht selbst erzählt hat, dann wird sie ihre Gründe dafür haben«, erwiderte er. »Außerdem bin ich dir keine Rechenschaft schuldig.«

»Ach, jetzt komm mir doch nicht so!«, fuhr Tilly ihn an. »Kate ist meine Freundin. Und es geht mich sehr wohl etwas an, wenn sie mich völlig aufgelöst vom Flughafen anruft.«

»Ist sie dort?«, wollte Ben wissen und kämpfte noch einmal gegen das heftige Bedürfnis an, sofort zu ihr zu fahren.

»Sie war dort«, bestätigte Tilly. »Aber sie wollte den nächsten Flieger zurück nach England nehmen, weil sie gar nicht schnell genug wegkommen kann von dir. Deshalb ist sie jetzt vielleicht schon in der Luft.« Sie schüttelte den Kopf. »Ich hatte mir nach deinem Anruf schon gedacht, dass irgendetwas passiert sein muss. Aber ich bin davon ausgegangen, dass du zu ihr willst und nicht umgekehrt. Ich dachte, du wärst vielleicht endlich wieder zu Verstand gekommen. Aber da habe ich dich offenbar überschätzt, denn du scheinst ja beschlossen zu haben, dich stattdessen lieber in ein gefühlloses Monstrum zu verwandeln.«

Ben ballte die Hände zu Fäusten. »Ein gefühlloses Monstrum?«, fragte er in dem ruhigen, aber sehr scharfen Ton, der Leuten, die mit ihm arbeiteten, eine Warnung gewesen wäre. Tilly konnte er damit jedoch nicht beeindrucken. Sie war viel zu sehr in Rage, um überhaupt darauf zu achten.

»Ja, ein Monstrum. Das musst du nämlich sein, wenn du ernsthaft in Erwägung ziehst, Daringham Hall an Lewis Barton zu verkaufen.«

Ben stöhnte auf. »Kate hat da etwas falsch verstanden«, erklärte er. Tilly hob die Augenbrauen.

»Dann stimmt es nicht? Barton hat dir kein Kaufangebot gemacht?«

»Doch, aber ...«

»Ben, du brauchst mich nicht anzulügen«, unterbrach sie ihn. »Und du hättest besser auch Kate nicht angelogen.«

»Das habe ich nicht, ich habe ihr nur ...«

»Nicht die Wahrheit gesagt. Zum zweiten Mal«, beendete Tilly seinen Satz, und Ben fühlte sich furchtbar.

Immer noch empört schüttelte die resolute Engländerin

den Kopf. »Kate liebt dich, du verdammter Idiot. Ist dir das denn gar nichts wert?«

Ben starrte sie an, aber Tilly redete schon weiter, weil sie offenbar erst loswerden musste, weshalb sie gekommen war.

»Hast du eigentlich irgendeine Ahnung, was du ihr damit antust, wenn du das wirklich durchziehst? Die Camdens sind ihre Familie, Ben, sie hängt an ihnen. Und dieser Barton wird sie bestimmt alle mit Pauken und Trompeten vom Hof jagen. Er hat sich so in seine Wut über diesen missglückten Grundstücksverkauf hineingesteigert, dass er jedes Maß verloren hat. Du solltest ihn mal hören, wenn er über sein Lieblingsthema schwadroniert, dass die Camdens ihn betrogen haben. Vielleicht nutzt er Daringham Hall als Pferdestall, nur um sie zu treffen.« Tränen schimmerten in ihren Augen, und Ben wurde klar, dass auch Tilly bei diesem Thema emotional sehr beteiligt war.

»Aber was soll ich denn machen?«, fragte Ben. »Barton ist der Einzige, der sich für das Gut interessiert. Ich kann nur an ihn verkaufen, wenn ich wieder aussteigen will. Es ist die einzige Möglichkeit.«

»Nein, ist es nicht, verdammt noch mal. Du könntest auch einfach wieder einsteigen. Du könntest weitermachen und das beenden, was du angefangen hast.«

Ben schüttelte den Kopf. »Die Leute wollen mich da nicht.«

Dieses Argument ließ Tilly nicht gelten. »So ein Unsinn, Ben. Du hättest nur durchhalten müssen. Ich kenne die Leute aus Salter's End. Es ist schwer, ihr Vertrauen zu gewinnen, und es ist noch schwerer, sie von Neuerungen zu überzeugen. Dafür muss man hartnäckig sein, aber genau das bist du doch. Du bist wie gemacht für diese Aufgabe und wahrscheinlich der Einzige, der es hätte schaffen können. Und dann gibst du einfach auf. Wieso, Ben?«

Tillys Augen fixierten Ben so unerbittlich, dass er sich abwenden musste. In seinem Innern tobte ein Chaos aus Wut und Schmerz. Er dachte an das, was er in Ralphs Tagebuch gelesen hatte. Aber etwas in ihm sperrte sich noch immer, wollte die Möglichkeit nicht zulassen, dass er die falsche Entscheidung getroffen hatte.

»Kate hat dich angestiftet, oder?« Er schüttelte den Kopf. »Sie will, dass ich weitermache. Es reicht ihr nicht, dass ich schon fast meinen gesamten Besitz aufs Spiel gesetzt habe, sie will immer noch mehr. Ich darf es mir nicht zurückholen, nein, ich muss alles, was ich habe, den Camdens schenken. Oder ihr zuliebe Dinge tun, die ich gar nicht ...«

»Kate will nicht, dass du zurückkommst«, unterbrach Tilly ihn, und er sah sie überrascht an. »Deshalb ist sie gegangen. Weil sie dich nicht unter Druck setzen will. Sie denkt, du bist hier glücklich, und sie will dir nicht im Weg stehen.«

Diese Information nahm Ben allen Wind aus den Segeln. Er ließ die Arme sinken und schwieg, was Tilly sofort ausnutzte, um weiter auf ihn einzureden.

»Wenn es nach ihr geht, Ben, dann bist du raus aus der Nummer. Dann kannst du das Gut an Barton verkaufen und die Camdens und Kate vergessen. Sie denkt, sie ist es dir schuldig, deine Entscheidung zu akzeptieren, sie will dich nicht mehr beeinflussen oder belasten oder was immer sie sich da so nobel zusammengereimt hat. Aber ich schwöre dir, wenn du das tust, dann wäre es der größte Fehler deines Lebens.« Sie hob die Hand, als Ben ansetzte, etwas zu sagen. »Nur um das klarzustellen: Ich sage das nicht, weil ich den Camdens ihr Gut erhalten möchte. Und ich sage das auch nicht, weil ich unbedingt will, dass du zu Kate zurückkehrst. Ich sage es, weil ich ganz sicher bin, dass es der einzige Weg ist, wie du glücklich werden kannst.« Sie machte eine ausholende Bewegung mit der Hand. »Dein Platz ist nicht mehr hier. Und dein Herz ist es auch nicht. Du gehörst schon längst nach Daringham Hall, du gehörst zu Kate. Du hast nur Angst, es dir einzugestehen.« Ihr Brustkorb hob sich, und sie seufzte tief. »Ben, bitte! Nutz deine Chance! Jetzt kannst du noch zurück!«

Eindringlich sah sie ihn an, und etwas an ihrem Blick traf ihn schmerzhaft, riss die Wunde wieder auf, die er sich selbst zugefügt hatte, als er aus England weggegangen war. Er ignorierte sie schon seit Wochen, aber sie schloss sich nicht, und ihm wurde jetzt erst klar, wie tief sie ging.

Abrupt wandte Ben sich ab und verschränkte die Arme vor der Brust, weil er sich gegen die Bilder stemmen musste, die Tillys Worte in ihm weckten. Er sah sich mit Kate in ihren Zimmern auf Daringham Hall, die sie so hingebungsvoll eingerichtet hatte. Er sah ihr lächelndes Gesicht, das Strahlen in ihren Augen, wenn sie sein Arbeitszimmer betrat. Die Hoffnung, die gestern in ihrem Blick gelegen hatte, als sie zu ihm gekommen war.

Alles oder nichts, Ben, dachte er und stieß die Luft aus. Er hatte keine Ahnung, wie oft er in der Firma schon vor dieser Entscheidung gestanden hatte. Und egal, was er am Ende wählte, er zog es durch. Warum war es so viel schwerer, das auch zu tun, wenn es um Gefühle ging?

Es gab nur zwei Möglichkeiten. Nein, eigentlich gab es sogar nur eine. Es hatte immer nur eine gegeben, und deshalb war es gut, dass Kate gegangen war. Es half ihm, klarer zu sehen und endlich zu dem Entschluss zu stehen, den er längst hätte treffen müssen. Aber sein Mund war trotzdem ganz trocken, als er daran dachte, was es ihn kosten würde.

* * *

Tilly hielt den Atem an, während sie Ben betrachtete. Er hatte sich abgewandt, stand mit verschränkten Armen da, verschlossen und in sich gekehrt. Zumindest hat er mich noch nicht rausgeworfen, dachte sie. Schließlich mischte sie sich gerade in Dinge ein, die sie nichts angingen. Kate würde sich vermutlich entsetzlich darüber aufregen, dass sie überhaupt hier war, aber sie hatte Tilly bei ihrem Telefonat vorhin nicht verboten, mit Ben zu sprechen, weil sie dafür viel zu durcheinander gewesen war. Und selbst wenn: Tilly hätte es trotzdem getan. Sie konnte einfach nicht länger tatenlos zusehen, wie Ben ihre Freundin und sich selbst unglücklich machte. Jemand musste dem Kerl doch mal den Kopf zurechtsetzen, und sie hoffte inständig, dass sie zu ihm durchgedrungen war.

Doch Ben war Ben, und selbst Peter, der ihn seit Jahren kannte, konnte nicht mit Sicherheit sagen, was in ihm vorging. Vielleicht war es ja völlig vergeblich, vielleicht hatte er wirklich längst abgeschlossen mit den Camdens und wollte nichts mehr mit Daringham Hall zu tun haben. Aber zumindest hatte sie es versucht, auch wenn das nur ein schwacher Trost war.

Tilly dachte an Kates tränenerstickte Stimme vorhin am Telefon, hörte wieder ihre Verzweiflung. *Ben wird nie über seinen Schatten springen können*, hatte sie gesagt und dabei so unglücklich geklungen, dass es Tilly das Herz gebrochen hatte. Es tat ihr in der Seele weh zu sehen, wie die beiden litten. Sie gehörten zusammen, sie brauchten sich, und es konnte so viel Gutes aus ihrer Verbindung entstehen. Aber das schien vor allem Ben im Moment nicht erkennen zu können.

Wieso war der Kerl nur so stur? Tilly war nicht mal sicher, ob er überhaupt vorhatte, noch etwas zu sagen, und sie fühlte sich hilflos. Sie hatte getan, was in ihrer Macht stand, aber sie konnte ihn nicht zwingen, seine Meinung zu ändern.

»Denk drüber nach, Ben«, sagte sie, weil sie sein Schweigen nicht mehr aushielt. Auf dem Weg zur Tür hoffte sie insgeheim, dass er sie aufhalten würde, aber das tat er nicht. Als sie sich im Flur noch ein letztes Mal zu ihm umdrehte, stand er immer noch mit dem Rücken zu ihr vorm Fenster, und sie spürte, wie das letzte bisschen Hoffnung aus ihr wich. Offenbar war nichts mehr an seiner Einstellung zu ändern – ein Gedanke, der sie tieftraurig machte. Sie hätte es Kate so gewünscht, dass sie glücklich wurde, so wie sie selbst es im Moment war. Aber nicht jeder Traum schien sich erfüllen zu können …

»Tilly?« Sie stand schon vor dem Fahrstuhl, als sie Bens Stimme hörte. Er stand in der Wohnungstür, aber sein Gesichtsausdruck wirkte noch genauso verschlossen wie eben. Tilly sah ihm jedoch an, dass ihm das, was er jetzt sagen würde, nicht leichtfiel.

»Was?«, fragte sie angespannt.

Ben atmete tief durch. »Ich weiß, es ist viel verlangt, aber würdest du etwas für mich tun?«

30

»Ist es wahr, dass Daringham Hall an Lewis Barton verkauft wird?« In Amanda Archers Miene stand deutlich die Sorge geschrieben, die dieser Gedanke ihr bereitete. Aber Kate, die mit ihr zusammen im Flur ihres Hauses stand, konnte die alte Dame leider nicht beruhigen.

»Ich weiß es nicht«, sagte sie ausweichend und beugte sich zu Amandas Hund Toby hinunter, um noch einmal den Sitz der Halskrause zu überprüfen, die sie ihm gerade angelegt hatte. »Entschieden ist noch nichts, soweit ich weiß.«

Es fiel ihr schwer, sich ahnungslos zu geben, deshalb kraulte sie den Airedale-Terrier noch ein bisschen, bevor sie den Kopf wieder hob. Doch mit ihrem unverbindlichen Lächeln konnte sie die Witwe des ehemaligen Jagdaufsehers der Camdens nicht täuschen.

»Ach, dass es so weit kommen musste«, meinte Amanda mit einem tiefen Seufzen und strich Kate über den Arm. »Dabei war ich so sicher, dass das Gut unter Mr Sterlings Leitung eine Chance hat.«

Kates Lächeln schwand, weil sie es einfach nicht mehr schaffte, die Maske aufrechtzuerhalten, die sie im Moment den meisten zeigte. Es war ihr Selbstschutzmechanismus, um nicht jedes Mal in Tränen auszubrechen, wenn sie auf Ben angesprochen wurde. Und das tat so gut wie jeder, seit sie vorgestern aus New York zurückgekehrt war, weil sich die Gerüchte über den Verkauf verdichteten und die Leute deswegen in großer Aufregung waren. Dass sie stimmten, verschwieg Kate ihnen. Sie hatte es nur den Camdens gesagt, um sie vorzuwarnen, aber niemandem sonst, und sie wich den Gedanken an Ben so gut aus, wie sie eben konnte.

Bei Amanda Archer fiel es ihr jedoch schwerer als sonst, die Fassung zu wahren. Denn hier, in dem mitten im Wald gelegenen Haus der alten Dame, hatte sie Ben damals zum ersten Mal getroffen – mit einem dicken Holzscheit, um genau zu sein. In diesem Flur hatte er gelegen, bewusstlos und völlig durchnässt, und Amanda und Kate hatten gemeinsam eine Nacht an seinem Bett gewacht und um sein Leben gefürchtet. Das alles war jetzt schon fast ein Jahr her, aber die Bilder standen Kate noch lebhaft vor Augen. Und Amanda schien es ähnlich zu gehen.

»Ich weiß, ich bin eine sentimentale, alte Frau«, meinte sie mit einem wehmütigen Lächeln, »aber wissen Sie, mir kam das damals wie eine schicksalhafte Fügung vor, als Mr Sterling hier aufgetaucht ist. Es schien alles so gut zu passen. Er hat das Erbe seines Vaters weitergeführt, und Sie beide wirkten so glücklich miteinander. Ich hätte niemals gedacht, dass sich das alles noch mal so verändert.«

Ich auch nicht, dachte Kate, aber sie konnte es nicht aussprechen, weil ihr ein dicker Kloß im Hals saß. Mühsam räusperte sie sich.

»Ich komme in ein paar Tagen noch mal vorbei und sehe nach Toby«, sagte sie, weil sie es viel einfacher fand, über die gesundheitlichen Probleme des Hundes zu sprechen als über das eine riesige Problem, das sich vor ihr auftürmte. »Die Halskrause muss er bis dahin tragen, damit er sich die Wunde nicht wieder aufleckt. Dann ist er bald wieder fit.«

Amanda Archer merkte offenbar, dass Kate nicht nach

einem Gespräch über Ben zumute war, denn sie begleitete Kate ohne ein weiteres Wort zur Tür.

»Oh, sehen Sie nur, wie dunkel es plötzlich ist.« Besorgt deutete sie auf die grauen Wolken, die oben über der Lichtung vorbeizogen. »Ich glaube, es gibt ein Gewitter.«

Wie um ihre Worte zu bestätigen, frischte der Wind deutlich auf, und in der Ferne war ein Grollen zu hören.

»Dann sehe ich besser zu, dass ich zurückkomme«, meinte Kate und reichte Amanda zum Abschied die Hand.

»Und noch mal vielen Dank, dass Sie extra zu uns rausgefahren sind«, sagte Amanda, obwohl sie das schon mehrmals betont hatte, und klopfte kurz mit ihrem Gehstock auf den Boden. »Meine Arthrose ist im Moment wirklich schlimm, und ich hätte nicht gewusst, wie ich Toby zu Ihnen schaffen soll.«

»Das ist doch selbstverständlich«, versicherte Kate ihr. Tatsächlich war sie sogar erleichtert gewesen, als ihre Sprechstundenhilfe Charlotte ihr ausgerichtet hatte, dass sie sich die Fleischwunde ansehen sollte, die Amandas Hund sich zugezogen hatte. Denn solang sie auf dem Weg hier raus gewesen war, hatte sie niemanden getroffen und keine Fragen über Ben beantworten müssen. Und da es jetzt schon nach fünf Uhr war, würde sie auch nicht mehr in die Praxis zurückkehren, sondern sich in ihrem Cottage einigeln, damit das auch niemand mehr tun konnte.

Dazu kam sie jedoch nicht, denn als sie gerade mit dem Land Rover den Wald verließ und auf die Straße nach Salter's End bog, rief Claire sie an.

»Kate, könntest du bitte so schnell wie möglich nach Daringham Hall kommen?«, bat sie, und ihre Stimme klang so angespannt, dass Kates Herz sofort anfing zu rasen.

»Wieso, was ist denn passiert?«, fragte sie erschrocken.

»Ich erklär es dir, wenn du hier bist. Und beeil dich bitte, ja?« Claire hatte schon wieder aufgelegt, ehe Kate noch einmal nachhaken konnte.

Irritiert schaltete sie die Freisprechanlage aus und hielt den Land Rover an. Was konnte es so Dringendes geben, das ihre Anwesenheit im Herrenhaus erforderte?

Es konnte nicht um ein Problem mit den Tieren gehen, denn dann hätte sicher Greg angerufen und sie direkt in den Stall beordert. Nein, es musste sich um etwas handeln, was die Camdens selbst betraf, und da gab es im Moment nicht so viele Möglichkeiten.

Kate dachte an Ben, sah sein lächelndes Gesicht vor sich. Es war das Letzte, was sie gesehen hatte, bevor sie nach ihrer leidenschaftlichen Nacht in seinen Armen eingeschlafen war, und sie wünschte sich plötzlich, sie hätte nicht noch einmal erfahren, wie schön es mit ihm sein konnte. Dann wäre es ihr vielleicht leichter gefallen, seine Entscheidung zu akzeptieren. Es machte sie so traurig, nichts tun zu können, und kurz hatte sie sich sogar der Hoffnung hingegeben, dass er vielleicht von selbst darauf kam, wie falsch es von ihm war aufzugeben. Dass er jetzt, wo alle begriffen hatten, wie sehr er auf Daringham Hall fehlte, eine gute Chance gehabt hätte, dort weiterzumachen, wo er aufgehört hatte. Aber wenn ihm diese Erkenntnis gekommen wäre, dann hätte er gehandelt, das wusste sie. Und da sie nichts von ihm gehört hatte, musste sie davon ausgehen, dass sie ihn richtig eingeschätzt hatte. Er wollte nicht zurückkommen und war vermutlich dankbar dafür, dass sie ihn nicht dazu drängte, sondern in Ruhe ließ.

Kate fuhr wieder an und wendete den Land Rover, dann

lenkte sie ihn nach ein paar hundert Metern in einen Feldweg, der von der Straße abging. Es war nur eine von vielen Abkürzungen nach Daringham Hall, und während der Wagen über die Treckerfurchen holperte, wurde ihr wieder klar, wie vertraut ihr diese Gegend war – und wie sehr sie daran hing. Sie liebte jede Hecke und jede Steinmauer, aber vor allem liebte sie das große, schöne Herrenhaus, das sie schon in der Ferne liegen sehen konnte, als sie nach einigen weiteren Schlenkern über die Feldränder den Parkweg erreichte.

Der Himmel hatte sich inzwischen noch stärker zugezogen, und der Wind schob dunkle Wolken zu einer bedrohlichen Front zusammen, die der Sonne keine Chance mehr ließ. Die ersten Regentropfen trafen die Windschutzscheibe, als Kate den Wagen auf dem Hof vor dem Haus zum Stehen brachte. Sie schaffte es gerade noch zum Eingang, bevor ein heftiger Platzregen einsetzte und die ersten Blitze über den Himmel zuckten, gefolgt von Donnergrollen, das jetzt sehr viel näher klang.

»Was bringst du denn für ein Wetter mit!«, meinte Kirkby, als er ihr die Tür öffnete und sie in die große Halle ließ, und lächelte ein ganz kleines bisschen, während er Kate die Jacke abnahm. Mit ihr ging er generell nicht so förmlich um wie mit den Camdens. Stattdessen war ihr Verhältnis trotz des großen Altersunterschieds von respektvoller Freundschaft geprägt, die auch darauf beruhte, dass sie sich beide den Camdens eng verbunden fühlten. Aber gerade weil Kate den großen, schweigsamen Mann so gut kannte, sah sie, wie angespannt er war und dass ihm das Lächeln schwerer fiel als sonst. »Die Herrschaften erwarten dich in der Bibliothek.«

»Und warum?«, wollte Kate wissen. »Was gibt es denn so Wichtiges?«

Kirkby wollte antworten, doch in diesem Moment trat Claire aus dem Durchgang, der zur Küche führte. Sie trug ein Tablett, auf dem eine Suppenschüssel mit Deckel und ein tiefer Teller standen.

»Kate! Gott sei Dank, da bist du ja!«, rief sie, sichtlich aufgeregt und abgekämpft zugleich, und kam zu ihnen herüber. »Die anderen sind schon in der Bibliothek! Beeil dich, ja?«

Sie lächelte kurz, aber bevor Kate dazu kam, nach dem Grund für die Versammlung zu fragen, redete sie schon weiter.

»Ich bringe das schnell nach oben zu Anna. Die Arme liegt mit einer Sommergrippe im Bett – ich glaube, diese ganze Frankreich-Geschichte hat ihr doch sehr zugesetzt. Ich hätte das gleich sehen müssen, dass sie da gar nicht hinwollte, und furchtbar unter der Trennung von David gelitten hat. Aber jetzt ist ja wieder alles gut zwischen den beiden, also kommt sie sicher bald wieder in Ordnung.« Sie zuckte zusammen, als ein Donnern direkt über dem Haus zu hören war. »Ich wünschte nur, Dad wäre schon zurück. Er hat gesagt, er müsste nur ganz kurz weg, aber er kommt gar nicht wieder, und Barton kann jede Minute hier sein.«

Kate wurde blass. »Barton will herkommen?«

Claire nickte, und die Nervosität, die sie gerade ununterbrochen hatte reden lassen, fiel von ihr ab, machte einem erschütterten Gesichtsausdruck Platz.

»Ja. Er hat sich für halb sechs angekündigt.« Sie zuckte hilflos mit den Schultern. »Ich glaube, es ist passiert, Kate. Ben hat Daringham Hall an Barton verkauft.«

31

»Aber …« Ein taubes Gefühl breitete sich in Kate aus. Sie hatte zwar schon die ganze Zeit gewusst, dass es so kommen würde, aber trotzdem nahmen Claires Worte ihr den Atem. »Hat Barton das gesagt?«

»Nein«, antwortete Claire. »Er hat mit Dad gesprochen und nur ausrichten lassen, dass er mit uns allen reden muss. Aber um was sonst sollte es dabei gehen?« Sie sah Kate an und schien auf Widerspruch zu hoffen.

Kate schluckte jedoch nur. »Und ich soll auch dabei sein?«, fragte sie mit zittriger Stimme. »Warum?«

Claire zuckte mit den Schultern. »Du bist ein Teil dieser Familie, Kate, und Dad möchte dich dabeihaben, das hat er ausdrücklich gesagt. Es ist ihm sehr wichtig.« Sie sah zur großen Standuhr hinüber, die in einer der Ecken der Halle stand. »Die Frage ist nur, ob er dabei sein wird, wenn er nicht bald zurück ist. Kirkby, könnten Sie ihn bitte anrufen und fragen, wo er bleibt?«, bat sie den Butler und deutete mit dem Kinn auf das Tablett. »Ich muss die Suppe jetzt zu Anna bringen, bevor sie kalt wird. Dann komme ich nach.«

Damit verschwand sie über die Treppe nach oben und ließ Kate und Kirkby in der Halle zurück. Beklommen begegnete Kate dem Blick des Butlers, sicher, dass sie darin die gleiche angstvolle Sorge sehen würde, die sie empfand. Aber tatsächlich war Kirkbys Gesicht einmal mehr völlig ausdruckslos.

»Ich werde hier warten und Mr Barton in Empfang nehmen«, erklärte er, was Kate als Aufforderung deutete, in die Bibliothek zu gehen.

Wie in Trance setzte sie sich in Bewegung, während die Gedanken in ihrem Kopf rasten und nach einem Ausweg suchten. Alles in ihr sträubte sich gegen die Vorstellung, gleich vielleicht miterleben zu müssen, wie Barton den Camdens Daringham Hall wegnahm.

Was sollte dann werden? Darüber grübelte sie schon nach, seit sie aus New York zurück war, aber sie war noch zu keinem Schluss gekommen. Sie wusste nur, dass dann alles ganz anders sein würde, und sie war nicht sicher, ob sie es ertragen konnte. Wenn die Camdens weggingen, dann sollte sie das vielleicht auch tun. Jeanine Matheson, eine Studienfreundin aus Cambridge, die inzwischen in den Yorkshire Dales als Tierärztin arbeitete, hatte sich erst kürzlich bei Kate gemeldet und ihr angeboten, in ihre Praxis mit einzusteigen. Sie hatten sich immer gut verstanden, und da Jeanine inzwischen Mutter von drei Kindern war, wollte sie ihre Arbeitszeit reduzieren. Bis vor kurzem war dieses Angebot für Kate nicht infrage gekommen. Aber jetzt? Es war vielleicht besser, irgendwo ganz neu anzufangen, und die rauen Yorkshire Dales waren dafür eigentlich genau der richtige Ort. Dann musste sie nicht mit ansehen, was mit Daringham unter Bartons Führung passierte. Und dann schaffte sie es vielleicht auch eher, Ben zu vergessen …

Kate wurde immer beklommener zumute, je näher sie der Tür zur Bibliothek kam. Als sie davorstand, atmete sie noch einmal tief durch, dann trat sie ein.

»… können wir doch nicht zulassen!«, hörte sie David sagen, der mit James und Timothy vor einem der großen

Fenster stand. Sie wirkten alle drei genauso verstört und aufgewühlt wie Claire eben. Olivia dagegen saß in einem der Ledersessel, hielt die Hände im Schoß und starrte abwesend vor sich hin.

»Kate!«, rief James, der sie hereinkommen sah, doch sein Gesicht blieb ernst. »Ist Rupert schon zurück?«

David und Timothy unterbrachen ihr Gespräch und wandten sich ebenfalls zu Kate um. Als sie die Frage verneinte, stöhnte Timothy auf.

»Verdammt, wo bleibt er denn? Er wollte doch nur ins Dorf. Das kann doch nicht so lange dauern!«

»Vielleicht wurde er durch das Gewitter aufgehalten«, meinte James, aber Timothy schüttelte nur den Kopf.

»Wieso musste er überhaupt fahren? Er weiß doch, dass Barton gleich kommt. Manchmal verhält er sich schon genauso wunderlich wie Mummy.« Er ging mit kurzen, hektischen Schritten auf und ab und fuhr sich nervös mit den Fingern durch das graumelierte Haar. »Ich hasse diese Ungewissheit«, gestand er. »Wenn wir wenigstens wüssten, was Barton will. Aber das ist so typisch für den Kerl. Zitiert uns her wie ungezogene Schulkinder und lässt uns nach seiner Pfeife tanzen.«

»Ich fühle mich eher wie ein Schaf auf der Schlachtbank«, bemerkte James mit bitterem Unterton.

Die Bemerkung ließ sie alle für einen Moment schweigen, und Kate wurde klar, wie hart ein möglicher Verkauf vor allem James und seine Familie treffen würde. Timothy arbeitete als Anwalt in London und kam eigentlich nur zu Besuch, aber für James und Claire war Daringham Hall ihr Lebensinhalt. Sie waren abhängig vom Überleben des Gutes, denn Ben zahlte ihnen – genau wie Ralph es früher getan hatte – ein festes Gehalt dafür, dass sie beide jeden Tag im Haus und in den Ställen arbeiteten und dafür sorgten, dass alles glattlief. Wenn sie das verloren, hatten sie gar nichts mehr. Und daran, wie Sir Rupert es aufnehmen würde, dass Daringham Hall, das seit Jahrhunderten im Besitz der Familie Camden war, vielleicht jetzt schon seinem Intimfeind Barton gehörte, wollte Kate gar nicht denken.

»Also, ich weiß nicht, wie das mit euch ist, aber ich habe nicht vor, mich zu irgendeiner Schlachtbank führen zu lassen!«, meinte David in die Stille.

Er hatte die Hände zu Fäusten geballt, und Kate staunte über den Zorn, der in seinen Augen funkelte. Er mochte gerade dabei sein, sich ein eigenes Leben aufzubauen, in dem es nicht mehr um Daringham Hall ging. Das bedeutete jedoch offenbar nicht, dass es ihn kaltließ, wenn die Familie das Gut verlor. Diese Vorstellung schien für ihn genauso unvorstellbar zu sein wie für alle anderen, und er suchte verzweifelt nach Lösungen, wollte nicht aufgeben.

»Noch wissen wir nicht mal, ob der Verkauf schon offiziell ist. Wenn er das nicht ist, dann werde ich mit Ben reden. Vielleicht kann ich ihn überzeugen, dass er uns das nicht antun darf.«

»Denkst du, das hätte ich nicht schon versucht? Er ist nicht zu erreichen. Ich schätze, er will nicht mit uns sprechen.«

David wollte etwas erwidern, doch er ließ es, und Kate sah, wie seine Schultern nach unten sanken. Timothys Einschätzung war vermutlich korrekt, und nun fiel auch ihm nichts mehr ein.

»Irgendwie irritiert es mich schon«, meinte Timothy nachdenklich. »Ich hatte bisher den Eindruck, dass Ben Daringham nicht verkaufen will. Er hat auch niemals gedrängt oder dergleichen. Ich war wirklich überrascht über seine Geduld.« Er schüttelte den Kopf. »Irgendwie hatte ich sogar gehofft, dass er vielleicht doch zurückkommt.«

Es klang erstaunlich versöhnlich, aber auch sehr niedergeschlagen, so als würde er an diese Möglichkeit nicht mehr glauben.

»Jetzt warten wir es doch erst mal ab«, meinte James. »Noch wissen wir schließlich nicht, was Barton von uns will.«

Es war sein Versuch, sich selbst und die anderen zu beruhigen, aber er war zumindest bei Kate erfolglos. Entmutigt ließ sie sich in einen der Sessel sinken.

Olivia, die neben ihr saß, starrte immer noch vor sich hin, und plötzlich wünschte Kate sich sehnlich, dass Claire kam. Oder dass Ivy da wäre, damit sie sich gegenseitig hätten trösten können, falls es ganz schlimm kam. Aber ihre Freundin war längst wieder in London bei Derek, mit dem sie eine gemeinsame Wohnung suchte. Sie geht auch weg, dachte Kate und spürte, wie ihr Herz sich zusammenzog, als ihr klar wurde, dass es wieder ein Stein mehr war, der aus ihrem Fundament herausbrach.

»Ich bin schuld«, sagte Olivia unvermittelt. Sie schien aus ihrer Schockstarre erwacht zu sein und sah Kate mit einem hilflosen, fast flehenden Ausdruck in den Augen an. »Ich hätte Ben den Umschlag mit Ralphs Nachricht gleich geben müssen. Ich hätte ihn nicht für mich behalten dürfen. Vielleicht war darin etwas Wichtiges, das Ben davon abgehalten hätte, wieder zu gehen. Vielleicht wäre er dann geblieben.«

Kate schluckte, während sie Olivias Blick standhielt. Was sollte sie dazu sagen? Sie wusste nicht, ob Ben den Umschlag inzwischen geöffnet hatte, und auch nicht, ob der Inhalt irgendetwas mit seiner Entscheidung zu tun hatte. Eins war jedoch klar: Es brachte nichts, dass Olivia sich wegen ihres Fehlers Vorwürfe machte. Sie litten alle auch so schon genug. Deshalb legte sie ihre Hand auf Olivias und versuchte ein Lächeln, das ihr jedoch nicht ganz gelang.

»Wir können nicht mehr ändern, was passiert ist«, sagte sie. »Es ist Bens Entscheidung. Niemand von uns kann wissen ...«

Weiter kam sie nicht, denn es klopfte an der Tür, und Kirkby erschien einen Augenblick später im Türrahmen.

»Mr Barton ist jetzt da«, verkündete er, und Kate fand seine Miene noch ernster und beherrschter als sonst, als er zur Seite trat und Lewis Barton Platz machte, der mit großen Schritten den Raum betrat.

Eins musste man Barton lassen, fand Kate: Er war kein Mann, den man übersehen konnte. Und das lag nicht nur an seiner Körpergröße und seiner bulligen Statur, sondern vor allem an seinem sehr raumgreifenden, lauten Wesen, an dem man nicht vorbeikam und mit dem er fast automatisch die Aufmerksamkeit auf sich lenkte. Äußerlich gab es an ihm nichts auszusetzen, er war stets gut gekleidet und konnte durchaus charmant auftreten, wenn er wollte. Aber hinter der gepflegten, maßgeschneiderten Fassade des Unternehmers blitzte oft sein cholerisches Temperament auf, und auch wenn Kate sicher war, dass die Energie, die in ihm steckte, viel zu dem großen Erfolg seines Baukonzerns beigetragen hatte, musste man sich vor dieser Seite seiner Persönlichkeit sehr hüten. Barton schätzte es nicht, wenn er nicht bekam, was er wollte, und er konnte in solchen Fällen sehr unangenehm werden, wie Kate aus eigener Erfahrung wusste.

Jetzt jedoch wirkte Barton sehr zufrieden mit sich, als er in der Mitte des Raums stehen blieb und den Blick über die Anwesenden gleiten ließ.

Aber nur für einen kurzen Moment. Dann schien ihn etwas zu irritieren, denn sein Lächeln schwand und seine Brauen schoben sich drohend zusammen.

»Was soll das?« Sichtlich ungehalten sah er sich immer wieder um, so als wäre das Bild, das sich ihm bot, nicht das, was er erwartet hatte. Dann richtete er die Augen starr auf Timothy, und in seiner Stimme schwang unverhohlene Wut mit. »Was zur Hölle wird hier gespielt, Camden?«

32

Eilig schob Tilly die Tür auf und floh vor dem Gewitter in den Gastraum des »Three Crowns«. Der heftige Wind wehte sie beinahe hinein und ließ in den wenigen Sekunden, die sie brauchte, um die Tür wieder zu schließen, Regentropfen auf den Holzboden hinter der Schwelle prasseln und die Kerzen auf den Tischen am Eingang hektisch flackern.

»Mistwetter«, fluchte sie halblaut und schüttelte ihren Mantel aus. Dann stieg ihr der vertraute Geruch von altem Holz und abgestandenem Bier in die Nase, und sie vergaß das Gewitter und auch den Grund, warum sie gekommen war.

Vier Wochen, dachte sie erstaunt, während sie den Blick durch den Gastraum gleiten ließ. Länger war ihr letzter Besuch hier nicht her, aber die Zeit hatte gereicht, um ihre Sicht total zu verändern. Die Tische und Stühle, die Theke mit den Barhockern davor, die Flaschen in den Regalen und die Fotos an den Wänden – das alles kam ihr plötzlich viel kleiner vor, als sie es in Erinnerung hatte. Früher war ihr nie aufgefallen, wie abgenutzt der Holzboden schon war und dass es fast gar keinen Tischschmuck gab. Wenn sie heute noch dafür zuständig wäre, dann hätte sie als Erstes die alten, rotweiß karierten Tischläufer gegen welche in einer einheitlichen, freundlichen Farbe ausgetauscht und auf jeden Tisch eine kleine, passende Vase mit frischen Blumen gestellt, so wie sie es jetzt aus Peters Lieblingsrestaurant in Manhattan kannte.

Sie hatte plötzlich überhaupt sehr viel mehr Deko-Ideen, einfach weil sie jetzt den Vergleich hatte. Aber sie bezweifelte, dass sie bei den Leuten aus Salter's End besonders gut angekommen wären. Man kam nicht wegen des Ambientes ins »Three Crowns«, sondern um andere zu treffen. Wenn man so wollte, war das hier die Herzkammer, durch die das Dorfleben pulsierte. Von hier aus verbreiteten sich Neuigkeiten, hier kamen die Leute zusammen und tauschten sich aus, und niemand achtete dabei auf die Farbe der Tischdecken.

Tilly dachte an Peter und konnte sich plötzlich vorstellen, was ihm durch den Kopf gegangen war, als er das »Three Crowns« damals zum ersten Mal betreten hatte. Klein, dunkel und spießig musste ihm als Großstädter der Gastraum erschienen sein, und innerlich leistete sie Abbitte, weil sie ihm seine wenig begeisterten Kommentare so übel genommen hatte. Es war eben alles eine Frage der Perspektive.

»Tilly!«, rief eine Stimme, und als sie zur Theke hinübersah, entdeckte sie hinter den Männern, die auf den Barhockern saßen, die aufgeregt winkende Jazz. Sie lief um die Theke herum und kam Tilly entgegen, fiel ihr regelrecht um den Hals. »Du bist wieder da! Wie schön!«

Lächelnd drückte Tilly das Mädchen und sah über ihre Schulter, dass sich die Gäste fast alle neugierig zu ihnen umgedreht hatten. Es waren erstaunlich viele, wenn man das scheußliche Wetter bedachte. Aber vermutlich hatte sich die Nachricht, die auch sie hatte herkommen lassen, schon im Dorf herumgesprochen.

»Schmeißt du den Laden heute allein?«, fragte Tilly aus alter Gewohnheit ein bisschen besorgt, denn mit so vielen Gästen hatte man jede Menge zu tun.

Jazz schüttelte den Kopf. »Nein, Rose ist auch da. Dad hat sie vorläufig als Ersatz für dich eingestellt.«

»Aha«, erwiderte Tilly, erleichtert darüber, dass Edgar ihren Vorschlag angenommen hatte. Rose Ashton, die jetzt gerade mit zwei dampfenden gefüllten Tellern aus der Küche kam, war zwar deutlich zurückhaltender und schweigsamer als Tilly, aber sie kochte sehr gut und kam mit der Arbeit zurecht, das hatte sie schließlich schon mehrfach bewiesen. Deshalb würden die Leute sich sicher schnell daran gewöhnen, dass sie jetzt immer hier war, und das beruhigte Tilly – und machte sie auch ein ganz kleines bisschen traurig. Aber so ist es nun mal, dachte sie mit einem inneren Seufzen. Das Leben geht weiter in Salter's End, auch ohne mich. Und wieder mit Rose tauschen wollte sie auf gar keinen Fall ...

»Tilly Fletcher!« Der alte Stuart Henderson sprang von seinem Stammplatz an der Theke auf und kam Tilly ebenfalls entgegen.

Erst, als er sie fast erreicht hatte, schien ihm aufzufallen, dass es sonst gar nicht seine Art war, irgendjemanden so stürmisch zu begrüßen. Deshalb blieb er stehen und kratzte sich verlegen am Kopf.

»Hah! Das hätte ich nicht gedacht, dass wir dich noch mal zu Gesicht bekommen«, sagte er, offenbar selbst überrascht über seinen Überschwang, und Tilly hatte ihn plötzlich sehr gerne.

»Hallo, Stuart«, begrüßte sie ihn und umarmte ihn fest, obwohl sie das noch nie getan hatte. Sie fand, dass er das einfach verdiente, und ahnte nicht, dass sie damit eine regelrechte Flut an Begrüßungen auslösen würde. Plötzlich schien das Eis gebrochen, und fast alle kamen zu ihr und umarmten sie wie eine lange vermisste Freundin, was Tilly ein paar Tränen in die

Augen trieb. Nur bei Harriet Beecham beließ sie es bei einem Händedruck, und als plötzlich Edgar Moore vor ihr stand, schwand ihr Lächeln für einen Moment.

»Hallo, Edgar«, sagte sie, nicht sicher, ob sie ihn auch umarmen sollte. Aber er nahm ihr die Entscheidung ab und drückte sie kurz und eindeutig freundschaftlich. Sein Lächeln hatte jedoch etwas Wehmütiges.

»Ist dein Peter auch mitgekommen?«, fragte er, und als Tilly den Kopf schüttelte, wirkte er erleichtert. Was Tilly verstehen konnte. Schließlich war es eine Sache zu akzeptieren, dass Tilly seine Gefühle nicht erwiderte, und eine ganz andere, sie zusammen mit dem Mann zu sehen, dem sie stattdessen ihr Herz geschenkt hatte. Ihr war es aber auch aus anderen Gründen ganz lieb, dass Peter in New York geblieben war. Denn bei der Angelegenheit, die sie hier zu regeln hatte, hätte seine Anwesenheit eher geschadet.

»Was ist hier eigentlich los?«, fragte sie, obwohl sie es sich schon denken konnte, und betrachtete die vielen vertrauten Gesichter. »Wieso ist halb Salter's End bei diesem Mistwetter im ›Three Crowns‹ versammelt?«

»Wegen Lewis Barton«, erklärte Harriet Beecham sofort, doch ihre Augen leuchteten ausnahmsweise mal nicht, als sie die Neuigkeit verkündete. Im Gegenteil. Diesmal wirkte sie ausgesprochen ernst. »Er übernimmt Daringham Hall, heißt es. Angeblich heute Abend schon.«

Die anderen nickten mit betroffenen Mienen. So kritisch sie teilweise Ben gegenüber gewesen waren, die Aussicht, mit dem cholerischen Geschäftsmann als neuem Gutsherrn leben zu müssen, schien ihnen überhaupt nicht zu gefallen.

»Eine verdammte Katastrophe ist das«, brummte der alte Stuart Henderson in die Stille, die nach Harriets Worten entstanden war, und das Gemurmel, das daraufhin einsetzte, war nur zustimmend. »Der Kerl hasst die Camdens doch, und ganz Salter's End gleich mit. Wenn er der neue Herr auf Daringham Hall wird, dann macht er aus dem Gut sicher auch so einen seelenlosen Kasten, wie Shaw Abbey es jetzt ist. Oder er zerschlägt das Gut, und ich möchte nicht wissen, wie viele Arbeitsplätze das dann kostet. Das kann nicht gutgehen. Niemals!«

Tilly schüttelte den Kopf und wählte ihre nächsten Worte mit Bedacht. »Ehrlich gesagt weiß ich nicht, ob ihr da so kritisch sein solltet. Ich meine, seien wir doch mal ehrlich: Es bleibt eben nichts so, wie es war. Alles verändert sich, das ist der Lauf der Dinge, und wenn man es zulässt, kann am Ende sogar etwas sehr Gutes dabei herauskommen.«

»Aber doch nicht in diesem Fall«, empörte sich Harriet. Und sie war nicht die Einzige, die mit Tillys Sichtweise ganz und gar nicht einverstanden war, denn Tilly erntete böse Blicke, und es wurden sogar Rufe laut.

»Unsinn!«

»Barton darf Daringham Hall nicht kriegen!«

»Der Kerl hat kein Recht auf das Gut!«

Auch Stuart Henderson schob die Brauen zusammen und musterte Tilly jetzt misstrauisch.

»Du willst damit aber nicht sagen, dass wir diesem Barton eine Chance geben sollen, oder, Tilly? Hat New York dich so verändert, dass du nicht mehr klar im Kopf bist?«

Tilly sah sich um und stellte fest, dass jetzt alle Augen auf sie gerichtet waren. Gut, dachte sie und musste an Bens Worte denken. *Dir hören sie zu, Tilly. Wenn es jemand schafft, es ihnen zu erklären, dann du.*

Sie holte tief Luft.

»Nein«, antwortete sie ernst. »Ich will nicht, dass ihr Barton eine Chance gebt.« Sie ließ den Blick von einem zum anderen wandern, sah eindringlich in die angespannten Gesichter. »Aber etwas anderes könntet ihr tun«, fügte sie hinzu und hoffte sehr, dass sie mit ihrem Appell Erfolg haben würde.

33

»Entschuldigung, aber ich glaube, ich verstehe nicht.«

Timothy stand jetzt sehr gerade und hatte die Hände hinter dem Rücken verschränkt – seine typische Haltung, wenn er irritiert war. Und er war nicht der Einzige, denn auch Kate und die anderen starrten Barton an, der sie immer noch wütend fixierte.

»Jetzt stellen Sie sich nicht dumm«, knurrte Barton, während sein Blick zurück zur Tür glitt und dann in die Ecken des Raumes. »Wo ist er?«

»Wo ist wer?«, erkundigte sich Timothy steif.

»Na, Ben Sterling, wer sonst!« Bartons Wangen färbten sich rot, und er machte eine ausholende Bewegung mit dem Arm. »Er hat mich hergebeten, weil er mich sprechen will. Glauben Sie, ich wäre sonst gekommen? Und damit das gleich klar ist: Ich werde nur mit ihm verhandeln. Wie Geschäfte ablaufen, die man mit einem Camden schließt, weiß ich schließlich zur Genüge.« Seine Stimme triefte vor Sarkasmus, und seine Augen funkelten feindselig. »Deshalb noch mal: Was zur Hölle wird hier gespielt?«

»Ben?« Timothy schüttelte ratlos den Kopf. »Das muss ein Missverständnis sein. Ben ist in New York.«

Barton schnaubte, jetzt noch wütender. »Also, das ist doch ...«, wollte er lospoltern, doch Kirkby unterbrach ihn.

»Es tut mir leid, wenn ich Sie da korrigieren muss, Sir«, sagte er zu Timothy, »aber tatsächlich hat Mr Sterling vorhin angerufen und ausrichten lassen, dass er auf dem Weg hierher ist. Er verspätet sich nur etwas, dürfte aber gleich eintreffen.«

Kate sog scharf die Luft ein, und auch allen anderen verschlug es für einen Moment die Sprache.

Timothy fasste sich als Erster. »Ben ist in England?«

»Meines Wissens ist er sogar bereits in Salter's End«, erklärte Kirkby, was das Ziehen in Kates Magen noch verstärkte.

»Und wieso bitte erfahren wir das erst jetzt?«, schimpfte Timothy, sichtlich schockiert. »Darüber hätten Sie uns doch längst informieren müssen.«

»Mr Sterling hat mich gebeten, es nicht zu tun«, sagte der Butler mit unbewegter Miene.

»Ach?« Timothys Augen wurden schmal, und seine Stimme klang scharf. »Mir war nicht bewusst, dass wir auf Ihre Loyalität nicht mehr zählen können, Kirkby.«

»Ich bin der Familie Camden sehr verbunden«, erwiderte Kirkby. »Aber Daringham Hall gehört jetzt Mr Sterling, und als sein Angestellter obliegt es mir nicht, mich seinen Anweisungen zu widersetzen.«

Er sagte es noch einen Hauch steifer als sonst, und man merkte ihm an, wie unwohl er sich fühlte. Aber es erinnerte nicht nur Timothy, sondern auch Kate und die anderen daran, dass Kirkby nicht das Problem war.

Ben war hier und wollte den Verkauf von Daringham Hall offenbar persönlich abwickeln. Wahrscheinlich musste er sich mit Barton noch über die Details einig werden. Die Frage war nur …

»Und warum sind wir dann hier?« Es war David, der aussprach, was Kate gerade gedacht hatte. »Wenn Ben mit Mr Barton etwas zu besprechen hat, will er doch sicher nicht, dass wir dabei sind.«

»Doch, das will ich«, sagte eine tiefe, sehr vertraute Stimme hinter Kirkby, und eine Sekunde später betrat Ben den Raum, dicht gefolgt von Sir Rupert.

Die beiden mussten durch den Regen gelaufen sein, denn ihre Haare und ihre Jacken glänzten nass, und sie wirkten ein bisschen außer Atem, so als hätten sie sich sehr beeilt.

»Entschuldigt die Verspätung«, erklärte Ben, während Kirkby ihm seine Jacke abnahm. »Bei dem Wetter sieht man kaum die Hand vor Augen, deshalb hat die Fahrt länger gedauert.«

»Dad!«, rief Timothy, der es offenbar gar nicht fassen konnte, dass sein Vater Ben begleitete. »Du wusstest, dass Ben hier ist?«

Der alte Baronet nickte. »Aber erst seit zwei Stunden«, erklärte er, während auch er Kirkby seine Jacke reichte. War es Resignation, die Kate in seinem Gesicht sah? Sie konnte es nicht genau erkennen, weil er den Kopf gesenkt hielt.

Timothy schien diese Information nicht zu reichen. »Und warum hast du nicht ...?«

»Ich wollte zuerst mit ihm allein sprechen«, antwortete Ben für Rupert. »Es gab noch einige Dinge zu klären.«

Kate schluckte schwer. Sie konnte den Blick nicht von Ben abwenden, starrte ihn immer noch an wie eine Erscheinung. Ihr Herz raste jetzt beängstigend schnell, und sie musste unwillkürlich an den Tag vor fast einem Jahr denken, als sie zusammen mit Ralph in der Bibliothek gesessen und auf Ben gewartet hatte. Es war der Nachmittag gewesen, an dem Ralph Ben gebeten hatte zu bleiben, und Kate erinnerte sich noch genau daran, wie sie sich gefühlt hatte, als er hereingekommen war. Seitdem war viel passiert, aber es kam ihr plötzlich vor, als würde sie alles noch mal erleben. Nur dass es diesmal nicht der Anfang war, sondern das Ende. Bens endgültiger Abschied von Daringham Hall …

Sie vergaß zu atmen, als ihre Blicke sich trafen, und stemmte sich gegen die vielen Bilder und Erinnerungen, die plötzlich ihr Inneres fluteten. Die Nacht in seinen Armen, der Schmerz und die Enttäuschung danach – das war alles zu viel, deshalb wollte sie sich abwenden. Aber es gelang ihr nicht, sich von seinen grauen Augen zu lösen, in denen ein Ausdruck stand, der so gar nicht zu dem passte, was sie erwartet hatte. Denn sie sah keine Wut und auch kein Misstrauen, keine Ablehnung oder Unsicherheit. Im Gegenteil. Ben wirkte ganz ruhig, so wie immer, wenn er genau wusste, was er wollte.

»Was soll dieses ganze Theater, Sterling?«, fragte Barton genervt. »Sie haben am Telefon gesagt, dass Sie sich mein Angebot überlegt haben und an einem Abschluss interessiert sind. Also?« Er sah Ben herausfordernd an. »Haben wir einen Deal oder nicht?«

Wie allen anderen im Raum war Kate klar, dass Barton damit den Verkauf von Daringham Hall meinte. Und sie wusste plötzlich, dass sie es nicht konnte. Sie wollte nicht mitansehen müssen, wie Ben das Schicksal der Camdens endgültig besiegelte. Es würde ihr das Herz brechen. Deshalb sprang sie hastig auf.

»Entschuldigt mich«, flüsterte sie und lief tränenblind zur Tür, wollte sich an Ben vorbeidrängen. Aber er ließ sie nicht, sondern griff nach ihrem Arm, zwang sie stehenzubleiben. Erschrocken sah sie ihn an, doch er hatte den Blick auf Barton gerichtet.

»Nein, wir haben keinen Deal«, sagte er mit fester Stimme. »Sie können Daringham Hall nicht haben, Mr Barton.«

34

Kate starrte Ben an. Seine Hand, die immer noch warm ihren Arm umschloss, erschwerte ihr das Denken.

»Du wirst Daringham Hall nicht verkaufen?« Sie flüsterte die Frage nur, aber Ben hörte sie und wandte sich zu ihr um.

»Nein.« Er hob einen Mundwinkel zu einem leichten Lächeln, das Kates Herz aus dem Takt kommen ließ.

»Und um mir das zu sagen, bestellen Sie mich her?«, polterte Lewis Barton wütend. Die Farbe, die kurzzeitig aus seinen Wangen gewichen war, kehrte zurück und ließ sein Gesicht krebsrot anlaufen. »Ich hätte es wissen müssen, dass das wieder nur ein Vorwand war, um mich zu demütigen. Ich dachte, Sie wären anders, aber Sie sind kein Stück besser als die Camdens!«

»Ich bin ein Camden, Mr Barton«, erwiderte Ben. »Und bevor Sie sich weiter aufregen: Ich will mit Ihnen über ein Angebot reden, aber nicht über das, was Sie mir gemacht haben, sondern über das, was ich Ihnen unterbreiten möchte.«

Diese Information ließ Lewis Barton innehalten.

»Was für ein Angebot?«, fragte er misstrauisch.

Ben ließ Kates Arm los, aber Kate blieb stehen, weil sie plötzlich nicht mehr das Bedürfnis hatte wegzulaufen. Ein flattriges Gefühl erfüllte ihre Brust, aber sie wagte noch nicht, ihm zu trauen.

»Es geht um das Stück Land, das mein Onkel Henry Ihnen damals verkauft hat«, sagte Ben und wollte mit seinen Erklärungen fortfahren. Doch er kam nicht dazu, weil die Erwähnung dieses missglückten Geschäfts Barton erneut aufbrachte.

»Der Kerl hat es mir nicht verkauft, er hat mich geprellt!«, schimpfte er. »Ich habe sehr viel Geld bezahlt, und dieser miese kleine Betrüger hat sich einfach damit abgesetzt, ohne dass ich das versprochene Grundstück dafür bekommen habe.« Hasserfüllt funkelte er Sir Rupert an. »Aber das hat den feinen Baronet ja nicht interessiert. Er hat nur die Nase gerümpft und mich mit irgendwelchen rechtlichen Klauseln abgespeist. Dabei wäre es seine moralische Pflicht gewesen, mich zu entschädigen. Immerhin war es sein missratener Sohn, der meine Unkenntnis der Besitzverhältnisse ausgenutzt und mich einfach übers Ohr ge...«

»Ich überlasse Ihnen das Land.«

Bens Einwurf ließ Barton schlagartig verstummen.

»Wie bitte?« Ein fassungsloser Ausdruck erschien auf seinem Gesicht, und auch die anderen starrten Ben an. Nur Sir Rupert wirkte nicht überrascht, wie Kate bemerkte. Er schien Bens Pläne bereits zu kennen.

»Ich werde Ihnen das Stück Land, für das Sie damals bezahlt haben, überschreiben«, wiederholte Ben noch einmal. »Wären Sie damit einverstanden?«

Lewis Barton wirkte vollkommen überrumpelt und sagte für einen langen Moment gar nichts. Dann schüttelte er den Kopf, aber nicht ablehnend, sondern immer noch ungläubig.

»Einfach so?« Er blickte zu Sir Rupert. »Sie haben doch immer gesagt, dass es meine eigene Schuld wäre, Camden«, meinte er, und der vorwurfsvolle Ton kehrte in seine Stimme zurück. »Sie haben gesagt, dass es nicht Ihr Problem wäre, wenn ich überstürzt ein Geschäft abschließe, ohne alle

Details zu überprüfen. Sie waren nie bereit, mir das Land zu überlassen, im Gegenteil, Sie haben es kategorisch ausgeschlossen!«

Offensichtlich war diese Kränkung die ganze Zeit Bartons größtes Problem gewesen, überlegte Kate. Der finanzielle Verlust mochte unangenehm für ihn gewesen sein, aber er war wohlhabend genug, um ihn zu verschmerzen. Viel schlimmer war, dass er sich von Sir Rupert brüskiert fühlte. Wie sehr ihn das verbittert hatte, schien auch Sir Rupert jetzt erst zu erkennen.

»Ja, ich weiß, und das war nicht richtig von mir«, räumte er ein. »Ich war sehr hart in meinem Urteil und habe nur auf mein Recht gepocht, ohne Rücksicht darauf, was moralisch richtig gewesen wäre. Aber Henrys Verrat und sein plötzliches Verschwinden haben uns damals hart getroffen. Ein Kind auf diese Weise zu verlieren, war ... nicht leicht, und ich frage mich noch heute oft, was damals in dem Jungen vorgegangen sein muss oder was ich hätte tun können, um es zu verhindern.« Er seufzte tief. »Es tut mir leid. Ich hätte anerkennen müssen, dass der große Verlust, der Ihnen entstanden ist, auch unsere Schuld war. Schon längst. Deshalb hoffe ich, Sie sind so freundlich, das Angebot meines Enkels anzunehmen.«

Stille folgte auf seine Worte, man hörte nur den Regen vor den Fenstern und das Donnern des Gewitters.

Barton musterte Sir Rupert und danach Ben. Er schien hin- und hergerissen zwischen Misstrauen und ehrlicher Verwunderung über dieses unerwartete Friedensangebot.

»Ist das ein Trick?«, fragte er schließlich. »Denn wenn es einer ist, dann ...«

»Es ist kein Trick«, versicherte ihm Ben. »Wenn Sie einverstanden sind, lasse ich die entsprechenden Papiere aufsetzen. Ich bin wirklich daran interessiert, diesen unsinnigen Nachbarschaftsstreit ein für alle Mal beizulegen.«

Er hielt Bartons Blick ruhig stand, in dem immer noch Skepsis lag. Aber von der Feindseligkeit, die der bullige Geschäftsmann eben noch ausgestrahlt hatte, war jetzt nichts mehr zu spüren.

»Ich weiß nicht.« Bartons Stimme klang jetzt leiser und sehr viel weniger aggressiv. Aber er war noch nicht überzeugt. »Es hieß doch immer, Sie bräuchten dieses Stück Land für die Bewirtschaftung des Gutes.«

Ben zuckte mit den Schultern. »Wir trennen uns davon auch nicht gerne. Aber was wir vor allem brauchen, ist ein Ende dieser ständigen Streitereien. Also?« Er lächelte ganz leicht. »Haben wir einen Deal, Mr Barton?«

Lewis Barton zögerte kurz. »Ich werde es mir überlegen«, erklärte er und wirkte jetzt völlig verunsichert, so als sei die Aussicht auf Frieden mit den Camdens noch undenkbar für ihn. Fast schon unhöflich schnell verabschiedete er sich und folgte Kirkby nach draußen.

»Gut gemacht, Junge«, fand Sir Rupert und klopfte Ben auf die Schulter. Er wirkte sehr zufrieden, während die anderen im Raum eher verwirrt waren.

Eine Frage jedoch stand förmlich im Raum, und James fasste sich ein Herz und sprach sie aus.

»Dann ... kommst du also zurück und machst weiter?« In seiner Stimme schwang die Hoffnung mit, die auch Kate atemlos auf Bens Antwort warten ließ.

Er ließ sich jedoch Zeit damit.

»Nein, ich mache nicht weiter«, meinte er schließlich. »Ich fange ganz neu an und mache es besser.«

Kate war so erleichtert, dass ihre Knie ganz weich wurden. Sie war nicht sicher, was passiert wäre, wenn Ben sie jetzt angesehen hätte. Aber er hielt den Blick auf seine erstaunten, aber auch sichtlich erfreuten Verwandten gerichtet.

»Ich hätte niemals gedacht, dass mir Daringham mal so wichtig werden könnte«, erklärte er. »Im Gegenteil – ich habe sogar lange Zeit behauptet, es wäre mir völlig egal, was daraus wird. So ist es aber nicht. Ich bin ein Teil dieser Familie, und ich möchte dafür sorgen, dass es weitergeht mit dem Gut. Doch so, wie ich es mir zuerst vorgestellt hatte, werde ich es nicht schaffen.« Er zuckte mit den Schultern und lächelte ein bisschen schief. »Für mich war das alles Neuland. Ich dachte, es reicht, wenn ich nur genügend Willen habe und die richtigen Entscheidungen treffe. So habe ich es damals mit meiner Firma gemacht, und ich hatte damit Erfolg. Aber Daringham ist kein Start-up-Unternehmen. Wenn man dieses Gut leitet, dann fängt man nicht bei Null an, sondern schreibt eine lange Geschichte weiter. Es ist ein Familiensitz, ein Ort, an dem man nicht nur zusammen arbeitet, sondern auch zusammen lebt. Und genauso muss er geführt werden – von allen gemeinsam.« Er schüttelte den Kopf. »Das hat beim letzten Mal nicht so gut geklappt, und das lag auch an mir. Ich dachte, ich müsste mich durchsetzen und es alleine schaffen, weil ich es so gewohnt war. Aber es ist mir immer mehr über den Kopf gewachsen. Die ständigen Streitereien, die Anfeindungen im Dorf – irgendwie lief alles schief, und ich wusste nicht, warum. Ich dachte, es ginge nicht, ich hatte den Glauben daran verloren, dass ich es schaffen kann. Aber es wird gehen, wenn wir ab sofort an einem Strang ziehen. Wenn ich mich darauf verlassen kann, dass ihr mich unterstützt, auch wenn ich schwierige Entscheidungen treffen muss. Dann wäre ich bereit, es noch mal zu versuchen. Und deshalb muss ich wissen, ob ich auf jeden Einzelnen von euch zählen kann.«

Es war zwar nicht als Frage formuliert, aber Ben suchte in den Gesichtern nach der Antwort, die er brauchte, wartete auf eine Reaktion. Und von James kam sie auch prompt, denn er stieß beinahe entrüstet die Luft aus.

»Also, Claire und mich kannst du auf jeden Fall auf die Liste setzen«, erklärte er, und man konnte ihm die Erleichterung ansehen. »Ich wollte nie, dass du gehst.«

Auch David grinste, während er auf Ben zuging. »Und an mir scheitert es ganz sicher auch nicht. Im Gegenteil. Ich bin begeistert, wenn mein großer Bruder hier wieder das Ruder in die Hand nimmt.«

»Gut zu wissen«, meinte Ben, und Kate spürte einen wehmütigen Stich, als die beiden sich fest umarmten. Sie verstanden sich, das hatten sie trotz aller Widrigkeiten, die ihre Schicksale miteinander verband, immer getan, und Kate musste plötzlich daran denken, wie viel es Ralph bedeutet hätte, dieses Bild zu sehen.

Olivia schien es dagegen zu irritieren, sie wirkte, als wüsste sie nicht so recht, wie sie mit der Situation umgehen sollte. Etwas ungelenk erhob sie sich.

»Es … tut mir leid«, sagte sie, und für einen Moment befürchtete Kate, dass sie jetzt verkünden würde, dass sie nichts mehr mit Ben zu tun haben wollte. Tatsächlich lächelte sie jedoch, wenn auch sehr zaghaft und mit zitternden Lippen. »Ich hätte dich nicht so behandeln dürfen. Es war Ralphs Wunsch, dass du Daringham Hall leitest. Und ich …« Tränen füllten plötzlich ihre Augen, und sie riss sich nur mühsam wieder zusammen. »Ich werde das von jetzt an respektieren.«

Kurz schien sie zu überlegen, ob sie Ben die Hand geben sollte, ließ es dann aber. »Entschuldigt mich«, erklärte sie und verließ mit schnellen Schritten die Bibliothek, offenbar doch noch nicht ganz in der Lage, ihren Worten Taten folgen zu lassen.

Ben sah ihr nach, dann blickte er zu seinem Onkel, der jetzt auch nicht mehr zögerte.

»Ich hätte nicht gedacht, dass ich das mal sagen würde, aber ich bin sehr froh, dass du wieder zurück bist«, meinte er zerknirscht. »Du hast hier gefehlt, Ben.«

Die beiden schüttelten sich die Hände, und Ben erwiderte das Lächeln seines Onkels.

Es schwand jedoch, als er sich zu Kate umwandte, und sie war nicht fähig, sich zu rühren, während er auf sie zukam.

Er hatte sie die ganze Zeit kaum angesehen und bis auf die eine kurze Berührung am Arm, als er verhindern wollte, dass sie ging, Abstand zu ihr gehalten. Jetzt jedoch richtete er seine grauen Augen auf sie, und Kate sah den intensiven Ausdruck darin. Aber sie war viel zu verwirrt und viel zu atemlos, um einen klaren Gedanken zu fassen. Konnte ein Herz eigentlich zerspringen, wenn es zu schnell schlug?

Direkt vor ihr blieb er stehen und griff nach ihr, zog sie zu sich. Sein Blick war ernst.

»Ich liebe dich, Kate«, sagte er. Und küsste sie.

35

Kate spürte genau den Moment, in dem ihr Herz begriff, was Ben gesagt hatte. Der Schmerz der letzten Wochen fiel von ihr ab, und sie schlang die Arme um seinen Hals und erwiderte seinen Kuss, lächelte an seinen Lippen.

In seinem Blick lag jetzt alles, was sie sich so lange gewünscht hatte, aber sie konnte es immer noch nicht fassen.

»Wieso?«, fragte sie.

Amüsiert hob er einen Mundwinkel und strich ihr eine Haarsträhne hinter das Ohr. »Wieso ich dich liebe?«

Sie schüttelte den Kopf. »Wieso bist du dir auf einmal so sicher? Ich dachte, du wolltest das alles nicht mehr.«

Ben stieß die Luft aus, und es klang wie ein tiefes Seufzen. »Doch, ich will es. Ich wollte es die ganze Zeit. Aber das habe ich erst begriffen, als du bei mir in New York warst.« Er küsste sie noch mal. »Ich dachte, dass es weggeht, dieses Gefühl, wenn ich nur hart bleibe. Ich dachte, ich kann rückgängig machen, was ich für dich empfinde, so wie die Entscheidung, Daringham Hall zu leiten. Erst, als du plötzlich wieder vor mir standst, wurde mir klar, wie lächerlich das war. Ich kann mich zwar entscheiden, dich zu verlassen, aber ich kann dann nicht glücklich sein. Das geht nur, wenn ich bei dir bin.« Er lehnte seine Stirn an ihre. »Es geht überhaupt nur mit dir, Kate. Ich will dich lächeln sehen, ich will dafür sorgen, dass du dich wohlfühlst, und ich weiß, dass du das nur hier kannst. Deshalb machen wir von jetzt an wieder zusammen weiter, ja? Ich kann das nämlich alles nur, wenn ich weiß, dass du an meiner Seite bist.«

»Das war ich doch immer.« Sie strahlte ihn an und wollte ihn noch mal küssen. Doch plötzlich fiel ihr wieder ein, wo sie waren. Erschrocken nahm sie ihre Umgebung wieder wahr, die sie für einen Moment völlig ausgeblendet hatte, und stellte fest, dass sie jetzt allein in der Bibliothek waren.

»Taktvoll sind sie, das muss man ihnen lassen«, meinte Ben, dem das ebenfalls auffiel, und Kate boxte ihm lächelnd gegen die Brust.

»Im Gegensatz zu dir«, meinte sie gespielt streng. »Mich so zu überfallen!«

Grinsend zuckte er mit den Schultern. »Das wollte ich auch gar nicht. Aber du hast so erschrocken ausgesehen. Ich dachte, ich muss es dir sagen, bevor du wieder vor mir wegläufst.«

»Ich war einfach nur schrecklich verwirrt«, beschwerte sie sich. »Bis vor ein paar Minuten haben wir schließlich alle noch gedacht, dass du Daringham Hall an Barton verkaufen willst.« Sie schüttelte den Kopf, auch um die Verzweiflung endgültig zu vertreiben, die sie besonders während der letzten zwei Tage erfüllt hatte. »Wieso hast du es so spannend gemacht?«

»Ich weiß nicht«, meinte er. »Ich dachte, es wäre eine gute Idee, zwei Fliegen mit einer Klappe zu schlagen. Barton war so versessen darauf, dass ich sein Angebot annehme. Ich hätte ohnehin mit ihm sprechen müssen, und mit euch allen natürlich auch. Also habe ich Rupert gebeten, dafür zu sorgen, dass ihr alle dabei seid, wenn ich Barton treffe. Hat mir eine Menge Erklärungen erspart. Außerdem war es für Barton eindrücklicher. So ein offizielles Friedensangebot von der ganzen Familie ... das hat doch gleich viel mehr Gewicht.« Er lachte, wurde dann aber wieder ernst. »Ich glaube, in Wirklichkeit war ihm das Gut vollkommen egal. Er hätte gar nichts damit anfangen können, er wollte sich nur rächen.«

Jetzt musste auch Kate lachen. »Na, das sagt ja der Richtige«, meinte sie. »War das nicht der Grund, warum du damals nach East Anglia gekommen bist?«

»Genau.« Ben zog Kate wieder an sich. »Die beste Entscheidung meines Lebens, würde ich sagen.«

Er wollte sie wieder küssen, doch bevor er dazu kam, klopfte es an der Tür.

»Es tut mir leid, wenn ich störe, Mr Sterling.« Kirkby wirkte sichtlich zerknirscht, als er einen Augenblick später hereinkam. »Aber da möchte Sie jemand sprechen.«

Ben runzelte die Stirn. »Okay«, sagte er und löste sich zögernd von Kate. »Schicken Sie ihn rein.«

»Ich denke, es ist besser, wenn Sie mich nach unten in die Halle begleiten«, widersprach der Butler. »Hier würde es für das Treffen vielleicht ein bisschen zu eng.«

Jetzt stutzte auch Kate und wechselte einen verwirrten Blick mit Ben.

»Na dann«, meinte Ben und griff nach Kates Hand. Zusammen folgten sie Kirkby in die Halle und blieben verblüfft stehen, als sie die Menschenmenge sahen, die sich dort versammelt hatte.

Das halbe Dorf, so schien es, war gekommen, denn Kate entdeckte zahlreiche vertraute Gesichter. Edgar Moore und seine Tochter waren dabei, ebenso Father Morton, Brenda und Jeremy Johnson und der alte Stuart Henderson. Außerdem sah sie viele Handwerker und Geschäftsleute aus Salter's End, den Elektroinstallateur Sam Aldrich zum Beispiel und die Boutique-Besitzerin Mary Bonnet. Und Harriet Beecham. Natürlich, dachte Kate und verzog den Mund. Wenn im Dorf etwas passierte, dann mischte Harriet schließlich fast immer mit. Kates Tante Nancy hatten sie zum Glück nicht mitgebracht, dafür kam jemand anderes strahlend auf Kate zu.

»Tilly!« Überrascht schloss sie ihre Freundin in die Arme. »Was machst du denn hier?«

»Ich habe Ben begleitet und wollte mich im Dorf als seine Anwältin betätigen«, erklärte sie gut gelaunt. »Wie sich herausgestellt hat, war das aber gar nicht mehr nötig.«

»Was?« Kate schüttelte verständnislos den Kopf. »Wovon sprichst du?«

Tilly kam jedoch nicht mehr dazu, es ihr zu erklärten, denn Stuart Henderson trat jetzt aus der Gruppe und wandte sich an Ben.

»Tja, also«, begann er ein bisschen ungelenk und knetete seine Mütze, die er in der Hand hielt. »Tilly war vorhin im ›Three Crowns‹ und hat uns erzählt, dass Sie es sich anders überlegt haben und jetzt doch wieder zurückkommen wollen, Mr Sterling. Und, na ja, wir wollten Ihnen eigentlich nur sagen, dass uns das wirklich freut.«

Ein Gemurmel erhob sich, und viele nickten jetzt.

»Danke«, erwiderte Ben und legte den Arm um Kates Schultern, sah sie lächelnd an. »Ich freue mich auch.«

»Wir haben uns nämlich große Sorgen gemacht in den letzten Wochen«, fuhr der alte Henderson fort. »Der Gedanke, dass es vielleicht nicht weitergeht mit Daringham Hall, hat uns alle schockiert. Wir wissen, wie schwer die Camdens es zuletzt hatten, und dann noch dieser schlimme Brand so kurz vor der Eröffnung des Cafés. Na ja, und da dachten wir …«

»Wir dachten, dass wir Ihnen vielleicht helfen können«, fiel ihm Edgar Moore ins Wort, dem die Ausführungen des alten Henderson offensichtlich zu lange dauerten.

»Beim Wiederaufbau der Scheune«, ergänzte Father Morton. »Ich werde das mit der Gemeinde besprechen, aber ich denke, dass wir sehr schnell genug freiwillige Helfer zusammenbekommen, um die Ruinen zu beseitigen und den Bauplatz wieder frei zu bekommen.«

»Ja, und ich habe mich mit meinen Kollegen abgesprochen«, mischte sich jetzt Sam Aldrich ein und tauschte Blicke mit den anderen Handwerkern. »Wir könnten anschließend sofort mit dem Wiederaufbau beginnen. Ich denke, wenn wir alle mit anpacken und das gut koordinieren, dann sind wir noch vor dem Sommerball fertig.«

»So schnell?« Ben konnte es kaum fassen. »Danke. Das ... wäre wirklich großartig«, sagte er und schüttelte Aldrich und auch einigen anderen die Hand.

»Und bis es so weit ist, unterstützen wir vom Women's Institute Sie gerne bei der Betreuung der Touristengruppen«, erklärte Harriet Beecham aufgeregt, und Mary Bonnet pflichtete ihr bei.

»Es werden doch bald wieder mehr kommen, oder?«, wollte die Boutique-Besitzerin wissen.

Ben nickte. »Das hoffe ich«, bestätigte er, und Kate erkannte in seinem Blick, dass er fast ein bisschen überfordert war mit der plötzlichen Hilfsbereitschaft. Auch etwas, an das er sich noch gewöhnen muss, dachte sie schmunzelnd.

»Hast du die Leute dazu überredet?«, fragte sie Tilly leise, während die anderen weiter mit Ben sprachen.

Tilly schüttelte den Kopf. »Wie gesagt, das musste ich gar nicht. Ben hatte mich zwar gebeten, noch mal mit den Dorfbewohnern zu sprechen und ihnen auszurichten, dass er bei seiner Rückkehr Hilfe brauchen wird, aber ich bin gar nicht dazu gekommen, es ihnen zu sagen. Als sie erfahren haben, dass er Daringham Hall nicht an Barton verkauft und ab sofort wieder die Leitung übernimmt, waren sie nicht mehr zu halten. Sie wollten unbedingt alle herfahren und ihm persönlich ausrichten, wie froh sie darüber sind.«

Ein greller Blitz und ein lauter Donner ließen Kate und Tilly zusammenzucken, und Kate fiel wieder ein, wie scheußlich das Wetter draußen war.

»Bei so einem Gewitter geht man doch eigentlich nicht freiwillig vor die Tür«, meinte sie und grinste. »Oder?«

»Nein, ganz sicher nicht«, erwiderte Tilly. »Darauf kann Ben sich wirklich etwas einbilden.« Sie legte den Kopf ein bisschen schief: »Und zwischen euch ist alles wieder in Ordnung?«

Kate nickte glücklich, und als sie zu Ben hinüber sah, wünschte sie sich plötzlich, sie hätte mit ihm allein sein können. Doch im Moment musste sie sich erst mal um ihre Pflichten als Gastgeberin von Daringham Hall kümmern.

»Folgen Sie doch bitte Kirkby in die Küche«, rief sie den Leuten laut zu. »Da können Sie sich aufwärmen und eine Tasse Tee trinken.«

»Oder etwas Stärkeres«, mischte Tilly sich ein und zuckte grinsend mit den Schultern. »Ich finde, auf den frischen Wind, der von jetzt an wieder durch den alten Kasten weht, sollten wir dringend ein oder zwei Flaschen Daringham-Sekt trinken. Oder nicht?«

Es wurden am Ende natürlich weit mehr als zwei, und als Ben und Kate am späten Abend die letzten Gäste verabschiedet hatten und die Treppe nach oben stiegen, lehnte

Kate sich lächelnd und ein ganz kleines bisschen beschwipst an ihn.

»Siehst du, ich hab's dir ja prophezeit, dass sie dich irgendwann lieben werden«, meinte sie.

»Ja«, meinte Ben und küsste ihr Haar. »Ich glaube, diesmal könnte es etwas werden mit mir und den Leuten aus Salter's End.«

»Und mit Timothy«, ergänzte Kate und dachte an den begeisterten Toast, den Bens Onkel vorhin auf Ben und die Zukunft von Daringham Hall ausgesprochen hatte. »Ich glaube, den hast du auch überzeugt.«

»Hauptsache, ich habe dich überzeugt.« Ben blieb vor ihrer Zimmertür stehen.

Kate seufzte glücklich und dankte Tilly in Gedanken noch einmal dafür, dass sie sich bereit erklärt hatte, im Cottage zu schlafen und sich um die Hunde zu kümmern, damit sie bei Ben bleiben konnte.

Mit klopfendem Herzen und mindestens so aufgeregt wie vor ihrer ersten gemeinsamen Nacht schlang Kate die Arme um seinen Hals.

»Ich habe gar keine Sachen mehr hier«, sagte sie und lächelte atemlos, als sie seine Hände auf ihrem Po spürte. Er zog sie noch ein bisschen dichter zu sich.

»Du wirst heute Nacht keine Sachen brauchen«, sagte er dicht an ihren Lippen, und das raue Verlangen, das in seiner Stimme mitschwang, schickte einen wohligen Schauer über ihren Rücken.

»Ich liebe dich, Ben Sterling«, flüsterte sie, weil sie jetzt keine Angst mehr davor hatte, es ihm zu sagen, und sah die Antwort in seinen Augen, bevor sie sich in seinem leidenschaftlichen Kuss verlor.

Epilog

Vierzehn Monate später

Kate hakte sich bei Ben ein und seufzte so tief, dass er sie überrascht ansah.

»Ich hoffe, das war kein Laut der Verzweiflung, Mrs Sterling«, meinte er, und Kates Herz schlug ein bisschen schneller. Sie fand es immer noch aufregend, wenn er sie so nannte, obwohl ihre Hochzeit jetzt schon eine Weile her war.

Glücklich lächelte sie ihn an. »Nein, im Gegenteil. Es passt einfach alles«, erklärte sie ihm und blickte durch die lange Zimmerflucht, die im warmen Licht der Kronleuchter erstrahlte und wie jedes Jahr den stimmungsvollen Rahmen für den Sommerball auf Daringham Hall bildete.

Die vielen Gäste, die in ihren glitzernden Abendkleidern und edlen Smokings umherflanierten oder zu klassischer Walzermusik über die Tanzfläche schwebten, schienen sich allesamt wohlzufühlen. Sie unterhielten sich und lachten viel, während Dienstmädchen in traditionellen schwarz-weißen Uniformen und Spitzenhäubchen Tabletts mit Sekt durch die Menge trugen. Kate kannte dieses Bild schon, seit sie ein kleines Mädchen war, und hatte sich all die Jahre immer ganz besonders auf diesen Abend gefreut. Und doch empfand sie nicht das Gleiche wie sonst. »Es ist nur ...«

»Was?«, wollte Ben wissen, aber es fiel Kate schwer, in Worte zu fassen, was sich für sie geändert hatte.

Früher, als sie noch ein Kind gewesen war, hatte der Sommerball immer etwas Märchenhaftes für sie gehabt. Der Glanz, die Kleider, der Zauber vergangener Zeiten, der für einen Abend über Daringham Hall zu liegen schien – all das hatte sie tief beeindruckt. Das ganze Jahr über hatte sie sich auf diesen Abend gefreut und ihn, wenn es soweit war, einfach nur genossen.

Jetzt, wo sie den Ball selbst organisierte und dafür sorgen musste, dass es den Gästen gut ging, war das alles nicht mehr ganz so einfach. Sie war nicht mehr staunender Gast, der vielleicht ein bisschen aushalf, es war ihr Fest, und die vielen Stunden, die Claire und sie in die Vorbereitungen stecken mussten, waren in mancher Hinsicht sehr ernüchternd. Es war kein Zauber, sondern harte Arbeit, die hinter einem solchen Abend steckte. Doch zu sehen, wie am Ende alles ineinandergriff und zu etwas Besonderem wurde, erfüllte Kate auch mit Stolz und einer ganz neuen Art von Glück, das sie nicht erwartet hatte.

Und das galt nicht nur für den Sommerball, sondern auch für das Gut selbst. Es verlangte ihnen alles ab, hielt sie Tag und Nacht in Atem – aber es lohnte sich.

Nach den Schwierigkeiten und Rückschlägen der ersten Zeit war Bens Konzept, Daringham Hall zu einem lohnenden Ausflugsziel zu machen, voll aufgegangen. Die Leute kamen, auch von weiter her, um an den Führungen teilzunehmen, die David extra für Daringham Hall entwickelt hatte und die sich auf bestimmte Altersgruppen oder Themen konzentrierten. Das wurde sehr gut angenommen, genauso wie das Café, das inzwischen schon ein Jahr in Betrieb war. Die Besucherzahlen stiegen ständig, und dadurch verkaufte sich die regional hergestellte Ware im Hofladen so gut, dass Claire sich bald wieder auf die Suche nach weiteren Bauern und Kunsthandwerkern würde machen müssen. Auch der Weinhandel lief besser als erwartet, seitdem sie ihn einem größeren Publikum präsentieren konnten, und es gab schon zahlreiche Vorbestellungen für den neuen Jahrgang, den sie bald ernten und keltern würden. Wenn es so weiterging, dann brauchten sie sich bald nicht mehr um die Zukunft des Gutes zu sorgen, und an Abenden wie diesem spürte Kate, wie dankbar sie dafür war.

Hilflos zuckte sie mit den Schultern. »Ich wünschte, Ralph könnte das hier sehen«, sagte sie und schluckte gegen den Kloß in ihrem Hals an. »Es hätte ihm gefallen.«

Ben legte den Arm um sie. »Ein schöner Gedanke«, meinte er und zog sie dichter an sich, küsste ihr Haar.

»Könnt ihr das Knutschen nicht verschieben? Es wird Zeit, das Büfett zu eröffnen!«, beschwerte sich Peter, der gerade mit Tilly von der Tanzfläche zurückgekehrt war. »Ich brauche dringend eine Stärkung, die Frau schafft mich sonst!«

Er stöhnte, was Tilly jedoch nur ein Grinsen entlockte. »Also gut, eine kleine Pause. Aber dann tanzen wir weiter«, erklärte sie resolut, und Peter protestierte nicht, weil er in Wirklichkeit gar nichts dagegen hatte. Seit er Tilly zuliebe mehrere Tanzkurse besucht hatte, war aus ihm nämlich ein sehr guter Tänzer geworden, und Kate wünschte sich insgeheim, Ben würde sich an ihm ein Beispiel nehmen. Denn obwohl er so vieles konnte und schaffte – einen richtigen Walzer bekam er leider immer noch nicht hin.

»Es ist schade, dass ihr morgen schon wieder zurückmüsst«, sagte Kate, als ihr wieder einfiel, dass die Woche, die Tilly und Peter auf Daringham Hall verbracht hatten, mit dem Sommerball zu Ende ging.

»Ja, das ist jammerschade. Aber nächste Woche fangen wir wieder an zu drehen.« Tilly sagte es mit einem Seufzen, aber Kate sah das Funkeln in ihren Augen. Sie freute sich eindeutig darauf, wieder zu ihrem neuen Job als TV-Köchin zurückzukehren. Die Möglichkeit, eine Sendung zu übernehmen, in der es um englische Küche ging, hatte sich überraschend ergeben, weil Peter auf einer Party einem Bekannten von dem privaten Kochkurs erzählt hatte, über den Tilly und er sich nähergekommen waren. Wie sich herausstellte, war dieser Bekannte der Programmchef des Gastro Channels und gerade auf der Suche nach einem neuen TV-Konzept, das er dann zusammen mit Tilly entwickelt hatte. Und weil ihre herzliche Art und die englischen Spezialitäten, deren Zubereitung sie präsentierte, bei den Zuschauern so gut ankamen, wurden jetzt weitere Sendungen produziert, worauf Tilly sehr stolz war. Sie sprühte geradezu vor Glück, und Kate gönnte ihr von Herzen, dass sie an Peters Seite ihren Platz im Leben gefunden hatte, auch wenn es bedeutete, dass sie sich nicht mehr so oft sahen.

»Du wirst noch berühmt, pass auf«, neckte sie Tilly. »Bei deinem nächsten Besuch müssen wir wahrscheinlich schon Autogrammkarten verteilen.«

Tilly grinste. »Ich fürchte nur, für die wird sich keiner interessieren, wenn sich hier demnächst so viele berühmte Schauspieler die Klinke in die Hand geben.« Sie schüttelte den Kopf. »Ehrlich, Kate, ich liebe New York, aber es hat den großen Fehler, dass es viel zu weit weg ist. Ich wäre wirklich zu gerne dabei, wenn hier alles zur Filmkulisse wird.«

Darauf war Kate auch sehr gespannt, und so richtig konnte sie es auch noch gar nicht fassen, dass die Fernsehleute sich tatsächlich für Daringham entschieden hatten. Die Dreharbeiten für den geplanten Film, der das Herrenhaus hoffentlich noch bekannter machen würde, sollten nächsten Monat beginnen, und auch wenn es zusätzliche Arbeit bedeutete, fieberten sie alle diesen aufregenden Wochen sehr entgegen.

»Ich erzähl dir alles ganz genau«, versprach Kate ihrer Freundin, doch Tilly war schon wieder abgelenkt.

»Na, sowas«, meinte sie und deutete auf Lewis Barton, der ein paar Meter weiter stand und sich mit Olivia unterhielt. »Er ist also tatsächlich gekommen.«

Kate bemerkte ihren Nachbarn jetzt ebenfalls und lächelte. »Das ist doch gut! Ben hatte sehr gehofft, dass er unsere Einladung diesmal annimmt. Letztes Jahr hat er sich ja noch geziert.«

»Da war es ja auch alles noch ganz frisch mit der Versöhnung«, meinte Tilly und legte den Kopf ein bisschen schief. »Ich mag ihn ja immer noch nicht besonders. Aber Olivia scheint einen ziemlichen Narren an ihm gefressen zu haben.«

Den Eindruck hatte Kate auch, denn Olivia lächelte kokett, während sie mit Barton sprach. Sie wusste, dass die beiden sich in den letzten Monaten öfter sahen, und jetzt, wo der Streit zwischen Barton und den Camdens beigelegt war, störte das auch niemanden mehr. Was sich daraus entwickeln würde, konnte Kate nicht sagen, aber sie hätte Olivia, die jetzt viel ausgeglichener und zugänglicher war als früher, ein neues Glück gegönnt.

Tilly wandte sich Kate wieder zu und seufzte. »Ich wünschte nur, dass ich David und Anna noch hätte treffen können«, sagte sie. »Ich hätte Anna gerne persönlich zu ihrem Abschluss gratuliert!«

»Sie waren auch richtig traurig, dass sie euch verpassen«, bestätigte Kate. »Ich glaube, es ist der erste Sommerball, bei dem sie nicht dabei sind. Das war auch der Grund, warum sie erst gar nicht fahren wollten. Aber Claire hat darauf bestanden, schließlich war die Reise Annas Geschenk zum Schulabschluss. Am Ende haben wir sie mit dem Argument überzeugt, dass es noch ganz viele Bälle auf Daringham Hall geben wird und dass wir ausnahmsweise auch ohne ihre Hilfe auskommen können.«

»Aber ausgerechnet Frankreich?«, fragte Tilly. »Ich dachte, Anna hätte es da so schrecklich gefunden.«

»Deswegen ja«, erklärte Kate lächelnd. »Claire fand es schade, dass Anna die Zeit damals nicht genießen konnte, und sie dachte, dass es schön für die beiden wäre, das Land gemeinsam zu erkunden.«

Sobald sie zurück waren, würde Anna David nach Cambridge folgen. Sie wollte ebenfalls Kunstgeschichte studieren, und Kate war ziemlich sicher, dass aus ihnen ein sehr gutes Team werden würde, egal, was sie danach anfingen. Ben sprach öfter davon, wie gerne er seinen Bruder wieder auf dem Gut hätte und dass die beiden nach Daringham Hall zurückkehren und das Besucherzentrum um ein Museum ergänzen sollten. David winkte dann jedes Mal lachend ab, aber Kate war das Funkeln in seinen Augen nicht entgangen.

Auf jeden Fall zurückkommen würde dafür Ivy. Sie war im sechsten Monat schwanger und wollte das Kind – sehr zur Freude von Claire und James – auf Daringham Hall bekommen. Derek würde ein Sabbatjahr an der Uni einlegen, um sich einem Buchprojekt zu widmen, an dem er saß, und während dieser Zeit wollten Ivy und er ins Herrenhaus ziehen. Kate freute sich schon sehr darauf, ihre Freundin wieder bei sich zu haben. Und wer weiß, dachte sie verträumt – vielleicht blieb es ja gar nicht das einzige Baby. Ben schien dem Gedanken an eigene Kinder nicht abgeneigt, und sie konnte sich gut vorstellen, dass sie bald vielleicht …

»Sollen wir dann?«, erkundigte sich Ben, und Kate brauchte einen Moment, bis sie begriff, dass er von der Eröffnung des Büfetts sprach. Lächelnd nickte sie.

Er machte den Musikern ein Zeichen, und als sie aufhörten zu spielen, nahm er Kates Hand und ging mit ihr in die Mitte der Tanzfläche. Dann richtete er das Wort an die Gäste.

»Liebe Freunde!«, begann er und sein Blick glitt über die Menge hinweg zu Sir Rupert, der auf einem der Sofas saß und ihm zulächelte. Es war eigentlich immer Aufgabe des alten Baronets gewesen, die Gäste zu begrüßen, aber Sir Rupert fühlte sich dazu nicht mehr in der Lage. Der Tod von Lady Eliza, die vor drei Monaten überraschend gestorben war, hatte ihn sehr mitgenommen, und seitdem war er gesundheitlich angeschlagen. Zwar begann er, sich langsam wieder zu erholen, trotzdem war er froh darüber, dass Ben ihm diese Dinge jetzt abnahm.

»Es ist schön, dass Sie heute Abend unsere Gäste sind«, fuhr Ben fort, »denn es gibt mir Gelegenheit, mich auch im Namen meiner Familie noch einmal bei Ihnen allen zu bedanken. Dass Daringham Hall heute wieder so glänzen kann, wäre ohne Ihre Mithilfe nicht möglich gewesen, und ich hoffe, dass wir noch sehr oft Gelegenheit haben werden, das gemeinsam zu feiern.« Er deutete auf die Tische, auf denen jede Menge kalte und warme Köstlichkeiten aufgebaut waren. »Bedienen Sie sich gerne am Büfett und genießen Sie den Abend mit uns!«

Applaus brandete auf und endete erst wieder, als der Earl of Leicester, ein alter Freund von Sir Rupert, sein Glas erhob, so wie er es jedes Jahr tat, um die Begrüßung im Namen der Gäste zu erwidern.

»Auf das Wohl von Mr und Mrs Sterling und der Familie Camden von Daringham Hall!«, rief er laut und prostete Ben zu, was noch einmal für zustimmende Rufe und Applaus sorgte. Dann setzte die Musik wieder ein, und das Fest ging weiter.

Kate wollte die Tanzfläche verlassen, aber Ben hielt sie zurück und zog sie in seine Arme.

»Ich schulde dir noch was«, meinte er und als sie ihn verdutzt ansah, nahm er ihre rechte Hand in seine und legte seinen rechten Arm um ihre Hüfte. »Darf ich bitten?«

Fast automatisch folgte Kate seinen Bewegungen und begriff erst einen Moment später, dass er mit ihr tanzte.

»Du hast es gelernt?«, fragte sie, völlig verblüfft.

Er grinste und drehte sie, erstaunlich geschickt sogar. »Von Ivy«, sagte er und deutete mit dem Kinn zu seiner Cousine hinüber, die mit Derek am Rande der Tanzfläche stand und strahlend zu ihnen herüberwinkte. »Sie hat mir erzählt, wie enttäuscht du darüber warst, dass ich auf unserer Hochzeit nicht mit dir tanzen konnte.« Er runzelte die Stirn. »Warum hast du denn nichts gesagt?«

»Weil es auch so wunderschön war.« Kate dachte an ihre Trauung zurück, die kurz vor Weihnachten in der Dorfkirche von Salter's End stattgefunden hatte. »Außerdem wollte ich dich nicht quälen.«

Er schüttelte den Kopf. »Für dich würde ich alles tun, Kate. Und wenn es mehr nicht ist …« Er drehte sie erneut, aber diesmal in die falsche Richtung, und sie mussten beide lachen, als sie gegeneinanderstießen.

»Okay, es ist noch nicht perfekt«, meinte Ben und setzte

neu an, brachte sie zurück in den Takt. »Aber ich arbeite daran.«

»Nein.« Kate schmiegte sich enger an ihn. Sie fühlte sich so sicher bei ihm. Sie war angekommen. Und sie kannte keinen Ort, an dem sie lieber sein wollte als in seinen Armen. »Perfekter könnte es gar nicht sein, Mr Sterling«, versicherte sie ihm strahlend.

Große Gefühle auf einem englischen Land-sitz

Kathryn Taylor
DARINGHAM HALL
- DAS ERBE
Roman
336 Seiten
ISBN 978-3-404-17137-8

Die junge Tierärztin Kate mag ihr ruhiges Leben in Salter's End, einem beschaulichen Dorf in East Anglia. Ein besonders enges Verhältnis pflegt sie zur ansässigen Gutsbesitzerfamilie, den Camdens von Daringham Hall. Doch eines Tages taucht ein Fremder im Ort auf, der durch einen Unfall sein Gedächtnis verloren hat. Kate nimmt den attraktiven Mann bei sich auf und verliebt sich bald rettungslos in ihn. Schon wagt sie zu glauben, dass er ihre Gefühle erwidert - da stellt sich heraus, dass er Ben Sterling ist, der eigentliche Erbe von Daringham Hall. Und er hat schon vor langer Zeit Rache an der Familie geschworen, die seine schwangere Mutter damals so abrupt vor die Tür setzte …